胡笳 主编

与史同在

中国人民解放军90周年

诗歌选 [下卷]

1927—2017

四川人民出版社

与史同在

——中国人民解放军九十周年

诗歌选

迟浩田

图书在版编目（CIP）数据

与史同在：中国人民解放军90周年诗歌选/胡笳
主编.—成都：四川人民出版社，2017.6
ISBN 978-7-220-10168-7

Ⅰ.①与⋯　Ⅱ.①胡⋯　Ⅲ.①诗集—中国—当代
Ⅳ.①I227

中国版本图书馆CIP数据核字（2017）第106244号

YU SHI TONG ZAI：ZHONGGUO RENMIN JIEFANGJUN JIUSHI ZHOUNIAN SHIGE XUAN

与史同在： 中国人民解放军90周年诗歌选（下卷）

胡笳　主编

责任编辑	喻　磊
装帧设计	戴雨虹
责任校对	韩　华　舒晓利
责任印制	许　茜
出版发行	四川人民出版社（成都市槐树街2号）
网　址	http://www.scpph.com
E-mail	scrmcbs@sina.com
新浪微博	@四川人民出版社
微信公众号	四川人民出版社
发行部业务电话	（028）86259624　86259453
防盗版举报电话	（028）86259624
照　排	四川胜翔数码印务设计有限公司
印　刷	成都蜀通印务有限责任公司
成品尺寸	160mm×230mm
印　张	29.75
字　数	428千
版　次	2017年7月第1版
印　次	2017年7月第1次印刷
书　号	ISBN 978-7-220-10168-7
定　价	198.00元（上下卷）

目录 CONTENTS

YUSHI TONGZAI

下 卷

甘蔗林——青纱帐

南方的甘蔗林哪，南方的甘蔗林！
你为什么这样香甜，又为什么那样严峻？
北方的青纱帐啊，北方的青纱帐！
你为什么那样遥远，又为什么这样亲近？

我们的青纱帐哟，跟甘蔗林一样地布满浓阴，
那随风摆动的长叶啊，也一样地鸣奏嘹亮的琴音；
我们的青纱帐哟，跟甘蔗林一样地脉脉情深，
那载着阳光的露珠啊，也一样地照亮大地的清晨。

肃杀的秋天毕竟过去了，繁华的夏日已经来临，
这香甜的甘蔗林哟，哪还有青纱帐里的艰辛！
时光像泉水一般涌啊，生活像海浪一般推进，
那遥远的青纱帐哟，哪曾有甘蔗林的芳芬！

我年轻时代的战友啊，青纱帐里的亲人！
让我们到甘蔗林集合吧，重新会会昔日的风云；

我战争中的伙伴啊，一起在北方长大的弟兄们！
让我们到青纱帐去吧，喝令时间退回我们的青春。

可记得？我们曾经有过一个伟大的发现：
住在青纱帐里，高粱秸比甘蔗还要香甜；
可记得？我们曾经有过一个大胆的判断：
无论上海或北京，都不如这高粱地更叫人留恋。

可记得？我们曾经有过一种有趣的梦幻：
革命胜利以后，我们一道捋着白须、游遍江南；
可记得？我们曾经有过一点渺小的心愿：
到了社会主义时代，狠狠心每天抽它三支香烟。

可记得？我们曾经有过一个坚定的信念：
即使死了化为粪土，也能叫高粱长得秆粗粒圆；
可记得？我们曾经有过一次细致的计算：
只要青纱帐不倒，共产主义肯定要在下代实现。

可记得？在分别时，我们定过这样的方案：
将来，哪里有严重的困难，我们就在哪里见面；
可记得？在胜利时，我们发过这样的誓言：
往后，生活不管甜苦，永远也不忘记昨天和明天。

我年轻时代的战友啊，青纱帐里的亲人！
我们有的当了厂长、学者，有的做了编辑、将军，
能来甘蔗林里聚会吗？——不能又有什么要紧！
我知道，你们有能力驾驭任何险恶的风云。

我战争中的伙伴啊，一起在北方长大的弟兄们！
你们有的当了工人、教授，有的做了书记、农民，
能回到青纱帐去吗？——生活已经全新！
我知道，你们有勇气唤回自己的战斗的青春。

南方的甘蔗林哪，南方的甘蔗林！
你为什么这样香甜，又为什么那样严峻？
北方的青纱帐啊，北方的青纱帐！
你为什么那样遥远，又为什么这样亲近？

□ 郭小川

厦门风姿

一

厦门——海防前线呀，你究竟在何处？
不是一片片的荔枝林哟，就是一行行的相思树；
厦门——海防前线呀，哪里去寻你的真面目？
不是一缕缕的轻烟哟，就是一团团的浓雾。

荔枝林呵荔枝林，打开你那芬芳的帐幕，
知我者，请赐我以战斗的香甜和幸福！
相思树呵相思树，用你那多情的手儿指指路，
爱我者，快快把我引进英雄的门户！

轻烟哪轻烟，莫要使人走入歧途，
真理才是生命之光，斗争才是和平之母；
浓雾呵浓雾，休想把明亮的天空蒙住，
黑夜已经仓皇而逃，太阳已经喷薄而出。

厦门——海防前线呀，你究竟在何处？
外边是蓝茫茫的东海哟，里面是绿悠悠的人工湖；
厦门——海防前线呀，哪里去寻你的真面目？
两旁是银闪闪的堤墙哟，中间是金晃晃的大路。

二

大湖外、海水中，忽有一簇五光十色的倒影；
那是什么所在呀，莫非是海底的龙宫？
沿大路、过长堤，走向一座千红万绿的花城，
那是什么所在呀，莫非是山林的仙境？

真像海底一般的奥妙啊，真像龙宫一般的晶莹，
那高楼、那广厦，都仿佛是由多彩的珊瑚所砌成；
真像山林一般的幽美啊，真像仙境一般的明净，
那长街、那小巷，都好像掩映在祥云瑞气之中。

可不在深暗的海底呀，可不是虚构的龙宫，
看，凤凰木开花红了一城，木棉树开花红了半空；
可不在僻远的山林呀，可不是假想的仙境，
听，鹭江唱歌唱亮了渔火，南海唱歌唱落了繁星。

可不在冷寞的海底呀，可不是空幻的龙宫，
看，榕树好似长寿的老翁，木瓜有如多子的门庭；
可不在肃穆的山林呀，可不是缥缈的仙境，
听，五老峰有大海的回响，日光岩有如鼓的浪声。

分明来到了厦门城——却好像看不见战斗的行踪，
但见那——满树繁花、一街灯火、四海长风……
分明来到了厦门岛——却好像看不见战场的面容，
但见那——百样仙姿、千般奇景、万种柔情……

呵，祖国的花城，你的俊美怎能不使我激动！
我的脚步啊，可无论如何不能在此久停；
呵，南方的宝岛，我怎能不衷心地把你称颂！
我必须前进啊，前面才有我的雄伟的途程。

三

上扶梯，登舰艇，我驰进大海的怀抱里，
这又是什么所在呀？一切都如此令人着迷！
爬土坡、攀石岗，我深入层峦耸翠的山区，
这又是什么所在呀？一切都仿佛十分熟悉！

望远镜整日在海上搜索，雷达时时在空中寻觅，
这里的每滴海水，都怀着深深的警惕；
峰岩织满了火网，高山举起了红旗，
这里的每块石头，都流贯着英雄的血液。

紫云中翻飞着银燕，浓雾里跳动着轻骑，
这里的每排浪花，都在追踪着敌人的足迹；
观察所日夜不息地工作，海岸炮时时向前方凝视，
这里的每粒黄土，都有着无穷无尽的精力。

海水天天扬起新潮，山头月月长出嫩绿，
这里的每棵小草，都深藏着百折不回的意志；
弹坑中伸出了高树，坑道里涌出了泉溪，
这里的每朵野花，都显现着英勇无畏的雄姿。

哦，这不过是南方的一角，却集中了南方的多少生机！
大雁从这里飞过，都要带走万千春天的信息；
哦，这不过是祖国的一地，却凝聚了祖国的多少豪气！
山鹰从这里越过，都要鸣响它那饱含热情的风笛！

这到底是什么所在呀——离厦门城仅有咫尺，
竟有如此的雄风、如此的骇浪、如此的急雨！

这到底是什么所在呀——就在厦门岛的高地，
竟有如此的青天、如此的白云、如此的红日！

呵，令人着迷的大海——我的老战友的新居，
把我收下吧，我的全部身心都将不再远离；
呵，我所熟悉的山区——我们的英雄的故里，
拥抱我吧，我永生永世都将忠诚地捍卫着你。

四

当我在近海里巡游，回头又见我们的海岸线，
那又是什么所在呀，为什么显得格外壮观？！
当我站在高山上，脚下的城市又忽然展现，
那又是什么所在呀，为什么显得格外庄严？！

我们的海岸线哪，像彩虹似的铺在大陆的边缘，
那高楼、那广厦，正为战斗和劳动的热忱所填满；
我脚下的城市呵，像碉堡似的立在祖国的前端，
那长街、那小巷，正有无限的豪情壮志拥塞其间。

看，凤凰木花如朝霞一片，木棉花如宫灯万盏，
我们的旗帜啊，映照得像热血一样新鲜；
听，南海的涛声如号角，鹭江的潮音如管弦，

我们城里的市声啊，烘托得有如鼓乐喧天。

看，榕树老人捋着长髯，木瓜弟兄睁着大眼，
候着出海的渔民哪，披风戴露，满载鱼虾回家园；
听，日光岩下有笑声朗朗，五老峰中有细语绵绵，
陪着海岸的哨兵啊，谈天说地，议论我们的好江山。

分明还是那个厦门城——怎么又有这样的新市面！
怪不得我们的前沿呀，都亲热地把你叫作"后边"。
分明还是那个厦门岛——怎么又有这样的好容颜！
怪不得我们的海军呵，都把你看作"不沉的战船"。

呵，祖国的花城，多么豪迈，多么烂漫！
当我走上了前沿，反而不能不一再回首把你饱看；
呵，南方的宝岛，多么壮丽，多么丰满！
当我成为你的战士的时候，反而对你这样的情意缠绵。

五

厦门——海防前线呀，你为什么这样变化莫测：
一会儿温柔、一会儿威武、一会儿庄严又活泼？……
厦门——海防前线呀，你到底有几个：
一个在欢腾、一个在战斗、一个在劳动和建设？……

不、不，不是厦门——海防前线变化莫测，
只因为我这初来的人哪，不了解它的非凡的性格；
不、不，不能把厦门——海防前线分成几个，
只怪我这战士的心海呵，掀起一次又一次的风波。

我们的厦门——海防前线呵，断然不可分割，
庄严和秀丽、英雄和美，是如此的一致而又和谐；
我们的厦门——海防前线呵，从来只有这一个，
后方为了前沿的战斗，前沿为了后方的欢腾的建设。

我们的厦门——海防前线呵，犹如我们的整个生活，
和平、斗争、建设，一直在这里奇妙地犬牙交错；
我们的厦门——海防前线呵，象征着我们的祖国，
高昂而热烈的斗志哟，紧紧地拥戴着明丽山河。

厦门——海防前线呀，我终于偎进了你的心窝，
请把我的生涯，也深深地涂上像你那样的亮色；
厦门——海防前线呀，你已为我上了珍贵的第一课，
我因此才能用你的光彩，把你的风姿收进我的画册。

西出阳关

一

声声咽哟，

声声紧，

风沙好像还在怨恨西行的人；

重重山哟，

重重云，

阳关好像有意不开门。

莫提起呀——

周穆王、汉使臣……

他们怎会是边风塞曲的真知音！

莫提起呀——

唐诗人、清配军……

他们岂肯与天涯地角共一心！

风沙呵风沙，

只望你不把今人当古人！

你看我们是哪个阶级、谁挂帅印？
阳关呵阳关，
只望你不要颠倒了古今！
你看此时是哪个朝代、谁掌乾坤？

肋生翅哟，
脚生云，
不出阳关不甘心！
血如沸哟，
心如焚，
誓到阳关以外献终生！

何必"劝君更进一杯酒"！
再会吧，乡亲！
哪里的好酒不芳芬？
什么"西出阳关无故人"！
再会吧，乡亲！
哪里不一样度过战斗的青春？

二

未出阳关，
以为阳关会把我们怨；

临近阳关，

以为阳关会把我们拦；

出了阳关，

才知阳关以外最把我们盼。

千顷荒坡，

万顷石滩，

没有人烟它想念人烟；

千顷草地，

万顷沙原，

不是良田它愿作良田。

睡了万载，

梦了千年，

它竟把海市蜃楼当成世外桃源；

躺了万载，

醉了千年，

它竟把驼峰雁翅当成塞上风帆。

太阳干呀，

风声也干，

只因它盼亲人把泪眼望穿；
老天旱呀，
流云也旱，
只因它想亲人把心血流完。

何必"劝君更进一杯酒"！
这广阔的戈壁滩，
哪里挖不出酒泉？
什么"西出阳关无故人"！
这无边的大草原，
不就是故人的心田？

三

未出阳关，
曾见白草森森接山林；
刚出阳关，
又见平沙莽莽黄入云；
远出阳关，
才知阳关以外也有江南春。

渠道网哟，
如条条白锦，

给绿洲织上了好看的花纹；
坎儿井哟，
如颗颗银针，
把荒野缝成了暖人的被衾。

地上的绵羊呀，
空中的白云，
与棉田的波浪一起翻滚；
地上的电灯呀，
空中的星群，
与天山的雪花一道飞奔。

骑驴的维吾尔农妇哟，
跨马的哈萨克牧民，
你们何时成了这里的主人？
支援边疆的青年，
修建铁路的大军，
你们何时到这里生了根？

都是毛主席的战士，
都是一个阶级的人，
不识你们的面也识你们的心；

都在一条道上走，

都向一个目标奔，

不知你们的姓名也知你们的功勋。

何必"劝君更进一杯酒"！

同志的的情谊，

比什么好酒都更暖人心；

什么"西出阳关无故人"！

阶级的友爱，

能使生人和故人一样亲。

四

刚出阳关，

老远不见亲人面；

出了阳关向前走，

就同生人结下生死缘；

背朝阳关再西进，

又见二十年前的故人创建好江山。

公路网哟，

如条条长练，

给绿洲镶上了道道金边；

水库群哟，

如串串珠环，

把荒野织成了顶顶花冠。

几百里林带呀，

几百亩条田，

好像翠玉栏杆围绕在天湖四面；

几千丈冰峰呀，

几千顷绿原，

好像水晶宫殿突起在大海中间。

延河的好水哟，

南泥湾的肥田，

你们何时移到天山？

雁门的豪气哟，

五台山的烽烟，

你们为何又在建设边疆时重现？

不用介绍呀，

不用寒暄，

听见呼吸声就知道你过去在哪团；

不用施礼呀，

不用祝愿，

让我们同在天山南北再战它一百年！

何必"劝君更进一杯酒"！

这里的酒太香太甜，

小心喝醉误了长谈；

什么"西出阳关无故人"！

这里的故人成千上万，

只怕你们的拳头敲酸我的双肩。

五

声声切哟，

声声紧，

阳关外的风沙呼唤着西行的人；

红红的太阳哟，

红红的彩云，

高高的阳关变成了凯旋门。

来吧，

祖国的新人！

在这里咱们的前程似锦；

来吧，

革命的新军！

在这里咱们的红旗如林。

远年的暴君呀，

近年的恶棍，

没有留下影子只留下仇恨；

远处的强盗呀，

近处的奸人，

没吓飞尸骨也要吓掉了灵魂。

故人情意深哟，
生人情意殷，
没有人烟的地方等着种谷人；
老村有花地哟，
新村有林荫，
没有花木的地方有热烈的心。

何必"劝君更进一杯酒"！
这样的苦酒何须进！
且请把它还给古诗人！
什么"西出阳关无故人"！
这样的诗句不必吟，
且请把它埋进荒沙百尺深！

□
郭
小
川

刻在北大荒的土地上

继承下去吧，我们后代的子孙！
这是一笔永恒的财产——千秋万古长新；
耕耘下去吧，未来世界的主人！
这是一片神奇的土地——人间天上难寻。

这片土地哟，头枕边山，面向国门，
风急路又远啊，连古代的旅行家都难以问津；
这片土地哟，背靠林海，脚踏湖心，
水深雪又厚啊，连驿站的千里马都不便扬尘。

这片土地哟，一直如大梦沉沉！
几百里没有人声，但听狼嚎、熊吼、猛虎长吟；
这片土地哟，一直是荒草森森！
几十天没有人影，但见蓝天、绿水、红日如轮。

这片土地哟，过去好似被遗忘的母亲！
那清澈的湖水啊，像她的眼睛一样望尽黄昏；
这片土地哟，过去犹如被放逐的黎民！
那空静的山谷啊，像她的耳朵一样听候足音。

永远记住这个时间吧：一九五四年隆冬时分，
北风早已吹裂大地，冰雪正封闭着古老的柴门；
永远记住这些战士吧：一批转业的革命军人，
他们刚刚告别前线，心头还回荡着战斗的烟云。

野火却烧起来了！它用红色的光焰昭告世人：
从现在起，北大荒开始了第一次伟大的进军！
松明都点起来了！它向狼熊虎豹发出檄文：
从现在起，北大荒不再容忍你们这些暴君！

谁去疗治脚底的血泡呀，谁去抚摸身上的伤痕！
马上出发吧，到草原的深处去勘查土质水文；

谁去清理腮边的胡须呀，谁去涤荡眼中的红云！
继续前进吧，用满身的热气冲开弥天的雪阵。

还是吹起军号啊！横扫自然界的各色"敌人"，
放一把大火烧开通路，用雪亮的刺刀斩草除根！
还是唱起战歌呵！以注满心血的声音呼唤阳春，
节省些口粮做种子，用扛惯枪的肩头把犁耙牵引。

哦，没有拖拉机、没有车队、没有马群……
却有几万亩土地——在温暖的春风里翻了个身！
哦，没有住宅区、没有野店、没有烟村……
却有几个国营农场——在如林的帐篷里站定了脚跟！

怎样估价这笔财产呢？我感到困难万分，
当我写这诗篇的时候，机车如建筑物已经结队成群；
怎样测量这片土地呢？我实在力不从心，
当我写这诗篇的时候，绿色的麦垄还在向天边延伸。

这笔永恒的财产啊，而且是生活的指针！
它那每条开阔的道路呀，都像是一个清醒的引路人；
这片神奇的土地啊，而且是真理的园林！
它那每粒金黄的果实呀，都像是一颗明亮的心。

请听：战斗和幸福、革命和青春——
在这里的生活乐谱中，永远是一样美妙的强音！
请看：欢乐和劳动、收获和耕耘——
在这里的历史图案中，永远是一样富丽的花纹！

请听：燕语和风声、松涛和雷阵——
在这里的生活歌曲中，永远是一样的悦耳感人！
请看：寒流和春雨、雪地和花荫——
在这里的历史画卷中，永远是一样的醒目动心！

我们后代的子孙啊，共产主义时代的新人！
埋在这片土地里的祖先，怀着对你们最深的信任；
你们的道路，纵然每分钟都是那么一帆风顺，
也不会有一秒钟——遗失了革命的灵魂……

未来世界的主人啊，社会主义祖国的公民！
埋在这片土地里的祖先，对你们抱有无穷的信心；
你们的生活，纵然千百倍地胜过当今，
也不会有一个早上——忘记了这一代人的困苦艰辛。

是的，一切有出息的后代，历来珍视革命先辈的遗训，
而不是虚设他们的灵牌——用三炷高香侍奉晨昏；

是的，一切有出息的后代，历来尊重开拓者的苦心，

而不是只从他们的身上——挑剔微不足道的灰尘。

……继承下去吧，我们后代的子孙！

这是一笔永恒的财富——千秋万古长新；

……耕耘下去吧，未来世界的主人！

这是一片神奇的土地——人间天上难寻。

甜的绿洲

天山白雪乡，
吹来秋风凉。
绿绒地毯，
卷起条田上；
白杨林带，
拆了翠云长廊。

若不是绿洲秋凉，
我会去条田拜访，
将军拉犁塞外，
战士拓荒新疆，
褪尽戎衣一身绿，
化了戈壁春光。

绿洲何处秋不凉？
迎我来访是糖厂。
一年一度开榨，

一年一季繁忙，
卸车台，卸下如海甜菜；
运糖车，运走如山方糖。

甜满天山南北，
——戍边战士理想；
访一座八一糖厂，
如看遍绿洲团场，
一座屯垦条田，
——一块绿洲方糖！

军垦魂（组诗）

占最少的土地
怀最大的胸襟
一开始就创新理念，敞开大门
小小的村庄走出钢铁之旅
用艰苦铸就宏伟诗篇

曾经引领新疆的经济与文化
阔步前行，走在时代的前沿
小小的院落，一亩三分的田园
培育出一个崭新的兵团
一个举世瞩目的兵团
小村庄与大国家的战略
蕴含了怎样的必然关联
这些，属于智者的前瞻

多年后，我们才真正领会
其中的精髓与内涵

如今，人潮如涌寻根追源
绝不仅仅是忆苦思甜
而你，像个世纪老人
蹲在阳光下，巨石般泰然
并不惊诧沉寂后的喧闹
而是安静地晾晒记忆的底片

军垦第一井

屯垦历史有多深
这口井就有多深
不然怎么会
养活这么庞大的群体
养活这么珍贵的精神

多少次我站在井沿
犹豫再犹豫
就是不敢靠近，不敢把头伸进去
探寻它的深浅，轻抚它的波纹
甚至不愿承认
井底干涸还是湿润

希望那清波能映出我脸上的敬意
希望那甘洌能熄灭漠地的燥热
最终还是狠狠心闭上眼睛
难得糊涂地转过身
走远了，心还在井里乱撞
不知何处可以安置我的感恩

被井滋润过的人，其精神境界

宽广如瀚海，雄峻似高峰

因为它不仅通着天山的筋脉

更通着五湖四海的心

天地的精华和人的智慧

铸就了军垦魂

一口井告知我一个朴素道理

饮水，要思源；做人，不忘本

军垦博物馆

之前这些老军垦们散居在全疆各地

为便于重点保护迁到了石河子

尽管这是一座1952年建造的老屋

他们住进去就具有了全新的意义

中国唯一一家精神银行啊

储存着共和国另一笔特殊财富

参观学习就是支取利息

为后来者的思想补充钙质

一壶水，一碗饭，一件军衣，一面国旗

每个故事都有血有肉

每个人物都栩栩如生

让很多人控制不住泪水决堤

身躯，走出了大门

心，还陷在故事里

军垦博物馆，一部凝重的中国屯垦史

每一个聆听者所带走的故事

都将成为一粒种子

用无土栽培法种进心里

公共洞房

兵团初创时期
地窝子的集体宿舍里
谁要结婚了
连长批示
可以享受公共洞房待遇

一层布帘子
隔开好奇，遮挡隐私
简陋的大房间里
安置下几颗狂跳的心
彼此相安无事

躁动不安，或羞怯难堪
需要调适好内心的定力
几个家庭的生活细节
相互帮衬着保密
特殊时期的幸福哦
肯定特殊
爱情到来时
环境顾不得挑剔

□
杨
牧

绿色的星

我们的绿洲多么绿哟，
绿得水灵！绿得透心！
不要再联想那昔日的黄沙了吧，
别让干裂的记忆炙焦了绿茵……

不！我们爱绿，更要追寻，
春，打何处来？绿，从何处生？
看哪，看那当初播春的种子——
浓荫深处，闪着颗颗绿色的星！

绿色的星，缀在发白的军帽上，
它，记着战士壮丽的征程：
南北转战，风雨刷白草绿的军装，
西进天山，冰霜擦亮军帽的红星……

屯垦戍边战士摘下帽上的星徽，
——星徽摘处，留下一朵绿色的云。
绿色的云——绿色的星，

星的印痕，不正是太阳打下的烙印？

它，多像戈壁滩上第一面红旗哟，
红日照处，投下一片暗绿的影。
——那是标志、宣言和铁的真理：
有太阳的地方，都应该有绿色的生命！

于是，红心播下了绿色的种子，
于是，红旗招来了绿色的春莺；
绿色的星，化作绿芽、绿树、绿的浪，
一浪一浪，一直漫进大漠的腹心……

二十年来绿满天涯，
战士呵，仍在播种，仍在耕耘。
绿色的星影时刻映着壮丽的远景——
通红的太阳，给全球投下八万里浓荫……

我想起这支歌……

是谁砸碎千年枷锁

　　铸就国旗上的金星五颗？！

是谁挽起长城的巨弓

　　射出一个民族振兴的拼搏？！

是谁催动十亿只犁铧

　　从开拓，走向生机勃勃的开拓？！

啊，我想起这支歌

　　这支歌……

没有先驱忠骨的奠基

　　哪有人民大会堂的巍峨？！

没有先驱热血的浇铸

　　哪有历史博物馆的壮阔？！

九百六十万平方公里的沙粒

是谁聚成磐石，竖起珠峰一座？！

六十六个峥嵘岁月的长驱

是谁踏向雷区，荡平烽火？！

问新唐山耸起的百里壮观

　　是怎样抗击"一百颗原子弹"的爆破？！

问辽河扑来的万丈洪峰

　　为什么冲不走灾区人民的欢乐？！

啊，昆仑的鼓在擂响，

　　黄河的弦要弹拨；

　　镰刀斧头的乐章

　　奏出了大渡、赤水、延河……

倘若有人想抹掉你的一个音符，

倘若有人淡漠这血染的凯歌，

那么，我们以过去、现在和未来的名义

呼唤井冈、太行、老山……集合——

党心、民心谱成交响，

历史、现实同声高歌：

"没——有——共——产——党，

就——没——有——新——中——国！"

□
杨
涌

妈妈教我一支歌

妈妈教我一支歌

没有共产党就没有新中国

这支歌从妈妈心头飞出

这支歌伴随她走遍祖国山河

我唱妈妈教的歌

没有共产党就没有新中国

这支歌从我的心上飞起

这支歌鼓舞我建设新生活

我教儿女一支歌

没有共产党就没有新中国

这支歌飞进幼小心田

这支歌世世代代永不落

"八一"之歌

当一场
历史的暴风雨
刚刚过去——
　　那难忘的战斗呵
　　刚写下
　　难忘的记忆……
当伟大的进军
从祝捷之时
又一开始：
　　身后——
　　万里长征，
　　眼前——
　　长征万里！……

——就在
此时此刻，
我们迎来

一九七七年

光辉的

"八一"——

祖国的

万里晴空啊，

飘扬着

我们灿烂的

军旗！……

一

我仰望你，
我扑向你——
　　我们伟大的
　　人民军队啊，
　　我带枪的
　　阶级兄弟！
在节日的
欢呼声中，
我把手
向你举起——
　　请接受我啊，
　　一个"地方同志"，
　　也是
　　一个老兵的
　　敬礼！……

——虽然
"小八路"的军衣
从我身上
早已脱去，

老红军

抚摸过的

我的头顶啊

如今已被

白发侵袭……

但是，

我的心啊

永远在

我们军中——

在毛主席

率领我们

前进的

行列里！

我的生命

永远属于

我们党，

我们阶级——

也永远

永远啊

属于你！

我仰望你，
我扑向你——
    我有
    千山万水的思念，
    五湖四海的回忆……
啊，南昌城头，
破晓的枪声啊——
井冈山顶
烛天的火炬！……
    你照亮旧中国
    血染的大地啊——
    止住了亿万母亲
    长夜的哭泣……

"找红军去！……"
"找红军去！……"
——有多少
前辈父兄，
在呼喊你啊，
奔向你！……
    "找八路军去！……"
    "找八路军去！……"

——我这个

赤脚少年啊，

和千万同辈，

在日夜追赶

你的足迹……

不论是战争年代，

那滚滚的硝烟，

还是这建设时期

阵阵风雨……

——你永远在

召唤着我啊，

一步步，一句句，

"冲上前去！……"

"冲上前去！……"

二

啊，在我们

亿万军民的心中啊，

在我们

伟大军队的

司令部里——

我们有

光辉的太阳

永远不落，

我们有

灿烂的群星

长明不熄……

伟大的领袖和导师啊，

我们伟大的统帅

——毛主席！

我们伟大的军队，

是您啊亲手培育，

您永远在

指挥我们

从胜利——

走向胜利！……

在您的身旁——

有伟大的战友啊，

五十年来

并肩站立——

步步相随

坚定不移……

啊，在我的这支歌里，

我骄傲地

唱着你们的名字：

　　您啊，

　　敬爱的周总理——

　　我们的周副主席！

　　您啊——

　　敬爱的朱总司令，

　　敬爱的

　　叶副主席、邓副主席！

我唱着

我们敬爱的

刘帅、徐帅、聂帅啊——

　　我唱着

　　人民怀念的元帅——

　　罗荣桓、贺龙、陈毅……

你们的名字啊，

和毛主席

连在一起，

和千万个董存瑞、

亿万个雷锋啊

连在一起——
　　啊，我们阶级大军的
　　灿烂的太阳系！
　　使人民
　　无限自豪啊，
　　叫敌人
　　无比畏惧……

啊，从我听见
第一声
叫我"小鬼"啊
在王家坪的
司令部里……
　　到五十周年的
　　今天的"八一"，
　　我以"老兵"的名义
　　向你们敬礼——
你们的名字啊，
在我心中
永远、永远闪耀啊——
　　教育我
　　为做一个

真正的战士

奋斗不息！……

任凭乌云遮天

暴雨匝地

也休想遮掩

你们永恒的光辉，

片刻不能

不能啊

从人民心中

把你们夺去！

三

啊，暴风雨中
我们灿烂的军旗！
我仰望你
我扑向你——
　　带着
　　面对敌人：
　　满腔的怒火，
　　捷报来时：
　　倾盆的泪雨……

老首长啊，
老同志……
我至亲的骨肉啊，
阶级的兄弟！——
　　换穿的草鞋啊，
　　替补的军衣……
　　艰苦的岁月——
　　是多么的甜蜜！
任"四人帮"
去追查什么"老关系"吧，

批判什么"旧情绪"——

　　我们的同志啊

　　就是亲密！

　　革命的情谊

　　我们永远啊

　　永远牢记！——

啊，宝塔山下

延水河边——

指导员，

你继续讲啊，讲啊！

你们经过

多少战斗

到达遵义？——

　　毛主席

　　怎样地

　　挽救了革命啊，

　　周副主席、

　　朱总司令

　　怎样坚定地

　　和毛主席

　　站在一起……

啊，老班长

你接着讲啊，讲啊！

你们怎样征服了

雪山草地——

　　张国焘

　　是怎样叛变？

　　朱总司令、

　　周副主席

　　在如何拒敌？

　　叶参谋长啊，

　　怎样在危急之中

　　保卫毛主席……

啊，黄河渡口，

雪里雨里——

　　司令员啊，

　　我身背米袋，

　　在送你追你，

　　追你赶你啊——

　　千里南下

　　那飞奔的马蹄……

平津战场，

烟里火里——

　　老团长啊，

　　在前沿阵地

　　你将我扶起，

　　你胸口的鲜血啊

　　洒满我全身的军衣……

淮海战场，

指挥部里——

　　邓政委啊，

　　你钢铁的声音，

　　飞越千里硝烟，

　　震响在——

　　我的心里……

啊，多少次

会师——又誓师……

　　多少回啊

　　相逢——又别离……

回音壁

在回响

万里军号……

　　五指山

又指向

征程万里……

啊，半个世纪

我们的军史，

代代鲜血

染红的军旗！

你字字行行

丝丝缕缕——

都用毛泽东思想

在写啊：

"我们——胜利！"……

"我们——胜利！"……

四

啊，暴风雨中

我们血染的军旗！

我仰望你，

我扑向你——

带着

儿辈的幸福

父辈的感激……

我们伟大的

人民军队啊！

祖国的红色江山

卫护在

你的襟怀里！

天安门城楼

在你的肩上啊

巍然屹立！……

你踏上

继续前进的

新的征程——

又投入

路线斗争的

伟大战役！

我看见：

多少老战友

走上新阵地……

我看见：

百万战士，

千里转战，

十年风雨……

我看见：

我们的老帅啊，

在毛主席身边，

和周总理一起，

在滚滚的激流中

挺身而立——

　　提挈三军

　　奋战鬼蜮，

　　白发红心啊，

　　"青山夕照"

　　胜似晨曦……

我看见：

永生的雷锋啊，

在匍匐前进！

　　"硬骨头六连"啊，

　　向逆流迎击！

在粉碎

反党集团——

一次次的

大搏斗里：

　　我急跳的心

　　似当年一样啊

在日夜倾听

倾听我军——

胜利消息……

永远战斗的

我们的军旗！

你在军史的

新篇章里——

用鲜红的字迹

写崭新的课题，

仍然是啊：

"我们——胜利！"……

"我们——胜利！"……

五

啊，暴风雨中

我们永不变色的军旗！

在一九七六年的

泪水和怒火中

又铭刻下——

七六年：

那罕见的——艰难啊，

七六年：

那罕见的——胜利！……

啊，我们的老政委啊，

虽然你向我们

经常提起——

　　胜利啊

　　来之不易。

　　要懂得：

　　事业的艰巨，

　　道路的崎岖……

我这个后来的战士啊，

也多少知道——

　　在前进途中

　　应随时准备

　　不测的风雨……

但是，

我怎能料到啊——

　　一生中的

　　这一年里

　　竟有如此

　　悲痛的记忆？！

一月——八日……

　　七月——六日……

九月——九日……

啊，我们祖国

战火飞去、

礼花升起的

无边大地——

　　竟会这样

　　被淹没在

　　泪水的海洋里……

司令员啊，

你这钢铁的战士，

昨日还在

给我激励：

为人民的欢乐

放声歌唱啊——

　　而今却是：

　　冬雪……

　　秋雨……

　　十里长街

　　同声哭泣……

从天安门前，

到万里营地——

我们三军战士啊，

和人民一起——

一起啊——

同声——哭泣！……

啊，就在

此时此际，

在这样的

日子里——

"四人帮"

拔刀出鞘！

按他们

篡党夺权的
"既定方针"，
向我们党
步步紧逼——
反革命的"过河卒"，
在杀向
我们的将帅，
"放火烧荒"的
罪恶火舌，
舔向
我们的军旗
——党旗！……

乌云
笼罩天空——
强震
摇撼大地……
啊，远程而来的
南湖的航船啊，
此刻
你将——
驶向哪里？

社会主义的

新中国啊，

今天——

向何处去？

向——

何处去？……

六

啊，暴风雨中

我们更加鲜艳的军旗！

此时此际，

在这样的

日子里——

我们伟大的军队啊！

　　我怎能不

　　十倍、百倍地

　　想念你？！

"找红军去！……"

"找八路军去！……"

　　——这遥远的喊声，

　　我少年时的回忆，

　　怎能不从

心中涌起？……
我的心
跟随
八亿人民的心啊——
　　在暴风雨中，
　　向你——
　　飞去！……

我们在
这样
呼唤你——
　　"我们党的
　　钢铁臂膀啊！"
　　"我们人民的
　　忠诚子弟！"
我们在
这样
呼唤你——
　　"我们阶级的
　　铁拳！"
　　"我们专政的
　　柱石！"……

我们
呼唤你啊，
我们
想念你！

    我们
    想念你啊——
    我们
    信赖你！……

我们的心
带着——
刘胡兰烈士
当年的愤怒啊，
戎冠秀大娘
今天的焦虑……

    从井冈山……
    狼牙山……
    千里万里扑向你！
我们看见啊，
你带着——
大渡河勇士
当年的呼号，

珍宝岛战士
今天的誓词……
　　你的心啊
　　和我们一起——
　　穿过
　　遵义的风暴
　　庐山的霹雳……
　　一起来到啊
　　来到这里——
在这
中南海
怒涛翻卷的
红墙下——
　　在这场
　　阶级大搏斗的
　　核心阵地……
我们的民心、党心
和军心啊
集结在
这里——
　　在这伟大的时刻，
　　再次证明

伟大的真理——

我们的军队

永远在

党的手里！

 我们的党

 永远在

 人民的——心里！

啊，毛主席，

周总理，

朱总司令啊，

你们

不曾离去……

 贺龙同志，

 陈毅同志啊，

 你们

 就在这里！……

 ——一九七六年

这伟大的战役！

 啊，伟大的开始啊，

 伟大的继续——

我们的党史、军史

又揭开

新的篇章——

    用大字

    续写：

    "我们——胜利！"……

    "我们——胜利！"……

我们——胜利啊，

我们——胜利！

胜利——

在五十年漫漫的征途中，

胜利——

在未来崭新的世纪里……

我看见——

一九八七……

一九九七……

二〇〇七……

每年的"八一"——

    未来的战士

    仍像今天

    我们这样，

    满含着

热泪和感激，

仰望你啊，扑向你！

用全部热血和生命

去迎接新的战斗，

用全部热血

和生命啊

把你高高举起……

啊，你

毛泽东思想的

伟大红旗！

中国人民

不朽的军旗

高举着你啊

高举着你，

和全世界的

阶级兄弟一起，

去夺取全人类

彻底解放的

最后——胜——利！

边区的山

……"四人帮"越是要抹掉这光辉的年代，
难忘的岁月呵，你越是贴近我的心头！

歌儿唱给
——边区的山！
摩天岭呵十八盘……
弯弯曲曲
——羊肠道，
万丈云梯
——小西天！
二十里沟呵，
三十里涧！
沟沟涧涧
——走不完。

一

边区的山呵
——母亲的山！
你喂养了多少好儿男！
严冬山草暖，
夏日泉水甜。
山山岭岭
——练兵场呵；
村村镇镇
——好营盘！
大路口，小村边，
榆树底下井台边，
多少人从这儿
——上前线，
多少人从这儿
——奔延安！

三月，桃花红，
八月，枣儿甜！
柿子满枝红灯挂，
南瓜遍地随手儿搬！

层层梯田

——黄金谷呵；

香喷喷的

——小米饭！

鲁南的煎饼，

晋北的莜面，

你养大了多少

——小八路；

你培育了多少

——大兵团！

边区的山呵

——母亲的山！

边区的山花开满天！

桃李遍天下，

儿女万万千，

革命道上的

——好苗圃呵；

新中国的

——大摇篮！

二

边区的山呵

——英雄的山！

块块岩石鲜血染！

鬼子要"吃"！

顽军要"砍"！

来吧！

边区人个个是

——铁罗汉。

看熟了——

那长枪、大炮

——刺刀尖；

瞧惯了——

那乡乡大火

——村村烟！

敌人强大

——好啊！

面对强敌能练武，

环境艰苦

——好啊！

硬石才好磨利剑!
围,不怕!
冲破封锁
——打出去。
压,不怕!
边区的大山
——压不扁!

家家子弟兵,
村村是"兵站",
小驴驮儿呵——
"嘚嗒,嘚嗒!"
——驮盐、驮布,
赛过了多少
——车和船;
小背篓儿呵——
"咯吱、咯吱!"
——背米、背药,
背走了多少
——苦和难!

边区的山呵
——英雄的山!

千峰万岭插云端！

座座山头

——顶天柱；

处处岩洞

——火力点！

敌人的坟墓，

人民的家园，

边区的大山钢铁铸呵，

千难万苦

——腰不弯！

三

边区的山呵

——难忘的山！

山山岭岭情不断！

大娘做军鞋——

多情的针呵，

多情的线！

大嫂抬担架——

熬药的砂锅呵，

喂汤的碗！

阜平的热炕，

冀中的门板……
流水清清
——洗兵马；
大雪纷纷
——烧木炭！

军民同心，
官兵同胆！
断粮的日子，
同一个锅里
——吃野菜，
战斗归来，
同一堆篝火
——庆凯旋！
破路、埋雷
同一把镐头啊
——模范队！
站岗，放哨
同一件蓑衣呀
——"青抗先"！

边区的山呵
——难忘的山！

万缕情丝把心牵!

住惯的草房呵

——看惯的树,

摸熟的扁担呵

——磨光的镰!

忘不了的家门

忘不了的路,

任你走出千里远,

任你离开

——几十年!

　　　四

边区的山呵

——边区的山,

边区的大山唱不完!

要问边区有多大?

边区呀边区

——远无边!

上接昆仑通戈壁,

下伴五岭连海南。

太行、吕梁

——手携手,

沂蒙、大别

——肩挨肩！

千山万岭如浪涌，

洪流滚滚

——举航船！

宝塔山是浪中帆，

罗霄、井冈

——一脉连！

辽阔的地呀

——辽阔的天，

连绵万里边区的山！

就是在这——

不朽的土地上呵，

毛主席的窑洞
——千古亮！
周总理的灯盏
——万年燃！
朱总司令的马蹄
仿佛仍在
——山响！
革命老帅的故事
如今还在
——大道传！

念大山呵想大山，
边区的大山
——使人恋！
草草木木纪念碑呵，
沙沙石石金光闪。
边区的山呵边区的山，
边区的大山
——在眼前！
它是革命的鼓风机呀，
永是我们的
——加油站！

昨天的悲歌（组诗）

——诗记跟随彭德怀身边人们的回忆

一个外国人眼里的彭总

带着东方的魅力，
传奇的色彩，
在一个外国记者眼里，
走来了中国红军的统帅！

他叙述彭德怀印象，
没有堆砌浓艳的色块，
恰如用一幅黑白分明的木刻，
勾勒出彭总鲜明的憎爱……

他没有描绘大将军，
如何身先士卒，斩关夺隘，
世界却知道二万五千里长征，
他几乎是用双脚走过来！

坐骑上是负伤的红军战士，
担架上是途中拾来的病孩，
饥肠上留下野草无情的伤痕，
战士手中传过彭总的粮袋……

他追述了抗战年代，
为拯救百姓奋身跳进火海，
发焦眉燃的副总司令，
背上驮出一个农家老奶奶……

他曾目睹陕北高原落霞的黄昏，
彭总对"小鬼"们讲课在窑洞门外，
摊开的是识字课本，
摊开的更是心怀……

记者记录了将军的童年，
童年受尽冰窟般的虐待；
将军奋起投身革命，
革命正是要为人间添送情爱！

一卷《红星照耀中国》，
何止将一个彭德怀将军记载，

世界却从这里认识了彭总所在的红军，
浴血奋战为明天有一个暖人的世界！

##

敌机向延安轮番俯冲，
敌骑向延河步步逼拢。
炮弹落地升起冲天烟柱，
像漫天飞来巨毒蜈蚣……

沉沉的延安之夜铅块般沉重，
再不见环山层层灯火耀金吐红，
机智跳出重围，从容避开刀锋，
延安军民投入一场战役转移之中。

最后一部没有拆除的电话，
最后一只还在传声的话筒，
最后一孔映着灯光的窑洞，
伴着最后还未撤退的彭总……

撞开门帘，卷进一股疾风，
窑洞里跑进侦察归来的参谋，

昨天的悲歌

他报告毛主席已安全转移过了拐峁，
部队已护送走全城的群众……

此时欣然回到彭总脸上，
是许多日子不见的笑容，
从警卫员手里接过烤馒头片，
这才最后一个撤出延安窑洞！

在中国革命的一次次危急关头，
大将军肩上何时有过片刻轻松？
在撤退时，是最后一名战士，
在前进时，是最先一个冲锋！

艰难的岁月

彭德怀的名字从报刊上消失了，
像隐进云层的一颗星斗。
他在萧瑟的秋风中搬出了中南海，
祖国艰难地跨入六十年代最初的年头。

在多年挥师南征北战之后，
软禁在挂甲屯只剩下清风两袖。
他眼前再也没有展开的军用地图，
但，他的日程上决不能没有进军的箭头！

空吃着人民的粮，他心中愧疚；
空穿着人民的衣，他满面堆愁。
他把口粮减到了每月十八斤，
有增无减的却是为国为民满腹隐忧……

他曾热烈地幻想能去抓一个生产队，
甚至在酣梦中变成了一头老黄牛。
当他在冰凉的现实中醒来，
吴家花园已池废畦荒、冷月如钩。

没有工作的彭总呵，在祖国困难时候，
他又毅然挽起了满是汗渍的衣袖。
代替红蓝铅笔出现在他的手中呵，
是一把沾满热汗的锄头！

他动手清理废池里的泥垢，
锄尖儿引来清清的水流。
他亲手放进一尾尾鱼苗，
栽下一行行清香的莲藕……

一畦畦萝卜、白菜随着春秋，
把片片绿洲铺在他的房前屋后；
一串串南瓜、豆角顺从人意，
把累累果实含笑托出墙头……

彭总十分珍爱他亲手织出的锦绣，
走近地边就像一位老农在品尝美酒。
他如数家珍一般掰着手指头呵，
从冬数到夏，从春数到秋……

过去呵，在祖国困难的时候，
彭总也曾不断地掰动过手指头。

那是在计算能调动多少纵队，
为胜利的明天投入战斗！

他的手在军用地图上画一个蓝圈，
敌人的脖子上便套上一只绞扣；
他的手在军用地图上画一道红线，
一片霞光便映红一座城楼！

如今呵，彭总不断地瓣动手指头，
计算的却是池里能收多少鱼和藕，
一亩地能产多少斤瓜和豆，
瓜瓜菜菜能为人民省下多少粮和油！

为人民身上的负担轻一分，
春去秋来他热汗长流；
为祖国能渡过难关呵，
他几乎是在吃着自己的血和肉。

彭总呵，假如他能活到今天，
和祖国一起迎来红雨飞洒的十月金秋。
在和他血肉相连的人民舒心畅笑之后，
一定又会瓣动着手指头……

计算如何加快实现"四化"的步伐，

如何满足人民对民主和法制的渴求。

他当初就是为了今天和明天的一切呵，

才义无反顾地把一颗丹心捧给了灾难深重的神州！

人民为彭总答辩

有人责怪你的威严，

像长空一道闪电；

有人责怪你难亲近，

浓眉像两柄利剑。

有人害怕你的愤怒，

感情像燃烧的火焰；

有人埋怨你对事无情，

风险关头过于直言……

盲从不假思索，

难免多年蒙骗；

实践检验真理，

人民目光深远。

革命没有威严，

怎能一往无前？

长空没有闪电，

怎能劈出青天！

亲近而无原则，

是非岂无界限？

黄河没有愤怒，

焉越万道雄关？

逢人遇事苟全情面，

人民苦衷抛置何端？

不敢为人民直谏，

愧揣党员的雄心赤胆！

人民爱你的威严。

人民要你的火焰。

人民永同你亲近。

人民怀念你直言！

香山红叶

——陈毅同志邀彭总乐游香山

正是香山枫叶红，

正是红叶染秋风，

心难挂甲的彭大帅，

秋兴浓浓的陈老总，

驱车向香山，

情织秋色浓，

伫立山头上，

香山似添两座峰！

两位将军，

两座山峰，

许国百战身，

经霜更从容；

昨日庐山愁风雨，

今朝步儿紧相碰；

铁肩一串秋花红！

斜阳牵脚步，

深谷响霜钟；

香山醉笑语，

夕阳下秋空，

但见漫山红叶，

悠悠落怀中……

 下 棋

彭总解职后，

朱总看望来，

还是从前老习惯，

见面一盘棋摆开，

调兵忙遣将，

布局巧安排。

炮轰马儿跑，

兵卒过河界，

展开激烈攻和守，

车马逢关一炮开，

难分高与下，

帅才遇帅才！

吴家花园宅，
怎比黄洋界？
彭总举棋劝朱总，
此地还须少少来，
谗言乱纷纷，
犹恐生祸灾！

对阵几十载，
斗志总不衰，
朱总棋落似雷炸，
好似马踏烽火台；
连说两三声，
今朝杀痛快！

我望两老总，
心潮漫天外：
棋盘燃过井冈火，
兵卒走过太行岩；
一步又一步，
走出新时代……

将军未下鞍，

继续蹈江海，

为民戎马斩关山，

庐山风雨扑面来，

眼前这盘棋，

谁评胜与败？

茨坪红米

岁月悠悠

——挂甲屯，

心上硝烟

——绕茨坪；

眼里中秋月，

清辉似霜凝，

将军今夜，

独立倍多情。

只见红米袋，

不见送米人，

三寸纸条两行字，

闪荡万水千山，

响着井冈回声：
"我等自筹费，
千里看亲人，
谁知这里墙比井冈高，
墙外圆月不照墙里人，
红米献给老团长，
佳节与你共暖温……"

大将军呵，
人民的大将军，
手捧红米泪有声，
月照几行字，
闪闪似红星，
胜过烽火年月，
家书抵万金……
将军思深深，
佳节夜深深，
青天月儿寒五更……

敬 酒

警卫员的父亲来到北京城，
不知彭总怎样知道了音信，
他问警卫员居住在哪里，
怎么没有见着他的身影？

警卫员说他已安排好了，
感谢首长的关怀和操心；
因为他是一个普通农民，
不能随便在这儿出出进进……

彭总一听火冒三丈，
责问警卫员是谁的规定：
"他的儿子能来这里，
难道做父亲的反而不准进门？

"我们当初是从哪里来的，
是农民父兄送我们入城；
这里原是皇帝住的地方，
论清规你我都没这福分……"

晚上警卫员的父亲来了，
彭总亲自迎接他的光临，
不停地为客人斟酒，
急得警卫员直向父亲递眼神。

他父亲一点也不拘谨，
说话随便，真挚诚恳，
诉说他解放前一家的苦境，
倾诉解放后分到土地的欢欣。

连他栅里喂养了多少头猪仔，
那屋后硕果累累的柿子树林，
都对彭总一五一十地讲了，
讲得彭总前俯后仰，纵笑连声……

警卫员示意他父亲不要讲了，
用手悄悄去扯老人的衣襟；
父亲却把身子和彭总靠得更紧，
怎么也"警卫"不住这位普通农民。

"不怕的，小子，我看得出，
这位同志过去也是个庄户人，

他的心思同我的心思一样，
咱们是一对瓜儿一条藤……"

彭总放声大笑，立刻重把酒温，
瞧，父亲多么得意，开怀畅饮；
只有我们这位警卫员同志呵，
在一旁思索这种特殊的感情……

握 手

彭总刚从野外归来，
粗硬的胡子串挂两腮，
他风尘仆仆走进理发店，
一位理发员热情过来接待。

道一声同志您请坐，
轻轻把他的领扣解开；
白布围束在彭总颈上，
操作细心而又轻快。

理发员借刮胡子的机会，
深情地喊一声"彭帅"，

彭总惊异地望着理发师：
"你怎么知道我是彭德怀？"

理发师贴近他的耳朵，
生怕引起别人的疑猜：
"我是一个志愿军战士，
在朝鲜你到过我们排……"

彭总看了看可爱的战士，
仍像当年那样亲切和蔼；
战士望了望自己的元帅，
仍像当年那样敬仰爱戴！

不知他们在说什么？
只见眼光碰出泪来；
理发员把手伸在布围下，
两双手久久地握在一块……

独立寒春

回忆往事，最怕触动这一章，
一股寒气，直窜到人脊梁上，
来往蓉城，最怕经过这条巷，
怀念彭总，此处最叫人心伤！

　　小巷深处，楼群中一所小小平房，
　　六六年初，曾是彭总居住的地方。

他来时，自己挎一只行囊，
一包书，几套亲手缝补过的衣裳。
他来时，虽已饱经风霜，
胸怀中，依旧是一副赤子心肠。

　　他在颐年堂重被点将，
　　奔赴大西南——建设战略后方！

没有欢迎的仪仗，只有夹道的树行，
这倒是很符合他的愿望；
没有接风的酒宴，敲锣打鼓的排场，
这倒是他一贯奉行的主张。

　　他从挂甲屯重新披挂出征，

只希望在脚手架上洒出热血一腔！

虽如一颗子弹被重新推上枪膛，
弹上膛，未必就能砰然发出声响。
他虽有一个副指挥的职位，
"右倾机会主义"的罪名依旧戴在头上。
　　空怀一腔热望，满腹韬略，
　　竟不能跃马横刀驰骋沙场！

他连连写信，提出要求，
只不过要求来人介绍介绍情况；
他屡打电话，再三催促，
推诿的回答似一条录音带反复播放。
　　青苔却在他门前放肆地生长，
　　间或有落花随风飘过矮墙……

他终于走了，带着被满足的愿望——
平房前静悄悄驶来吉普车一辆。
挎一只行囊奔赴山高水远的工地，
欢送他的依旧只有夹道的树行。
　　他满怀喜悦，为重新回到人民中间，
　　他毫不沮丧，为终于离开了"官场"！

凉山行

跟随彭总十七年，
踏遍关山一处处。
轻骑破晓穿南海，
驱车载月入大漠，
行程难计数！

乘船要快艇，
坐车喜高速，
彭总脾气早摸熟，
分分秒秒，
总在忙中度！

六六年，夏之初，
此番出行最特殊。
车上凉山路，
彭总做叮嘱，
沿路多多停几处！

行车也让慢慢开，
总对窗外看不够，
彝寨、索桥、海子边，
都曾做过停车处，
停下车来慢慢踱……

谁为红军饮过马？
谁为红军带过路？
走村串寨访亲人，
为我后来人，
心上翻开备忘录！

朱总司令在哪饮过马？
周副主席访过哪家屋？
哪是毛主席走过的路？
彭总脚下的大凉山，
翻开长征的历史书！

步子虽在慢慢踱呵，
话儿却在急急诉，
一汪山泉、一棵树，
一丛杜鹃、一座湖，
都是彭总动情处！

长征路上慢慢踱，
哪是有了闲工夫？
报上已在批海瑞，
支支黑箭向彭总，
已把毒锋露！

寸寸光阴透急促，
赶挑大事细细做！
不容历史被墨涂呵，
带我后人上征途，

为识真面目！

此后十载乱云飞，
更识彭总用心苦，
为得后人不迷途，
冲开云，荡开雾，
彭总先行又一步！

大渡河畔

营盘山下，
树树红桃摇春风；
大渡河上，
排排白浪如腾龙。
五月古渡安顺场，
山光日照蓝，
水色绿映红。

古渡口，
谁人来？
脚步起落三级风！
为何一见大渡河，

如此兴冲冲，
大声喊呵大声叫，
双手挥在半空中……

曾记否？
他在这里劈过浪，
他在这里斩过风。
河水乍见已不识，
鬓如雪，
面如铜，
——饱经风霜一棵松！

大渡河，
浪千重，
闻他喊声心也动。
"在这里呵， 在这里！
人投红军，水姓'共'，
送我三万子弟兵，
这条大河立过功！ "

五月正逢雪山融，
俯身岸边掬一捧。

雪水咽入热喉咙，
更添心潮浪拍胸。
昔日长征人，
能有几人返旧营？
水照泪眼红！

谢过大河浪和风，
噙泪转身叩茅棚，
紧握船工一双手，
久久不肯松！
来人自称是代表，
代表当年的乘船人，
对船工，深深一鞠躬！

乍见疑是梦，
细看惊重逢，
挥师踏浪举过旗，
营盘山上扎过营，
三十年前归战场，
回来了——
三军团长彭老总！

大渡河呵老船工，
受他深深一鞠躬，
至今仍觉心中痛！
鞠躬尽瘁为人民，
彭老总，
昨日去在风浪里，
今日来在风浪中！

谒南山

过乌江，
奔向哪？
峻岭奇峰
迎面起，
走石飞沙
车轮下。
车如彭总胯下马，
直向遵义南山插！

莽苍苍，
奔眼底，
倚天耸悬崖！

车方停，

人已下，

急向云中跨。

好似崖头上，

有人正等他？

谁等他？

不作答。

一步更比一步急，

一步更比一步大，

时值盛暑

太阳辣，

全不顾，

汗水洗鞋袜……

谁等他？

穿林小路

青苔滑，

又兼山洪

添坑洼。

喘吁吁，

竟不顾
年岁逾花甲！

到山顶，
人惊讶！
一块巨石
扶住他！
彭总泪，
顺脸颊，
滴滴答答石上砸，
颗颗落地巴掌大！

别后已逾三十年，
头个十年，
为挽危亡驱战马；
两个十年，
挥师卫国未解甲。
如今重逢南山石
无声泪里
多少话？

下山时，日已斜，
霞染层林如血画。
谁等他？
直到此时方作答：
平江起义老战友，
井冈山时旧部下，
长征途中，
为取遵义热血洒……

像当年，
接过亡友手中枪，
发烫枪管包衣裓，
转身投入新厮杀，
一声喇叭车又发！
何惧峻岭奇峰龇牙来，
且看那——
走石飞沙车轮下……

没有典礼的巡行

——视察三线建设工地

没有仪仗队，

没有军乐曲，

没有红地毯，

没有鲜花彩旗，

"大三线"千里工地，

没有欢迎你的典礼！

你不再是国防部长，

六年前就已离开政治局。

摘下满襟的勋章，

——那历史的荣誉，

一身褪色的军衣，

——迎来今日的风雨。

踏着没膝的积水，

你走入隧洞工地。

透过纷飞的岩屑，

战士认出你的身躯。
你那热情的手势，
勾起多少深情的回忆！

谁说这不是典礼？
战士们在岩壁前挺立。
隧洞分明是战壕的延长，
风中依然满是硝烟气息。
司令员来到阵地前沿，
战士用目光向你敬礼！

头顶亚热带的骄阳，
你来到桥梁工地。
金沙江的滔滔雪浪，
又一次踩在你的脚底。
沿着你额前的皱纹，
汗珠滚过蓝图、注进桥基⋯⋯

谁说这不是典礼，
群山回响着汽笛。
列车驶过新桥，

——二十世纪的云梯。
车窗上映出无数双眼睛，
惊看浪中桥墩似见你的手臂！

迈着穿烟踏火的步履，
你出现在"攀钢"的炉群旁。
一副蓝色的透镜，
把昔日的望远镜接替，
你的身体紧靠向炉体，
似准备化作一铲耐火泥？

谁说这不是典礼，
钢花远比礼花绚丽。
你仰望着高炉的伟躯，
高炉也俯身向你致意，
你目送红云飞上炉顶，
似看见战旗飘上新的高地！

你匆匆来呵匆匆去，
一天比一天跑得更加迅急。
六六年满是雷雨的夏天呵，
已是你最后几张工作的日历。

一双双暗中流泪的眼呵，
紧盯着你留下的最后一片汗渍！

谁说这不是典礼，
隧洞中，目光如炬。
大桥上，声声汽笛。
熔炉前，飞天红雨。
"大三线"的副总指挥呵，
人民用特殊的方式向你致意！

彭总呵，你匆匆行程千里，
也是用特殊的方式表达心意。
没有发指示，没有做讲演，
脚音传出一片别情依依。
再拼出最后一身热汗，
洒在建设社会主义的工地！……

大军行

庄严的纪念堂，宁静的早晨，
我们屏息望定这玉阶金门；
如同等待着统帅前来阅兵，
每四十人列为一个方阵。

想象着自己已变成花团缤纷，
太阳以金手指摩挲一往情深；
松针柏叶因春风而雀跃，
仿佛尽悬挂着我们激动的心。

擎天的石柱屹立在我们身后，
莫非曾约定？一对巨人题铭文。
如今纪念堂又和纪念碑融为一体，
像历史本身不可分割，一般雄浑。

还有谁不理解伟大的中国革命？
天安门广场就是揭开的课本；

读一遍石头的记忆和眼睛的誓言吧，
时间和空间必将会无限延伸……

领袖、政党、阶级和群众血肉难分，
在这儿体现得何等生动、深刻、单纯！
北斗星座因七星结构而光照宇宙，
拱卫北斗的更有万千星辰！

手执斗柄者正是那最明亮的一颗，
如今就在这殿堂之上安寝；
神圣的职守已付与新的集体，
可靠的巨掌旋转着朗朗乾坤。

但耳边又怎能不萦回您的呼声？
是您血涂荆棘，指点历史的迷津；
如果中国竟不曾听从您的召唤，
人们肯定还在黑暗中徘徊、沉沦……

阅兵式终于开始了，纵队穿越大厅，
不是三尺的步武，而是寸寸分分！
静！静！我们绕圈椅、眠床而行，
此刻，统帅和战士彼此能谛听心音。

看您的一呼一吸，吐纳着万里风云，
弄浩浩江河为琴，倚莽莽昆仑做枕；
呵，我们确实同时见到了您的战友——
无所不在的骨灰！无所不至的忠魂！

中国的兵车轰轰然在天地间飞奔，
时代之大轴联结了一对巨轮；
倘或失去了你们的配合默契，
谁知道二十世纪在何处颠簸困顿？！

而且我们重新发现了您眉间的结，
家国之忧呵，竟终生未得平熨！
我们早年见过，当斯诺首次指给全世界，
我们后来见过，当敞篷吉普驶进天安门。

也许还必须上溯得更其长远——
黄鹤楼前把酒，橘子洲头行吟；
那时您就把心事绾结在额前，
沉郁的目光已专注于各民族的命运。

我们当然只有一些渺小的烦恼，
而您却郑重宣告：要为人民谋生存；

伟大的忧思呵从不嘲笑渺小，
共产主义和柴米油盐挤满了您的胸襟。

多么亲切的眉结！亲切得令人心疼；
不凡的凡人！人民这样确认。
您以当人民的儿子为光荣，
共和国却将您比作父亲。

然而恶鬼和魔女偏要兴妖犯禁，
以丑陋的色彩、拙劣的画笔制造光轮；
他们妄想用符箓当砖高筑庙墙，
变人民与领袖为愚众与尊神。

不！巫术岂能将真理蒙混！
请看那眉间分明鼓突若愤懑！
"一句顶一万句"不过是迷人的蓍草；
恶鬼和魔女相继用它泡制毒鸩。

您慧眼如火洞穿了魔鬼的心肝，
人民也早已成熟，拒绝这谋杀的宴饮；
撕破他们的红袍！扯下他们的红巾！
收缴他们伪造的权杖金印！

雨露恩，自来最刻骨铭心，
怎容得毒蜂儿楔入芒刺半根！
革命无神祇，无须靠巫师沟通神、人，
人民万岁！我们当牢记您的谆谆教训！

白胡子的故事讲，您和我们骨连筋——
翻身老雇农同您拉家常满座生春；
长翅膀的山歌唱，您和我们心贴心——
幸福小八路同您依偎在延河之滨。

昨天我们曾经是您的战士，
今天我们依旧是您的大军；
关山重越，再来一个二万五千里，
帅旗飘飘，引导我们建立新的功勋。

于是我们从纪念堂誓师出征，
冲出新的腊子口就是新的吴起镇；
十一大路线是我们阶级的进攻路线，
大军行！向二零零零高地挺进！挺进！

献给长城的颂歌

—— 一九八一年十二月二十三日观纪录片
《钢铁长城》有感

一

你还记得我吗？命运的最好驿站！

我，普通一兵，曾发誓将终生向你奉献，

然而，我却不得不把军衣归还，

从此，红星便不再照耀我的帽檐，

可我还是那颗头颅，

可我还是那副肝胆。

难道旧砖也会有自我感觉？

有的！我要大声回答：除非他已碎作泥丸！

真该感谢这无法解释的奇妙信息，

使我始终充满着力量和贞坚，

真该感谢周围的人群，是他们的手臂

保护了我良心的纯洁与平安。

哦，我至爱的长城！我情同骨肉的绿砖！

你屹立，我也屹立，你庄严，我也庄严！

二

此刻，我多么想飞往那片草原，

此刻，我多么想站在你们中间，

我渴望插上鹰隼的翅膀，

不行，就让我尾随化一溜轻烟！

我渴望按遍火炮的琴键，

不行，就让我昂首开一朵烈焰！

你的喉管正是我的喉管，

我早已加入了你惊天动地的呐喊：

首长好！记住了——是首长，不是官！

为人民服务！记住了——是人民，不是算盘！

同志们好！一声问候饱含着多少革命的温暖！

同志们辛苦了！六个音节体现了党的无限慰勉！

哦，我至爱的长城！我情同骨肉的绿砖！

你激动，我也激动；你喜欢，我也喜欢！

三

猛然间我认出了西边邻座是董振堂，

再扭头又发现了东边邻座是刘志丹，

近处竟是彭德怀、罗瑞卿、陈毅和贺龙，

远处更有杨靖宇、吉鸿昌、叶挺与左权，
笑盈盈的雷锋，依旧有着一张娃娃脸，
厚嘴唇的王杰，讷讷不报自己是党员，
小岩龙走黄继光的道路，脚步半点不偏，
李成文顶天立地，如同董存瑞再世重现；
他们全都频频点首，热泪飞溅，
他们全都默默无语，心挂肠牵，
听！我确实听清了他们的共同宣言：
不论是谁，凡自毁长城者必属内奸！

哦，我至爱的长城！我情同骨肉的绿砖！
你警惕，我也警惕，你应变，我也应变！

四

中国历史揭过了三千年，
早已非秦时明月汉时关，
燕王朱棣连贯了东西段，
又何曾保住华夏好河山？
不懂得为谁作战的军队，
怎能有摧不垮的理想与信念？！
我骄傲，唯有子弟兵这数十万对铁拳，
才捶得正是时候，又正是地点！

地球这么小，世事这么乱，
谁个叫苦？谁个说甜？谁个拈酸？
我全明白，而且决心仿效一番——
在岗位上，将大脑和体魄检验。

哦，我至爱的长城！我情同骨肉的绿砖！
你无畏，我也无畏，你向前，我也向前！

□ 柯岩

我们该怎样回答

在年轻战士的墓前，
我放下一束洁白的
洁白的鲜花。
我要把后方的感激、
崇敬和欢欣……
带给他——
都带给他……

陡地一阵轻风
浸透我的肺腑，
直扑我的面颊，
墓侧小树的枝丫
一起摇曳，树叶沙沙……
呵，好像在向我致意，
又像在和我说话——

"他用胸膛堵住的枪眼

——早已喑哑，

还击途中的重重碉堡

——也全部摧垮。

入侵的强盗

也早已丢盔弃甲……

他尽了一个战士的最高职责，

同志，同志，你知道吗？"

哦，是的，是的，可——

我们该怎样回答？

"硝烟，炮火……

暂时都已远去，远去，

他所在连队的战友

也已整队回原地驻扎……

祖国，到处是孩子的欢笑，

边境的弹坑里，

也重新开放出

朵朵鲜艳的小花……

他是满心欢喜地长眠地下，

同志，同志，你明白吗？"

哦，是的，是的，可——
我们该怎样回答?!

"他的心还在地下跳动，
日日夜夜催我快快长大……
让我伸枝展叶直上蓝天，
让白云托住我的枝枝丫丫，
好在云端远远眺望——
祖国的高山、流水;
问候祖国的乡村、城镇，
那每一户人家……
同志，同志，你想到吗?"

哦，是的，是的，可——
我们该怎样回答?!

"他问油田又搭起多少新的井架，
他问电力又增加了多少千瓦;
他问城里的居民楼又多了几幢，
他问地里可长满丰收的庄稼?
他急着想看见——
四个现代化计算中心的蓝图，

后方的人们是怎样
在祖国的大地上描画。
同志，同志，你懂得吗？"

哦，是的，是的，可——
我们该怎样回答？！

"他问，他特别地问呵——
和他同辈的青年在干什么？
他们的学习好不好？
对祖国母亲的哺育，
是心存感激吗？
当邪风迷雾袭来时，
该不会迷路吧？
他说——他说——
他特别思念他们，
因为他把自己未尽的生命，
一并融进了他们青春的年华……
因此，他问，他不停地问——
同志，同志，你听见吗？"

哦，是的，我听见了，
全——听——见——啦！

在年轻战士的墓前，
我放下一束洁白的
洁白的鲜花。
我仰望那伸枝展叶的小树，
伴着泪水和感激，
用我笨拙的笔
记下了他所有的
思念、关怀和问话——
哦，同志，我年轻的朋友，
你听见吗？你听见吗？
我亲爱的同志们哪，
我们该怎样回答？！

哦，是的，是的，我们——
该——怎——样——回答？！

□
柯
岩

水兵在岸上列队而行

水兵在岸上列队而行，
风流倜傥，军威肃整。
海风吹动着军帽的飘带，
使多少少男少女目不转睛。

哪个男孩不曾在孩提时代自任船长？
多少水兵充实过少女的梦。
可你们知道大海是怎样检验海员么？
舰队又是怎样考核水兵——

在颠天倒地般的眩晕时，
他要在甲板上笔挺地执行命令；
在撕心裂肺的呕吐声中，
他要在岗位上保证机器正常运行。

在四十摄氏度高温的密封舰舱里，
他像沙丁鱼在罐头里那样耐热负重；

在十二级台风排山倒海而来时，
他又要像善泳的长鲸一样去抗浪击风。

当十五的月亮明媚地倒映在海里，
他要忍受对故土刻骨铭心的思念；
在突然遇到敌人袭击时，
他要随时准备洒尽热血，英勇牺牲！

谁没有经历过真正的艰险，
谁就不会懂得真正的水兵。
谁没有经过大海的洗礼，
谁就不会有真正海员的心胸。

热爱水兵吧，我美丽的少女，
不要仅仅用他来装饰自己的梦。
航海是真正英雄的业绩，
爱，就意味着牺牲。

去当真正意义的水手吧，我可爱的少年，
不要让美妙的幻想在庸碌中消融。
生活的海洋从来不比大海更平静，
该从小就学会在自己的甲板上立定。

□ 柯岩

又见蔗林，又见蔗林

又见蔗林，又见蔗林，
如对故人，如对故人！
小川，小川，
曾记否？记否
当年，你我三人
追随将军万里行——

一路同行，啊，一路同行，
一路歌声与笑声，
豪情满怀，壮志凌云！
今日青年，恐难信：
我们也曾青春年少，
青春年少，一如他们……

一路同行，啊，一路同行，
诗意盎然，热血沸腾！
司令员，指点江山：

讲当年怎样秋收起义，

拯救人民于水火；

忆昔日南征北战，又怎样

深入敌军如入无人之境。

铁道兵是怎样穿山越岭，

贯通山川血脉；

人民海军又怎样创建，

历尽了万苦千辛……

将军白发，迎风飘飘，

笑声朗朗，高歌抒怀：

叹江山万里，将交付我们。

谁能料，十年动乱，

千万人死于非命。

小川，小川，

你是噩耗先到，书信后临，

惹我们几番惊喜，阵阵揪心。

但愿噩耗是误传，

偏偏不幸是真：

"他杀无直接证据"，

七个字，了你终生。

只留下层层疑云，满腹悲愤，

只留下你日记几卷，一缕诗魂。
司令员仰天长啸悲声恸：
他白发人反先送你黑发人！

又见蔗林，又见蔗林……
如对故人，如对故人。
小川，小川，
曾记否？记否
当年，你我三人
追随将军万里行——

先到虎门，后到厦门，
东临大陈，西出玉门……
碧海万顷，风舞舰旗，
大漠孤烟，行行脚印。
一路同行，啊！一路同行，
江山万里觅忠贞。

虎门登高，叹林则徐
临危不惧，铮铮铁骨；
厦门抒情，赞海岛战士
艰辛守业，赤胆忠心。

上海青年志在四方，
一代新人青春美；
三五九旅，英姿依旧，
屯垦戍边，再建功勋……

啊，一路同行，一路同行，
阳关折柳，踏马昆仑，
将军率领三个兵。
一路上赫赫战将见多少，
战功、战绩动我心。
青山处处埋忠骨，
碧海滔滔尽是情：
山川、岛屿、边境、国门，
人人事事入我梦，
处处引我热泪倾。

一路同行，啊，一路同行，
武将军从来爱斯文，
将军驻马，阿克苏种桑，
捎书带信，让我们
石河子专程看艾青，
诗坛列阵：老、中、青。

开口谈诗，闭口论文，
话虽未透心连心，
几次相聚，难舍难分……

一路同行，啊，一路同行，
江山多娇人多情：
小川时时笔走龙蛇，
老贺日夜苦苦哦吟，
只有小柯，迷迷瞪瞪，
学骑学射学诗文：
先惊：《西去列车的窗口》，
更叹：《青纱帐、甘蔗林……》
战士风貌，诗品，人品，
日日夜夜，铸我灵魂。

又见蔗林，又见蔗林……
如对故人，如对故人。
看江山无恙，蔗林更茂，
见湖海易貌，新柚群群。
大地重光，太阳重升，
靠多少铁腕红心人。
小川，小川，

如你健在，
该又赋多少华章，
小川，小川，
如你健在，今日诗坛
当别是一番光景……

一路同行，一路同行，
啊！新行不是旧行人。
海洋诗会，虽多旧友，
惜岁月不再，霜欺两鬓。
小柯如今变老柯，
小川，小川，你可相信？！
几番风雨容颜改，
不改一颗赤子心。
毁誉由之，宠辱不惊，
依然结伴，万里壮行。

长空万里，万里长风，
依然追寻，依然追寻——
追大海辽阔，
追高山坚定。
追甘蔗林甜美，

追青纱帐艰辛。
追同行诗友，仍风华正茂，
追同行新秀，也冲锋陷阵……

啊！但愿人长久，
永生在诗文。
但愿人长久啊，
青春永驻在诗魂。
如我故人，如我故人。

啊，又见蔗林，又见蔗林，
又见蔗林啊，又见——蔗林……

□ 纪
宇

两种风流

就在这时候，在你拉响爆破筒的时候，
北海的划船，载不动过多的温柔；

美丽的花伞，轻拂着杨柳，
人面与花影在水面上漂游。

就在这时候，在你身中数十弹的时候，
浦江的石凳已被爱神一条条占有；

喃喃的情话，相偎相搂，
拥抱和接吻使月儿也觉得害羞。

剧场在演《天鹅湖》，梦一样轻柔；
舞厅正跳迪斯科，青春在旋扭……

差别竟然这么悬殊，注定要——
有人流血牺牲，有人安乐无忧！

生活就是如此现实，时刻是——
有人慷慨赴死，有人笑上酒楼。

既然战斗已开，国门要守，
不是我流血，就是你血流；

"那就让我流吧，祖国，
穿一身军装，就要有军人骨头。"

既然门外有盗，必须战斗，
不是你断头，就是我断头；

"那就让我去吧，妈妈，
是祖国之子，就该和祖国同仇！"

你们是清醒的，清醒如高山昂首，
你们是理智的，理智似江河东流。

不就是为了祖国的幸福吗？
你们才视死如归，粉身御寇；

不就是为了祖国的安全吗？
你们才披荆斩棘，血写风流。

你吻别刚四个月的婴儿，来钻山沟，
枪林弹雨中把伤员抢救；

同志的伤口连着你的心口，
伤员一声呻吟，你的心一阵难受。

你护理不停，你唱歌不休，
熬红了眼睛，唱哑了歌喉……

梦中，你又听见儿子的哭声，
醒来却把全部母亲的温情献给战友！

你临近复员了，未婚妻频频招手，
妹妹来信说，家乡富得流油……

为你做了家具，为你盖了小楼，
新买的汽车等你回去大显身手。

可战斗开始了，是走还是留？
你把不该你挑的担子抢上肩头！

头顶炮火如网，路面地雷似豆，
你驾驶的"解放"在火海里遨游。

你死了，死在未婚妻望眼欲穿的梦里，
死在小妹妹为你布置新房的时候……

你大学毕业了，前程如锦似绣，
为什么又考进军校，重学再修？

女朋友说你"傻"，和你分手，
男同学怪你"痴"，将"自作自受"。

可你走上前线，带兵战斗，
战斗间隙，依在坑道闭目神游；

梦幻中又映出心上的镜头，
母亲瞩望着我，伫立在村口。

怎忍心让她的白发再添新愁；
一块饼干分着吃，一支香烟传着抽。

大学生的价值该怎样衡量，
战争的天平，能称出他们的操守！

此刻，听听他们的心声吧，
生者和死者有些什么要求？

"我最大的愿望是去首都一游，
把笑脸定格在天安门城楼。"

"我最高的索取是得到诗一首，
不要用'傻大兵'来亵渎我的灵柩！"

"社会的承认，是我最高的褒奖！"
"人们的理解，是我最大的渴求！"

"亲人在我身边，打仗何曾怕断头！"
"祖国在我身后，化作尘埃也风流！"

王
怀
让

你们身上的绿和
你们头上的星
——八月一日的歌唱

世界上有一种颜色，

　　这种颜色

　　　　使我这样地这样地这样地动情啊——

这，就是你们身上的那一身绿，

　　那一身被南昌的绿柳

　　　　被井冈的绿竹

　　　　被草地的绿草

　　　　　　染出的绿——

　　绿得是这样的朝气

　　　　这样的鲜艳

　　　　这样的年轻啊……

天空中有一颗星星，

　　这颗星星

　　　　使我如此地如此地如此地向往啊——

这，就是你们头上的那一颗星，

那一颗被茨坪的灯

被延安的灯

被西柏坡的灯

染红的星——

红得是这样的热烈

这样的真诚

这样的生动啊……

一看到这一身绿哟，

我便会激情飞扬，诗情涌动——

我想到你们，

你们在南昌城头打响的

那平平仄仄的枪声，

那枪声在大地上

溅出的永不消逝的回声——

那黄洋界上松树炮的隆隆之声，

那长征路上草鞋的嚓嚓之声，

那陕北山间马蹄的嘚嘚之声，

以及历史课本中的风声雨声雷声，

以及农民们和工人们手中的

油菜的开花声，

小麦的拔节声，

黄河上电机转动的呼声，

长江上大坝合龙的欢声……

一看到这一颗星哟

我便会浮想联翩，画意纵横——

　　我想到你们，

　　　　你们在长征路上印下的

　　　　　　那深深浅浅的脚印，

　　　　那脚印在大地上

　　　　　　染出的永不褪色的丹青——

　　那扬子江的浪头上染上的殷红，

　　那大同江的波涛上染上的鲜红，

　　那湄公河的激流上染上的血红，

　　　　以及中国地图上箭头的红据点的红包围圈的红，

　　　　以及诗人们和画家们笔下的

　　　　　　三月桃花的红，

　　　　　　九月杜鹃的红，

　　　　　　天安门城楼上红灯的火红火红，

　　　　　　大会堂大厅里地毯的深红深红……

你们的一身绿哟，

　　是一身奇妙的绿！

有时候这一身绿像松针的绿一样，

　　绿得坚强绿得坚硬绿得坚定——

　　　　君不见当大风刮起之时，

　　　　　　这一身绿可以挡住风沙；

　　　　当暴雨袭来之际，

　　　　　　这一身绿可以镇住洪峰……

有时候这一身绿又像柳条的绿一样，

　　绿得柔软绿得柔顺绿得柔情——

　　　　君不见当老人迷路之时，

这一身绿变成老人面前的希望之路；

当孩子落水之际，

这一身绿化作孩子梦中的生命之星……

你们的一颗星哟，

是一颗神奇的星！

有时候这一颗星红得像烈火，

烈火般的仇恨烈火般的愤怒烈火般的无情——

君不见当歹徒行凶之时，

这一颗星可以把他们烧死；

当坏人作恶之际，

这一颗星可以照出他们的原形……

有时候这一颗星红得像花朵

花朵般的美丽花朵般的芬芳花朵般的温情——

君不见当春节来临之时，

这一颗星变成了人们门上的对联；

当大雪纷飞之际，

这一颗星化作了群众炉中的火红……

你们的一身绿、一身美丽的绿呀，

日日向上月月向上年年向上，

像大树一样

长出了多少梁柱

　　　　支撑着我们的天空——

我们共和国的万里蓝天

　　不正是千万个一身绿的董存瑞、

　　　　一身绿的黄继光

　　　　　　用自己的一身绿

　　　　　　　支撑起来的吗?

你们的一颗星、一颗鲜红的星呀,

　　时时发光代代发光辈辈发光,

　　　像太阳一样

　　　　　洒下了万道霞光

　　　　　　照亮了我们的大地——

我们共和国的万里江山

　　不正是千万个亮着星的徐洪刚、

　　　亮着星的吴国良

　　　　　用自己的红五星

　　　　　　照得火红的吗?

世界上有一种颜色,

　　这种颜色

　　　　使我这样地这样地这样地动情啊!

这就是你们身上的那一身绿,

这一身绿

　　使得我的庄稼天天长高，

　　　　我的儿子天天长高，

　　　　　　我的希望天天长高啊！

面对这一种绿，

　　我怎能不动情呢——

　　　　我愿变成一句诗行，

　　　　　　去把它永远永远地赞颂……

世界上有一颗星，

　　这颗星星，

　　　　使我如此地如此地如此地向往啊！

这就是你们头上的那一颗星，

　　这一颗星

　　　　使得我的道路永远明亮，

　　　　　　我的黑夜永远明亮，

　　　　　　　　我的梦境永远明亮啊！

面对这一颗星，

　　我怎能不向往呢——

　　　　我愿化作一幅丹青，

　　　　　　去向它真真诚诚地致敬……

追赶长征

——写在新长征途上

……又到了这样的季节——

西风烈，

长空雁叫霜晨月……

……又到了这样的时间——

天高云淡，望断南飞雁……

在历史课本里，

长征——

是一批人在雪山草地上不屈的背影！

让我们跑步追赶这些背影——

追赶长征！

在人们心里头，

长征——

是一颗星在浩瀚天空中

坚定地运行……

让我们飞起来追赶这颗星——

追赶长征！

我们追赶，
让我们追赶遵义红楼
那一盏不朽的马灯——
那一盏马灯
至今仍亮着，
它和天安门的红灯一起
照耀着中国的前程，
也照耀着我们的生命！
啊，遵义红楼
那一盏不朽的马灯……

我们追赶，
让我们追赶娄山关头
那一声喇叭的长鸣——
那一声喇叭
至今仍响着，
它和营房里的军号一起
鼓舞着中国的出征，
也鼓舞着我们的人生！
啊，娄山关头
那一声喇叭的长鸣……

我们追赶，
追赶"金沙水拍"中的
那些英雄的船影——
就是那些船影，
牵引着我们今天的巨轮
在四大洋里破浪乘风！
啊，那"金沙水拍"中
英雄的船影……

我们追赶，
追赶"大渡桥横"上的
那些勇士的身影——
就是那些身影，
扛起了我们今天的日月
在高速路上掣电驰风！
啊，那"大渡桥横"上
勇士的身影……

我们追赶，
追赶那七根火柴
发出的电闪雷鸣——
当火柴的光芒

照亮了老班长

嘴角的最后一丝笑容，

我们分明看到了

那笑容里写着

中国的黎明……

那火柴所传递的我们中国的传统：

团结奋斗

——传给了永远的时间和

无限的天空！

啊，那七根火柴

所照亮的

中国的黎明……

我们追赶，

追赶那一粒盐巴

引发的热核反应——

当盐的滋味

滋养着小战士

嘴唇的最后一次翕动，

我们分明听到了

那翕动中说着

未来的美景……

那盐巴所滋养的我们民族的精神：

舍生取义

——照亮了所有的山水和

一切的心灵！

啊，那一粒盐巴

所滋养的

未来的美景……

啊，我们追赶长征，

让我们用心的长征

去追赶那地理上的长征！

让我们携着长江和黄河

在大地上长征——

用我们的三峡大坝和小浪底大坝

去追赶长征路上

那逶迤的五岭！

让我们携着“神五”和“神六”

在太空里长征——

用我们的出发舱和返回舱

去追赶长征路上

那磅礴的乌蒙！

让我们携着已通车的青藏铁路

在速度里长征——
用我们的高原上的车笛
去回应长征路上
那"六盘山上高峰"！
让我们携着正奠基的高楼广厦
在高度里长征！
用我们的脚手架上的红旗
去辉映长征路上
那"红旗漫卷西风"！

啊，我们追赶长征，
我们用新的长征
去追赶那历史上的长征！
科学发展、
可持续发展——
这是我们的新长征
所要走过的一条路线啊，
它是这样地、
这样地向着光明啊，
如此地、
如此地展示着恢宏！
环境友好型、

社会创新型——

这是我们的新长征

所要跋涉的万水千山啊，

它是如此地、

如此地需要付出啊，

这样地、

这样地呼唤着英雄！

我们的目的地——

是小康的美景、

是现代化的远景！

我们心中的"延安"——

是中原崛起、

是中华复兴！

出发——

我们追赶长——征——

西行短歌（三首）

溜溜康定城

来到溜溜康定城，
想看跑马溜溜云。

不见溜溜的云，
只见溜溜的城。

溜溜城中下白雨，
白雨溜溜亮晶晶。

溜溜城中逛三圈，
会见多少溜溜人。

溜溜的大哥在开车，
按响溜溜的喇叭声。

溜溜的大姐在织毯，
怀抱朵朵溜溜的云。

折多河流的溜溜水，
雅拉河波翻溜溜情。

一曲新的溜溜歌，
送我溜溜往西行。

八美兵站

八位姑娘跳进鲜河，
河水唱悲歌；
岸边长出八株柳，
柳丝垂烟波。

传说八位姑娘，
死后戴着枷锁；
传说八株柳树，
夜夜血珠滴落……

解放大军进西藏，
饮马来到鲜水河；
树下拴了八匹马，
飞来八只花鹊。

战马扬蹄嘶鸣，
花鹊枝头唱歌；
唱的英雄大军，
赶走吃人的恶魔。

这时又来八位姑娘，
给大军送来八篮苹果；
姑娘的声音和花鹊一样清脆，
一样深情，一样谐和。

于是，又有了这个新的传说，
说八位姑娘今朝复活；
屹立在河畔的这座兵站，
是藏家心上光芒不灭的星座……

扬呵扬，
扬什么？
扬呵扬，
扬青稞。

扬过去，
天上飞金雨；
扬过来，
地下淌金河。

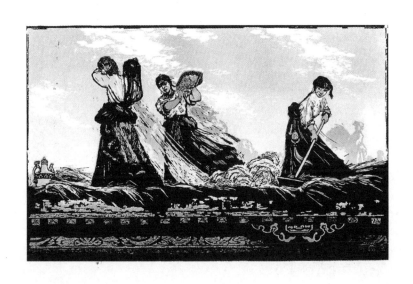

长裙摆，
闪金波，
银环摇，
闪银波。

香了天上云，
云彩往下落；
醉了地上人，
人睡黄金坡。

马车拉，
牦牛驮；
黄金路上，
鞭儿唱歌。

扬呵扬，
扬什么？
藏家扬笑脸，
草原扬青稞！

□ 石
祥

兵之歌（四首）

骆驼草

枝条如钢丝，

根须似铁瓜。

顶沙的叶，生得壮，

迎风的秆，长得俏。

是翻滚在沙海的浪花？

是蹦跳在浪尖的海鸟？

旱不死，压不倒，

甘愿给骆驼做饲料。

吃一茬，长一茬，

新芽总在心中冒。

变成了驼上的绒?

变成了驼上的膘?

战士训练搞潜伏,

钻进草丛不见了!

军装和草色一样绿,

风吹草低见枪刀。

骆驼草像不像潜伏哨?

潜伏哨像不像骆驼草?

谁说沙漠无绿洲?

骆驼草组成了翡翠岛;

谁说春风不度玉门关?

战士到处春天到。

骆驼草是沙漠的迎春花,

战士是祖国的布谷鸟。

十五的月亮

十五的月亮,

照在家乡,照在边关。

宁静的夜晚,

你也思念,我也思念。

你守在婴儿的摇篮边，

我巡逻在祖国的边防线；

你在家耕耘着农田，

我在边疆站岗值班。

啊！丰收果里，

有你的甘甜，也有我的甘甜；

军功章呵，

有我的一半，也有你的一半。

十五的月亮，

照在家乡，照在边关。

宁静的夜晚，

你也思念，我也思念。

你孝敬父母任劳任怨，

我献身祖国不惜流血汗；

你肩负着全家的重任，

我在保卫国家安全。

啊！祖国昌盛，

有你的贡献，也有我的贡献；

万家团圆，

是你的心愿，也是我的心愿。

寄西沙战友

你在祖国南端，
我在祖国北端。
西沙——塞上，
钢枪一杆！
我是枪托，你是刀尖。

你守卫着富饶美丽的西沙，
我守卫着牛羊肥壮的草原。
海南——翠玉；
塞北——花坛；
多少敌人眼馋，
多少强盗垂涎！

你战斗在火岛激浪，
我战斗在冰峰雪山。
南来——南打；
北来——北歼；
咱们是祖国的两只铁拳！

你在西沙打胜仗，
我在塞上捷报传。

南一支箭——北一支箭，
伟大祖国像张弓，
咱们搭在一根弦！

你注视着海上强盗入侵，
我警惕着陆上敌人来犯。
一道战壕——一条战线，
你是汪洋大海的巨浪，
我是伟大长城的钢砖！

两支巡逻队

山在飞？树在飞？
天在飞？地在飞？
十里滚滚风雪里，
射出两支巡逻队！

山上飞下滑雪兵，
帽徽闪闪赛红梅，
肩上斗篷飘云烟，
脚下飞着两道轨。

林中冲出民兵排，

帽耳子悠悠如燕飞，
手中的雪杖舞长桨，
激起的雪浪似流水。

枪上挂着雪疙瘩，
衣角吊着冰棒槌，
军民相见紧拥抱，
一身冰凌全挤碎！

战士、民兵交敌情，
怒火激起胸中雷，
敌军重兵压我境，
警惕要加千百倍！

民兵飞西东，
战士穿南北，
一经一纬织罗网，
一来一往银梭飞。

塞上军和民，
雪上比翼飞，
祖国的两只铁臂膀，
党和人民的两把锤。

□
李
瑛

燃烧的战场（组诗）

通往前沿的路

这是路吗，雾气搅着凝云，凝云卷着尘土，
这是路吗，决心和信心，沸腾了宁静的山谷；
看山边路标，看手中战图——
这是路，这是我们通往前沿的路！

数不尽的汽车，战车，炮车，
每个发烫的轮子都呼唤速度；
呵，伪装网下是什么——
粮秣，弹药，当然还有人民的叮嘱！

多情的桃花，起舞的桉树，
等回来再感谢你们的慰问和祝福；
送行的父老，铺路的姐妹，
我知道该怎样回答你们的一把沙、一捧土！

严正的历史呵，记住，请记住：
一九七九年，二月。在中国，在南方，
横断山脉中的这条通往边境的路，
向世界昭告：中国人民不可侮！

歌一名机枪手

人间的山呵，记着这眼喷泉，
山头的草呵，记着这簇烈焰。

为掩护战友冲锋，
我们的机枪手打得真欢；
枪托，紧紧地抵住右肩，
弹仓，散出来缕缕硝烟。

突然，他的身子猛地一颤，
两粒子弹把他的肩胛打穿；
血，涌出来了，机枪停了，
不，它更愤怒地叫起来像六月的雨点！

随着枪托的震动，汩汩的血喷涌不断，
呵，殷红的沸腾的血，染红枪托，凝聚地面。

多么纯洁的血，纯洁的火焰，
谁说他射出的不是热血，而是子弹！
多么庄严的血，庄严的火焰，
难道他倾洒的只是热血，不是信念！

直到最后血流尽，顽敌全歼，
他仍伏在枪身上，大睁着眼；
呵，阵地上，这副装满野草的肠胃！
呵，火线上，这颗红光闪闪的肝胆！

祖国岂能受辱，人民怎能蒙冤，
英雄胜利了，他用生命赢得了民族的尊严！

歌英雄李启

这不是故事，不是传说，是历史，
历史在歌颂一位英雄，英雄的兵士；
黄河和长城呵，认识他吗？
他——不愧是你的后嗣，诗的后嗣！

对父亲，他是个二十岁的儿子，
对青年，他是个二十岁的兄弟；
虽然他只有五十天的军龄，
五十天，却创造出千古的业绩！

现在，在战场——三六九高地，
漫天烟尘，漫山烈火，漫空霹雳；
他甘用年轻的身躯承受这一切，
毫不迟疑，毫不退缩，毫不畏惧！

透过熊熊烈焰，我看见他闪亮的目光，
透过密草浓烟，他看见了光辉的红旗；
越过一道火墙，又一道火墙，
他一边匍匐，一边射击。

他承担了全部痛苦和牺牲，
为把敌人的炮火引向自己；
我们的突击排从侧翼冲上去了，
冲上去了，占领了阵地。

待顽敌全歼，炮火沉寂，
满山灰烬中，闪着颗晶莹的金石；
像一颗最亮的星，光逼九天，
他——为集体，仍然保持着前进的英姿。

勇 敢

我的阶级呵，多么值得骄傲，
看这个青年，十八岁的青年，
生命竟这样壮丽而威严，
像一首大气磅礴的诗篇！

子弹在他身边爆炸，
手榴弹在他脚下冒烟，
一阵气浪把他掀倒，
腾起的黄土又把他埋严。

"呀，他倒下了，他牺牲了，
在山脚新炸的弹坑边！"
"看，那不是他——
正冒着弹雨，匍匐向前！"

好一把无敌的青锋利剑，
战斗着穿过烈火硝烟，
突然，他衔着弹盒站起来，猛冲向前，
仿佛大地都在他脚下微微发颤。

"呀！他倒下了，他牺牲了，
在敌人顽抗的阵地前沿！"
"看，那不是他——
横杀竖砍，已跳进敌人的壕堑！"

他端枪猛扫，像急风暴雨，
惊慌的敌人，被他撩倒一片，
裹着他的是汗渍和血迹，
罩着他的是尘土和硝烟。

"呀，他倒下了，他牺牲了！
一把刺刀亮在他的胸前！"

"看，那不是他——
已消灭敌人，冲上制高点，正举枪呼喊！"

正义比钢铁要坚强百倍，
真理比金石更千倍耀眼；
他三次战胜危难，夺得尊严，
他永远是胜利者，因为他勇敢。

担架

我不认识你是谁，

我们的傣家姐妹，

你住在哪架竹楼、哪座山寨？

门前有怎样欢乐的流水？

我不认识你是谁，

我们的傣家姐妹，

你织过怎样的统帕、怎样的头巾？

喜欢怎样的耳环和花穗？

我只知道你是我们的好姐妹，

炽烈的爱和炽烈的恨，哺育了你心灵的美。

二月，中国的南方，南方的边陲，

风雨正涤荡着人间的死灰。

火线上，伤员要后送呀，

最后，缺一副担架怎么办？

绷带，止不住伤员的血，

绷带，缚不住姑娘的泪。

是呀，伤员要抢救，
缺一副担架怎么办？
路太远，难以背上他跑，
坡太陡，无法驮着他飞。

呵，只见我们这两个好姐妹，
拢一拢头发，抹一把泪——
砍两根青毛竹，脱两件黑统裙，
把伤员按上担架，就迈开了腿……

不是吗？昨天，她们犹似轻柔的白云，
轻得那样胆怯，柔得那样妩媚，
见流血，还害怕；遇生人，还羞涩；
而今，却变成了冲天的火，爆炸的雷！

我不知道你们的名字，
我不认识你是谁；但却知道：
在任何一座山寨的任何一架竹楼里，
今天，都有这样的新一辈！

回到祖国

出国时还是花苞满眼的桃树，
现在——开得正酣；
出国时还是一池嫩绿的稻秧，
而今——已绿遍梯田。

该对你说些什么呢，
生我养我的祖国！
我的枪膛里还压着，
走下阵地前装进的子弹。

如今，我回来了，祖国，
我又听见了你村寨的声声鸡啼，
又闻见了你乡野气息的炊烟，
小麦、甘蔗，酝酿着生活的甘甜……

此刻，我又可以放声歌唱了，
像我们奔腾的河水那样歌唱；
此刻，我又可以自由行走了，
像清晨竹梢跳跃的小鸟那样撒欢……

回想，昨天，在战斗里，
我承受了你给予我的何等巨大的信任和考验；
即使是山头上一朵小花悄悄开放，
也像是你在把我轻轻召唤。

亲人哪，此刻，你不会笑吧——
看我黄尘满身，热泪满脸，
半月未脱的鞋袜，已粘住脚板，
汗水浸透的衬衣，已经发酸……

正因此，我才更深地理解——
和平的价值和民族的尊严，
为了不至在废墟和泪光中寻找你，
难道我们还有别的选择，除了作战！

我的在建设中日夜繁忙的祖国呀，
真正的和平还需要用汗血去浇灌；
因此，我才频频叮嘱我的枪膛的子弹，
为反对侵略，还须准备随时再战！

□ 曾凡华

军人的职责（二首）

沉默

海防炮的沉默
是铁青色的
望而生畏
难以捉摸
像一首立体的诗
一尊无形的雕塑

海防炮的沉默
是铀的分割
合二而一
便要发火
像引而不发的箭
顶上膛的弹药

海防炮的沉默

是雷霆的宁馨儿

狂飙的产婆

似埋于泥土的

一粒饱满的种子

期待着春歌

海防炮的沉默

含着严峻成熟的思索

蛰伏痛苦难耐的寂寞

像激战前司令握紧的拳头

连长指间的烟火

士兵压满的弹梭

海防炮的沉默

是踌躇满志的军人

履行的职责

老山形象

一

山，还是平平常常的山
大自然生下的凡胎
就因为站在火里
才成为"干将""莫邪"

山，还是普普通通的山
黄土里，含着酸碱
就因为它埋着界碑
于是便成为神圣……

二

上幼儿园的稚子问我
老山长胡子吗
我说：对，像圣诞老人
日夜给孩子分发礼品……

三

我问前线归来的战友

老山是什么模样

他想了想，说

头戴钢盔

身着迷彩服

脸，有些黑

眼，却很亮

睡觉的时候

还闪着警惕的光……

四

老山是个真正的男子汉

个子在一米七以上

朴实健壮

胸怀坦荡

更有挺拔的脊梁

和赤子的心肠……

不知那些征婚的姑娘

能不能看上？

五

若是要给老山塑像

请莫用金、银、铜、铁……

金属过于光洁

塑不出它的斑斑伤痕

——美的残缺

也莫用石膏

石膏过于白皙

塑不出它的肤色

——苍黑、皴裂

还是用泥吧

这生于斯

长于斯的圣洁

这造就生命的骨、血……

□ 李钢

蓝水兵（外二首）

蓝水兵

你的嗓音纯得发蓝，你的呐喊

带有好多小锯齿

你要把什么锯下来带走

你深深的呼吸

吸进那么多透明的空气

莫非要去冲淡蓝蓝的咸咸的海风

蓝水兵

从海滩上跃起身来

随便撕一张日历揣在裤兜里

举起太平斧砍断你的目光

你漂到海蓝和天蓝中去

挥动你的双鳍鼓一排巨浪

把岸推向远处去

蓝水兵

你这两栖的蓝水兵

蓝水兵

畅泳在你的蓝军服里

隐身在海面的蓝雾里

南海用粤语为你浅浅地唱着

羊城在远方咩咩地叫着

海啸的唿哨挺粗犷

太阳那家伙的毛胡子怪刺痒

在一派浩浩荡荡的蓝色中

反正你蓝得很独特

蓝水兵

你是蓝鲸

春季过了你就下潜

一直下潜到贝壳中去

谛听海的心音

伸出潜望镜来瞭望整个夏天

你可以仰游，可以侧泳

可以轻盈地鱼跃过任何海区

如果你高兴

你尽可以展翅飞去

去银河系对你来说

是再容易不过的事了

那场壮观的流星雨

究竟算第一次空战还是海战

反正你打得够潇洒的

当天上和海上的潮声平息

当月光流泻如月光曲

你便在月光中睡成一座月光岛

早晨你醒来

在那棵扶桑树上解开你的缆绳

总会将一只金鸟儿惊起

它扑楞楞地扇下几根羽毛

响叮叮落在你的甲板上

世界顿时一片灿烂

在这令人眼花缭乱的光芒中

天开始一个劲地高

海开始一个劲地阔

蓝水兵

你便开始一个劲地蓝

水兵箴言录

学会在巨涛狂澜中走荡木吧

学会晕船，学会呕吐

让海魂衫上的海浪翻滚起来

撞你的胸膛，猛烈地撞你的胸膛

呕吐出所有的陆地吧

把一切岛屿都看作船

忘掉岸吧，忘掉岸

否则不是好水兵

凋谢你的蔷薇科的中学时代吧

挥手向带翅膀的信使们告别吧

到船头去，敞开出海服

让海水冲刷掉你的学生味

染蓝你，让海水蓝蓝地染蓝你

熟悉海浪，熟悉海风

熟悉舰长的海洋风暴脾气吧

否则不是好水兵

热爱海

让海藻缠满你的名字

让海蛎子爬满你的名字

热爱海

长出鳃来

长出鳞甲来

像一条鱼那样热爱海吧

否则不是好水兵

舰长的传说

传说舰长诞生在海底一条大峡谷

所以至今腮边还生长松针状的水草

并且是水草中最具魅力的一种

传说他喜欢骑在鲸鱼背上做游戏

在动物喷泉的沐浴下堆垒礁石积木

他随意翻阅海浪书页

学会了多种海风的语言

常常跟许多爬上膝盖的小海兽攀谈

直到培养出潇洒的海洋骑士风度

他便去结识海的女儿

开始和她进行漫长的恋爱
（舰长对此事总是缄口不言
这就使得传说神秘乃至神圣）

他的呼吸带着咸味儿，走在岸上
会把任何一处空气染上海腥
传说他的心脏是铁锚形的
注定让他属于海
注定让他当上水兵，注定让他
年轻时轻轻地违反一条舰规
在一艘木壳艇的锚链舱里禁闭三天
然后注定让他来当我们舰长
（如今那木壳艇早就退出现役
青春也从舰长的额头驶出好些海里）

传说舰长有三次见到海魂
传说　舰长　有三次见到　海魂！
问他海魂是什么形状的他也不说
海星样的？水母样的？美人鱼样的吗？
总之他不说

而他那双眼睛肯定是海魂赋予的
那两颗藏在椰树叶下的小行星
常常是夜里升起在海面，饱吸了太阳风
制造一些神奇的百慕大三角以外的哑谜
使海盗们无声无息地消失
永远躲进某几条不明去向的鲨鱼肚里
我们舰长，这海盗的天敌

至今他仍然单独去赴海洋的约会
他一人踱步海湾，在沙滩上坐着或者躺下
点燃那根海柳木的黑烟斗，这时我看见
一八四〇年远远地燃烧

传说好多年前有个渔姑，送给舰长
一些奇异的贝壳跟小海螺，每天晚上
贝壳们就在他枕头底下唱着优美的渔歌
为此我曾在夜里溜进舰长舱
结果我看见他的胸脯像浪一样起伏，我听见了
甲午年隆隆的回声

于是我幻想他英雄般牺牲过三次
每一次血都渗入他的髭须

像松针上挂着的一缕缕晨曦
而每一次他又英雄般复活
（这事我当然没有跟别人讲过
否则又将成为舰长最新的传说）

但我们舰长是个老猎人
这不是传说
他喜欢吞吃各种新版海图
他一剃胡子就是要出海了
这不是传说

有一次在舷边，他喃喃自语
他说：脚下是——液体的——祖国
这是我亲耳听到的
决不是传说

□
张
昆
华

山

仿佛是海浪汹涌，
高原激起滚滚群峰；
山峰啊，一座顶起一座，
把最高的山峰举向苍穹……

山也会叠罗汉，
山也会筑屏障，
山好像知道：
这里是祖国的边疆！

战士在山中巡逻，
来到主峰的胸膛，
抬头看，岩壁如削，
只有云朵在飘荡！

"上！""上！""上！"
全班人只有一个声响；

但各人的口音不一样，
因为他们来自不同的家乡。

班长吃山东小米长大，
他说："我是泰山！"
机枪手从小就喝嘉陵江水，
他说："我是峨眉山！"

副班长是云南猎人的后代，
他说："我是哀牢山！"
奴隶出身的藏族战士拍拍胸膛说：
"我是喜马拉雅山！"……

啊，一个个勇敢的战士，
是一座座威武的高山！
只听"上"字一声喊，
立地起云烟……

你踩我的左肩，
我踏他的右肩，
人山笔垒上云端；
高峰的高峰，军徽闪闪……

□
柯
原

邮　戳

海鸥在屋檐飞上飞下，
门口几株高大的珊瑚花，
嗒，嗒，嗒，嗒，
是谁在窗下轻轻敲打？

年轻的邮递员手拿邮戳，
在信封上打出朵朵鲜花，
花丛里飘起油墨的香气，
香气中又闪出耀眼的两个字："西沙"

多少年，西沙从来没有邮局，
海阔云深，一封封书信怎寄达，
从大陆呀，飞来了多情的鸿雁，
他不怕艰苦，在这里安下了家。

从此呀，多少根线穿过天空海洋，
让远方的亲人再不必思念牵挂；

从此呀，一个个西沙无名小岛，
佩着朵朵鲜花走遍天下。

小小的邮戳上印着多少东西，
美丽的海鸥，洁白的珊瑚花，
西沙人海洋般的雄心壮志，
邮递员闪光的青春年华……

□
郑
南

送你这枚西沙螺

西沙战士最好客，
码头送别手紧握，
就像铁锚抓岩礁，
就像缆绳系船舶，
几多话题叙不完，
心里话儿还想说。
同志啊——
送你这枚西沙螺。

西沙贝壳耀人眼，
中有海螺够奇特，
斑斑点点都生辉，
纹纹路路有光泽，
远处看它星一颗，
近处看它花一朵。

同志啊——
送你这枚西沙螺。

你问战士怎取得？
大海深处把它摸。
为探水情潜入海，
海底蹚路细琢磨，
拾得海螺贴心怀，
螺上留我身上热。
同志啊——
送你这枚西沙螺。

不是海深自有宝，
不是水温宝自多，
只因一月战敌寇，
战友鲜血染海波，
你对阳光照一照，
海螺隐隐透红色。
同志啊——
送你这枚西沙螺。

请把海螺挂窗口，
只待春风轻吹过，
它会奏出战斗曲，
它会唱出胜利歌，
声声韵韵战士情：
我爱西沙爱祖国。
同志啊——
送你这枚西沙螺！

□ 韩笑

春风春雨春雷

春风春雨春雷
绿山绿树绿水

祖国呀，实在太美
望一眼就令人心醉

我在绿色的边疆巡逻
迎着风、顶着雨、伴着雷

手中刀枪闪闪
满怀壮志难描难绘

想奋起展翅雄飞
把喜讯告诉人类

中国呀，跨上了快马
中国呀，吐气扬眉

军号响亮，战鼓频催
红旗在前面领队

望一眼就令人心醉
祖国呀，实在太美

绿山绿树绿水
春风春雨春雷

□
韩
笑

泅渡漓江

踏水中云天，
举浪里朝阳，
全副武装，
泅渡漓江！

金鱼追白云，
在我眼底飞；
绿水浮青山，
在我头上响！

千百年，
多少游人
驾扁舟
浅吟低唱，

怎及我
一双臂膀
拥抱着
水色山光！

我爱漓江
清清水呀，
漓江爱我
绿军装！

□
韩
笑

南　昌

像孩子探望亲娘，
顶炎阳赶到南昌。

刚进入梦乡，
　就听见炮轰，
　就望见火光……
啊，怎么？
　起义的枪声
　　又提前打响？

慌忙起床
　找不到
　　绿色军装……
急一身热汗
　才忽然醒悟
　　我已"离职休养"！

雨暴风狂敲门窗，

八一大道上

　进军的灯火

　　一行行……

像是欢迎我，

　来吧，老兵！

　　没有军装，

　　照样歌唱！

□
韩
笑

沿着这条公路

沿着这条公路，
我唱过绿色边疆！

水乡的绮丽，
生活的紧张，
　给我留下
　　难忘的印象。

今朝惊看
　新一代的农村姑娘
　　穿上鲜艳的西装，
尼龙丝袜、
　半高跟皮鞋，
　　踩着铮亮的凤凰！

再也看不见
　穿香云纱的
　　老姑婆，
一条长辫
　甩着忧伤
　　进出缫丝厂！

运甘蔗的小艇
　换了新腔，
不闻橹声欸乃，
机声响遍河网。
坑坑洼洼的
　柏油路上，
摩托骑士
　分外雄壮！

迎春的风
引我分享：
　鱼的鲜美，
　糖的甜蜜，
　花的芬芳！
过冬的树

弯腰下望——

还认得我吗？

眼角多了皱纹，

鬓发落上轻霜……

和当年一样的是：

我还热爱绿色军装！

□ 韩笑

拜年趣事

不带烟酒不送礼，
无权无钱无交易！

有双手热情、一腔敬意，
我给老红军拜年去！

下台的首长门好进，
没有岗哨，不必登记。

路边无汽车排队，
室内无贵客拥挤！

——你来得正好，
　　老头又在生闲气！

大姐关上电视：
武打凶杀床上戏！

老将爱穿旧军衣，
握手依然有力：

对这些无聊的玩意，
为什么瞎吹乱捧拍马屁！

——进门就听你放大炮！
——大姐，英雄本色无所惧！

——坐吧，老兵没有万宝路，
　　只能招待红双喜！

——谢谢！人穷志不短，
　　我烟酒全忌！

——真是肥了投机倒把的，
　　苦了奉公守法的！

——大姐哟，我从小爱唱，
　　铁流两万五千里……

老将眼睛潮湿，
想起征途风雨：

——现在有些人天天讲发财，
　　对"为人民服务"没兴趣！

偷盗抢劫成公害，
贪官污吏是大敌！

勒紧裤带不是社会主义，
吃喝嫖赌也不是社会主义！

共产党员要讲牺牲，
不能背叛红旗下的宣誓！

老将像面对万马千军，
呼吁奋勇出击……

——保卫改革开放，
　　夺回失去的阵地！

我凝视熟悉的英姿，
突然想起初到解放区……

紧紧握住亲人的手：
我离休绝不放下武器！

老将像孩子哈哈大笑，
捋着我的胳膊低语：

希望你多写几本好诗，
等我带给马克思去送礼！

十万大山

未见过你，很想见你
我想象你是一个黛蓝蓝的海
有雕塑的浪峰
有凝固的澜濑

今日扑进你的胸怀
宛如蹿进一个神话世界
如果把你浓缩再浓缩
浓缩成花盆，养九茎灵芝盛开
——串串火焰升腾
——朵朵珊瑚探出头来
如果把你扩张再扩张
那是一个非海非天的险要所在
警惕！这儿定有鲸蛟狼虎出没
晴空会炸雷电，平流下面会有暗礁深埋

未见过你，已爱上你
我想象你是烈火熊熊的熔炉
纵把尸骨埋藏于这儿地下
千年万年仍是好钢一块

啊，大山十万

热风吹荡碧海，
掀起万顷巨澜；
枪声在波峰呼啸，
战歌在浪谷回旋。
——这是什么地方？
　　南疆十万大山。

云海波涛飞卷，
雪花开满船舷；
潜艇隐蔽出击，
鱼雷穿梭向前。
——什么在大海巡逻？
　　舰队是十万大山。

一排一排哨兵，
日夜屹立边关；
头顶雨箭风刀，

不顾日晒露寒。

——谁在前沿站岗？

　　是我十万大山！

啊，十万大山，

大山十万——

祖国的十万卫士，

南疆的十万雄关，

边防的万里长城，

前线的钢铁营盘……

海上明珠

　　在南海万顷波涛之中，有一座无名
小岛，战士们把她誉为"海上明珠"。

谁相信这颗海上明珠，
十年前竟没有一棵小树？
守备队上岛时的连史呵，
只记下了一页页荒芜！

那年，红旗飞渡南海，
军号，拉开战斗序幕：
凿开岩石打井，
劈掉悬崖修路，
环岛栽树种花，
依山建房盖屋……
一朵朵茧花掌上开，
钢钎热汗绘新图。

月缺，月圆，花落，花开，

转业，换防，应征，退伍……
多少套军装的颜色呵，
溶透这贫瘠的泥土！

战士有战士的宏伟理想，
战士有战士的钢筋铁骨；
掉几层皮儿算得了什么？
当兵，就是要为民造福！

如今——
椰树撑开一把把凉伞，
青樟浮动一团团香雾，
相思柳泛起一层层绿浪，
木麻黄拉上一道道绒幕……

啊，大陆上的鸟儿呵，
都争相到小岛落户：
小燕在哨所筑巢，
喜鹊在门前搭铺，
画眉在花园弹琴，
斑鸠在林间打鼓，
连布谷鸟也唱起新歌：
"不苦！""不苦！""不苦！"……

喻
晓

致远舰的锚

从蓝色的黄海深处
打捞起这只锚
打捞起一个
悲壮又悲愤的故事

远看这锚
是冬天的梅花
是不死的凤凰
是永恒的傲骨

听到了吗
轮机的震颤
炮膛的怒吼
还有硝烟的叹息
那是个滴血滴泪的日子
邓世昌操轮向敌舰撞去
水师官兵英勇殉难

海葬的哀乐声中

我看见大清帝国

戴着半封建半殖民地的枷锁

怀着泱泱天朝的古梦

随致远舰一起下沉

我抚摸这锈蚀斑驳的锚

抚摸先人的伤痕和血迹

依稀中一群血性汉子

从中国近代史中走出来

面对饰金锚飘带的海军士兵

发出无限感慨

而我眺望浩瀚大海

想着我的核潜艇

致远舰的锚依然锐利

屈辱刻骨铭心

回首一八九四

我感到了历史的重量

□
喻
晓

林　海

所有的台词都是树，
所有的布景都是树，
所有的乐器都合奏一支曲子，
天地间飞旋着绿色的音符。

一个神秘的王国，
一个拥挤的旺族，
无数的树尖，
楔紧了苍苍穹庐。

比人类的历史更古老，
山葡萄蕴藏着万年醍醐；
能钻出这北方童话的，
只有机灵的小鹿。

黑的河流，
一条搏动的叶脉；

花的草地，
一幅彩色的插图。

富有弹性的土地哟，
积淀了重重绿的色素，
目光和思想都染绿了，
车和人在绿海中沉浮。

使人觉得富有，
胸中有万顷林涛；
使人感到安慰，
大地有擎天梁柱。

这是共和国
最后一只绿色的衣橱，
我们必须倍加珍重
每一片绿叶，
每一棵小树！

□ 喻
晓

沉默的山（二首）

——献给导弹部队指战员

发射井

一切很平静

一切很悠然

蓝色的天穹下面

雄奇的群峰如美兽

迎送日出与日落

多雾的森林

覆盖惊心动魄的故事

绝世佳作

藏匿于深深的地穴

优美的构思

镂空的雕塑

其宏大与精巧

令所有的艺术家惊叹

当人世的舞台

充斥争名逐利的狂客

一件三流作品

能无数次地获奖

并被吹成里程碑的时候

唯它不企望出世

不企望一鸣惊人

唯它的作者默默地

忍受着声名的寂寞

深山沟里

有真正的高人和隐士

只有导弹顶端的红色

才告诉你——

大地之子

有一腔怎样波动的血

有一个怎样燃烧的魂魄

伪装网

雕山人早去远方
坑道口悬一顶天帐
细细密密的网格
筛碎了太阳和月亮

绿荫下
导弹树正在生长

温柔的风
带来山岭的花香
汲水的小鹿
耳尖没有半点惊惶

一切都很平静
平静得只有梦想
猛抬头看见那张网
才碰醒惊愕与感伤

既然是谋局
就会有伪装
因为世界上的眼睛
不是每一双都充满善良

为了生活的透明与敞亮
战士寂居深山
割舍了许多迷人的向往
但世界终将无须遮掩
人类总有一天会揭去一切
　　伪装
愿阳光与绿树覆埋所有的
　　武库
直至地老天荒

□ 韦丘

重返东江纵队旧时征战地

那一夜我累倒在这片土地的怀中，
为挡住侵肌的露水它撑起了芋叶。
嶙峋的垄沟竟胜过柔软的棉垫子，
猫头鹰的鸣嗷声就像催眠的音乐。

蒙眬中我觉得浑身洒满片片光斑，
睁眼看，帽子峰巅含着一轮满月。
我那被硝烟掩盖了的诗情又再现，
起座低吟：弹雨中竟有银宫玉阙……

今夜驱车入山投宿在这谷底林场，
推窗突见当年的山峰，当年的月！
清辉汩汩洗林梢，灌得一溪绿雪，
索道逍遥晚风中，漫坡灯火明灭……

纵有那松涛泉声驱除尽全身暑热，
难抑止旧时烽火燃烧起青春赤血。
披衣起，月下找寻那旧时宿营处，
只见杉树苗圃覆盖了那畦畦芋叶……

陈有才

再见大别山（组诗）

听到了当年红军歌

从哪儿飘来这曲旋律，
像九天瀑布冲进我心窝。
那每一朵飞溅的浪花，
都荡起了我胸中的浩然大波！

我竖起两只敏锐的耳朵，
将这每一个节拍尽情地捕捉。
我睁大两只圆圆的眼睛，
在这万山丛中仔细地搜索！

歌词里倾泻你整个心灵，
节拍点我满腔烈火。
歌声把我带进火红的年代，
火光中我看到了崭新的祖国！

多少年了，我在寻找这铿锵的旋律
多少年了，我在寻找这有力的节拍
我在寻找这火热的语言呀，
我在寻找这时代的脉搏！

而今，这旋律在山溪里流着，
这节拍在开山炮里响着，
这语言在山茶花里开着，
这脉搏在人人体内跳着！

我是属于故乡的呀，故乡也属于我，
我原是这故乡山坡上的小花一朵，
我知道我就是在这歌声中诞生的呀，
我也是你那嘹亮的音符中的一个……

回到了九十里无人区

丢在这九十里无人区的，
是我的青春，我的记忆。

茅草过火，石头过刀，
敌人恨不能揭去地皮！

一双草鞋倒着穿，
雪印上留下希冀的虹霓。

脑袋掖在裤带上，
革命的刀刃上走来了胜利。

眨眼过去了半个世纪，
一草一木还是那么熟悉。

儿子娶亲，女儿出阁，
家家争拉着去吃酒席。

只有房东大娘知脾胃，
赠几穗责任地旁的苞谷米。

啊，啊，今夜梦在"禁区"做，
依旧"禁区"在梦里……

悬崖，唱着突围歌

雷鸣闪电，
风雨大作，
四周的悬崖峭壁，
唱起了红军突围歌：
"冲——啊——！"
——威震长空！
"杀——啊——！"
——气盖山河！
今天，我身临其境，
将这壮丽的一幕领略。
"冲——啊——！"
冲出了敌人子弹编织的火网；
"杀——啊——！"
杀出了敌人嚣张气焰的封锁！
不正是革命先烈的拼命冲杀，
才冲杀出一个崭新的中国！

今天，先烈的遗愿实现了，
按说，这声音也该歇息了吧，

为啥力度仍是这样惊心动魄？

冲杀声使我茅塞顿开，

心胸一下变得如大山沟壑，

祖国啊，贫穷落后的祖国，

今天，还需要这支突围歌。

还需要我们这一代人，

像先烈和前辈那样冲杀拼搏！

冲出去，冲出一个崭新的局面，

杀出去，杀出一个富强的中国！

这冲杀声伴着风雨雷电，

几乎要把我耳膜震破。

有的陌生，有的熟悉，

我尽情地将这声音捕捉。

陌生的，也许已成先烈，

——我们后来者的楷模；

熟悉的，就是健在的老前辈，

——率领我们夜以继日地工作。

于是，我舒展双臂，

真想拥抱这壮丽的山河！

于是，我张开喉咙，

唱一支当今的突围歌——

让这八十年代青年的心声，

去与这历史的呐喊会合；
让悬崖这只偌大的录音带，
由风雨伴奏，由雷电配合，
谱一曲崭新的突围交响乐，
留给子孙去收听！去思索！

裹一身战争岁月的硝烟，
记录了时代的山呼海啸，
签在黄表纸上的名字，
看一眼就让你脸红心跳！
这是大别山第一次党支部会议，
生动地记录了时代的风貌。
都是压在最底层的奴隶啊，
签到的名字大都是用代号。

铁匠出身的，画个斧头，
农民出身的，画把镰刀，
也有让教书匠捉刀代笔的，
蝇头小楷是那么惟妙惟肖！

有的干脆咬破了中指，
按一个血指印像跳动的火苗！

在这名单之末放上我的红心吧，
权当是一个后来者的签到！

我清点遗产

我担心烈士纪念馆的地皮，
支撑不住它肩上的重担！

血衣，草鞋，长矛，刀片，
那重量不亚于金山银山。

这新中国发掘的出土文物，
不知在血与火里埋了多少年。

随便捡起一块石头，
也珍藏着先烈的呐喊！

别笑话我在橱柜前流连忘返，
大别山啊，我是来清点革命遗产。

李松涛

翼载辽阔与高远（组诗）

我飞，在云端

我的翅膀，把天空和大地紧连，
我的航迹，把生活与欢笑贯串。
呵，我飞——在云端！

翼上，是一寸一寸的蓝天，
翼下，是一寸一寸的地面。
我把警惕，向上擎起，
我将平安，向下沉淀。

我的胸膛盛着保卫祖国的赤子之心，
我的炮膛装着报道胜利的雷鸣电闪。
展翅的责任给了我会飞的联想，
太空的捷报抖开我广阔的浪漫——
来自九霄的风中，有我的呼吸，
洒向田野的雨里，有我的热汗。

星辰，因我的热烈而生辉，
彩霞，因我的忠诚而灿烂。
我产生并固定这样的比喻：
太阳和月亮，是我大睁的双眼，
我让它们不倦地转动在苍穹，
为的是轮番守护白昼和夜晚。

啊！不要以为茫茫天宇我形只影单，
也莫叹"高处不胜寒"。
送我出航：山岭用高耸的信赖，
江河用奔腾的情感；
迎我归来：炊烟用挥动的手臂，
灯火用闪光的语言。

当亲人们咀嚼生活的乐趣，
欣赏美妙的乐曲和动人的诗篇，
我相信，一定会发现——
带翅的音符与翱翔的标点……

上机场，路过新房

清风。白杨。我奔向机场……

一眼瞥见：路旁，村庄——
大红"喜"字映笑一扇方窗。
啊！
白天，祖国多了一缕炊烟，
晚上，祖国多了一盏灯光。
啊，我心中又多了一条欢乐的小溪，
淌进我愉快的梦乡。
啊，我身上又多了一分责任，
伴我云海里日夜巡航。
——大地上每一次新的诞生，
都增加了我肩头的分量。

啊！我怎么来祝福你们呢？
——相识也许并不相识的新郎新娘。
对，我守卫着祖国的千山万水，
那就让我祝你们的情意：山高水长！
有我，山不会被强盗搬走一块岩石，

有我，水不会被窃贼舀走一条波浪。
请收下，请收下这战士的礼物吧——
收下一片自天而降的安详。

我是保卫者，为了祖国脸颊上的红晕，
我决不吝惜自己的血浆。
啊！请相信战鹰坚强的翅膀——
载得起条条江河、座座山冈，
以及彩色大地上，这一间新房。

彩霞。红日。我在天上飞翔……

我通知黎明

挥落机翼上闹哄哄的繁星，
我通知黎明：
醒醒！快醒醒！
听我军人的命令——
郑重地，放出旭日，
——升起火爆爆的信号弹
——悬起红色的岗灯。

让它沿着我巡航的轨道，
准确地进入晴空。
然后，随我一同向西，
向西！向西！向西巡行——
去拒绝一切云状的硝烟，
去制止所有烟状的不幸。
我已吩咐长空唱蔚蓝的歌，
我已叮咛浪漫的小风抒情。
但——
冰峰似的白云里，我早埋伏了雪崩，
沙漠似的彤云中，我早部署了雷霆。
我将用警惕，毫不客气地，
给恐怖以否定。
我要用雄辩的英勇，
论证：这儿是中国的天空！

因此，我通知黎明——
升起火爆爆的信号弹，
悬起红色的岗灯……

畅　想

一

和平称我为知己，

战争视我为死敌。

——感情和警惕一起成熟了，

我的智勇，进入了青春期。

但，不只有——

弹道的笔直，扳机的弯曲，

枪口的冷峻，刺刀的锋利。

当我下哨，网状的蚊帐，

便捞起我脑海深处的秘密。

二

……我把仇恨消耗在前线，

带回后方的，全是爱的情意。

命运，将安排一个漂亮的姑娘，

由远而近，做我的终身伴侣。

自然，还会有孩子丰富我们的生活，
至于是男是女，都没关系。
我，肯定是个好丈夫和好父亲，
对这一点，无须怀疑。
因为现在，我是个好儿子，
——这是母亲和祖国的一致评语。

三

……也许，我没有未来，
我随时都准备结束呼吸——
作为兵，一出门就可能遇上战争，
死，是我最近的邻居。
用胸膛，窒息了尖厉的弹啸，
借炮火，写完一生灿烂的尾句。

四

……勋章，佩在共和国的襟前吧，
那是我为中华民族创造的荣誉。
爱人民的欢乐，我才献身，
所以，我不要黑纱裹住胳膊和笑容的葬礼。
九百六十万平方公里上播放的歌声，
对我，是最适宜的安魂曲。

欢歌、笑语和阳光，都还在流淌，
很好！一切甜蜜都在甜蜜中继续……

五

……我牺牲了！
但不要说许多事都还没来得及。
祖国，有许多可以做父亲的伙伴，
祖国，有许多能够当丈夫的兄弟。
前方有了制止战争——死的义务，
后方才有享受和平——生的权利。

啊！如果我美好的畅想成为现实，
那么，历史就拥有了骄傲的记忆……

李松涛

夜，是一曲轻音乐

这是倦累后排遣倦累的安歇——
枕着机场长长的跑道，
睡熟了一个柔软的世界。

只有营房与村庄梦的边缘，
还走动着一双警惕的解放鞋。
有它，深夜的所有不安与恐怖，
都可以大胆地省略。

此刻，一切，都这般和谐——
鸟睡在用嘴叼来的窝巢，
兽睡在用爪扒出的洞穴；
花在睡中释放最多的芬芳，
草在睡中十分检点地摇曳；
山在睡中表达无言的稳重，
水在睡中展示有声的活跃；
地上的禾苗在轻轻地拔节，

天上的银河在悄悄地流泻；
——祖国宁静的夜，
是一曲完美的轻音乐！

新月悬起倾慕的注视，
流星甩下深情的一瞥——
夜的柔风与软露中，
竖着一块有刃的钢铁！

□ 李松涛

钢枪与翅膀

生长五谷的碧绿，是你的希望，
烘托光明的蔚蓝，是我的向往，
人民的欢乐，是我们共同的理想。

你捕捉两脚的熊罴，
我消灭生翅的豺狼，
——你是地上铁门，我是云中屏障。

地，竖着你的钢枪，
天，横着我的翅膀，
组成一柄十字架，把侵略者埋葬。

啊！碰石石炸，触云云响，
你的边境线与我的航线挽个结，
就是一张天罗地网！

□ 周
涛

生命里有一段当兵的岁月

穿过军装的人，就忘不了
生命里有一段当兵的岁月

在记忆里
这段岁月还真固执呢
固执而强烈
它和青春、勇敢、死亡、战场
和绿色的军衣、鲜红的热血
和萧萧马嘶、皓皓边关明月
和唤醒黎明的军号声
还有急促紧迫的脚步声呵
紧紧地联系在一起
只需一根导火索——
一支熟悉的军歌
一缕大路上的烟尘
一弯下哨时的明月
就会奏响
贮藏在记忆中的交响乐

它似乎不会留下烙印
却悄然地融进了血液
它会在你的两腿上
留下一种干练、果断的步伐
它会在你的瞳孔里
留下一丝难以捉摸的警觉
它会在你一生中
永远留一幅出击者的雕像
挺起枪刺般的脊梁
宁折不弯，是意志的钢铁

即使脱了军衣，人们也能看出
那个人，有过一段当兵的岁月

一切都会成为记忆，成为历史
但是对于一个人
却很难忘记他当兵的日夜
那是他社会大学的第一课
奇数是他的报到
号声是他的音乐

他大步走进年轻伙伴的行列
那是他对生活的一次初恋

穿上第一身军服的身躯
沸腾了献身的热血
呵，士兵——
揭开了多少伟大人生的第一页！

无论是士兵还是将军，都会
忘不了入伍第一夜
乡情被道路拉长，眷恋为豪情替代
当了兵，眼前就是一个崭新的世界
闷罐车像有意安排的悬念
突然间，给你一个
天山、大漠、立着雄关的瀚海！
让你试一试自己的臂力、气魄
试一试自己的意志、韧性
机智、胸怀
给你一个人生的沙场
目的就是：胜利
或者不再失败……

记住，记住我这陌生战友的赠言：
你，生命里有一段当兵的岁月

放　鹰

□ 周
涛

一摘掉红帽子眼罩，
那凶猛的猎鹰
就露出了目光锐利的眼睛，
它展翅一耸
留下一股带腥味的雄风⋯⋯

天在转动，地在上升
蓝天和大地空旷而又纯净，
眼在寻觅，心在追踪
我的灵魂仿佛也被载上云空！
瞧它，飞得既高且远，
像一粒黑点，一纸断线的风筝。
天似乎晴，又似乎阴，
高空处，必有激荡的烈风。
"收回来，快收回来吧！"
我耸耸肩膀，奈何它哟——

这是活的生命、活的灵魂呵
不是任人收放的风筝！

这会儿，它似乎一动不动，
像是尽情地在莽莽太空游泳——
它的境界是何等浩瀚、何等高远
只有高飞呵，才能知道匍匐的不幸！
我真羡慕它能够俯瞰
俯瞰万千世界，俯瞰芸芸众生
从高高的万里云天之上
向苍茫纷乱的大地投下深情……

它的两翼是苍灰的。
是苍灰的呵，伸展如垂天之云！
刚劲的骨骼，箭镞形的羽毛
编织成一架搏击飓风的帆篷；
它鄙弃了虚浮的彩饰，
不与孔雀比美，凤凰争宠；
它飞起来为战斗不为炫耀，
啸声如弓角，顾不上婉转动听，
啊！真正能够高飞的是鹰！
不是那些翩翩起舞的彩羽花翎……

它还是激情的产物，热血之身

霜天万类尽收眼底

看得最远呵，才爱得最深；

它或许会在冬夜里

梳理羽毛，暗抚箭痕，

可是飞向长空时

它总是以壮志雄姿感召世人；

雄立于危崖，俯冲于深谷

它是天空大地勇敢的子孙！

难道这是为观赏而做的表演吗？

表演是虚假的，而本性长存！

我的鹰原不是温柔的夜莺，

它是凶猛的禽，甚至有些残忍。

几千年温良敦厚之教未曾使它驯化

锐目利爪，它崇信生命的本能！

不怕指责为冷酷、暴烈

它是蛇的天敌，鼠辈眼里的元凶！

像一支劈空射下的响箭

追杀狐，带着猎猎风声；

它疾恶如仇，有时却不量力而行

竟在沙丘上搏击狼呵

扑打起滚滚的黄尘……

现在，它飞更高了。

让它高飞，这思想的大鸟、想象的雄禽！

背负太空，浩渺的天宇没有止境

腹垫雄风，温暖的人间生气熏熏

翅膀总要在起落升沉中变得强劲，

雷电疾风造就一副冒险的灵魂！

它不仅仅是属于我的，

它将属于巨人的前额——崇山峻岭。

它愈是飞得接近了太阳

就愈能给大地投下一幅

巨大的鹰的剪影……

□ 周
　涛

军人素质

这种特殊的职业
少不了必备的气质

那是渴望钢盔的头颅
敢于和死亡角逐的躯体
在爆炸和烈焰中
立即燃烧升腾的血液
在艰险的困境中
变得清澈冷静的眉宇

那是农民的坚韧
工人的集体感和精确
诗人的冲动，爱憎鲜明
工程师的逻辑
足球运动员的勇猛
和对自己名字的荣誉
所交织和熔铸成的混合体

它和阿谀奉承
水火不相容

那是鹰的飞扬、雄狮的威猛
骆驼的顽强
骏马的驰骋
是沙场、山地、沼泽和丛林

辽阔的海洋和天空

所赋予的光明磊落的胸襟

那是渔船、农舍、炊烟和村镇

明亮的早春和寒冬

所养育的正直宽广的心灵

最高的爱迸射的仇恨

勇敢不是残忍

□ 周
涛

战争总会被人们忘记

在人世间，恐怕
没有比战争更庞大、更恐怖的东西
没有什么能在人心里
留下那样深的痕迹

那些留在心灵上的弹坑
那些留在精神上的废墟
那些留给少女的
轧过浅草的坦克履带的烙印
那些留给儿童的
遮蔽天空的轰炸机群的影集
而一切真正认识它的人
都永远不会再回来了

但是战争又是很容易被遗忘的
因为人，不喜欢带血的记忆
时间会填平弹坑、掩埋废墟

让独臂将军的痛苦变成荣誉
也让苍老佝偻的农妇
用泪水冲淡那个
被刺刀和武装带所奸污的日子
嘿！只需要二十年
战争就换了一副面孔
它又成了雄赳赳的好汉
成了人类空前活跃悲壮的史诗
填补寂寞的振奋话题
和孩子们最热衷的游戏

在战争走过的地方
花儿又开了。芳馨的夏夜
弥漫着年轻恋人的耳语
绿色的长椅之下，
正是当年殊死争夺的战地
长椅下躺倒过弹穿的尸体……

现在仿佛一切都不曾发生过
都成了遥远的回忆
只有当沉闷的雷声
从低郁的夜空隆隆掠过

投下闪电的炸弹

和机枪扫射的骤雨

而恰好

一队满载士兵的军车

匆匆开向泥泞的演习场地

军帽下一双双严峻的眼睛

伪装网后兜满暴风的雨衣

使对于战争干涸的印象里

突然涌出洪水般的记忆……

战争啊

为了不被你压倒

不让你重现

把那些残酷的记忆和想象

交给这些最坚强的神经吧

交给士兵——战争的死敌

让它只留在我们心上：

士兵紧裹着军服的灵魂里

大写着祖国对战争的警惕！

□ 周
涛

大雪封住了喀喇昆仑

六月，正当人们从午睡中醒来
司令部值班室里
一个大声重复的声音
正在核对这个消息——
"大雪封住了喀喇昆仑
一支进山的部队
为风雪所阻……"

一切都像在否认这个消息的确凿性
城市上空天很纯净
昨夜下过一场细雨
使孩子们的早晨新鲜极了
很难用想象够着那个
遥远的暴雪里可怕的厄运
但这是真的
一支进山的部队
为风雪所阻

大雪封住了喀喇昆仑

六月，这里关心的是菜价
少女们听从天气预报
正考虑换上漂亮的绸裙
这时令，不管谁听见雪这个字眼
心里都会感到凉爽
雪在夏天是可爱的

司令员从会议室走出来
习惯地仰起脸
看看天空。天空是假的
像一个谋杀者伪装的笑脸
在这张脸的背面
雪，正阴险地
袭击着他派出去的一支部队
在那里，雪已经有两米深
一行黑点在天地的挤压间浮沉
他们向有太阳的城市
发出了呼救信号

司令员挥挥手，仿佛

要赶走这天空造成的假象
他拿起红色电话
耳边响起直升机的声音
嗡嗡地响着，后来
弄得他老是探出窗户张望
老伴说："你今天丢了什么魂！"
他不想说话
心里装满了阴郁沉重的天空

一支进山的部队
为风雪所阻
但是这城市并不知道
大雪封住了喀喇昆仑

□ 周涛

哦，士兵

我们是同一个神奇的母亲
一胎生下的成千上万个儿子
一样红润
一样年轻
我们知道，不熟悉的人
很难分辨出我们来
我们像孪生的一样

母亲用树的颜色
为我们缝制了衣服
又用一颗最明亮的星
缀在我们的头顶
她从五千年的辞海里
精心挑选了两个汉字
给我们起了共同的姓名

士兵

也许把这两个字拆开

看哪个都无足轻重

但是把它们合在一起

就奇迹般地

碰撞出金属清脆响亮的声音

我们悠久呵

渭水岸边咸阳道上

三千年黄土的积淀

九万里浊流的奔腾

之下就深埋着

士兵永不腐烂的塑像

我们不是跃马耸立的青铜武士

而是牵着名驹披着铁甲的

一群无言而严峻的陶俑

这才是士兵

走过历史上最惊心动魄的日子

完成了人世间最艰险的人生

在史册里，有我们硬弓弦响

射透岁月层层靶子

而留下的诗句

我们年轻呵

我们是中国广阔土地上的庄稼

从远古的年代起

就在战争的砍伐下

一代又一代生长到如今

烽火的点燃者

土地的保护神

流血的职业

牺牲的使命

我们每一个，都是

白发苍苍的老人对圣土无私的供奉

因为我们总是和祖国

紧密地联系在一起

所以我们的平凡显得神圣

在对土地这笔遗产的

分配方案里

毫无疑问

最边远，最艰难的地域

属于士兵

有山处，是山的孝子
有海处，是海的忠臣
在士兵的心里
有一卷《山海经》

古长城修筑者们的后代
从来以践踏异域为耻
而乐于在自己的土地上
高声地唱着歌行进
我们认为
在自己的乡土上
才会有高贵的勇猛

圆明园目击者们的子孙
清醒地以残垣断壁为训
一个守旧的民族
免不了受到历史的嘲弄
我们将效勾践
每日三问
催促我振奋自新

从历史的泥泞里走来
从动荡的厮杀里走来
从剧烈的创痛里走来
从额顶缠着渗血绷带的苦战中走来
从军旗扫灭了烟尘的光荣中走来

在蓝天下，大道上
接受新的检阅吧
你阳光下钢盔闪耀的方阵
让一切写进战史
在这里迈步前进
因荣誉而自豪
因耻辱而庄严
一千支铜号和一百面鼙鼓
在为这伟大的进发而奏鸣

我们不是一个人
我们的名字：士兵

□ 朱增泉

享受和平

五十年阳光灿烂，五十年风风雨雨
铸造历史，五十年只是辉煌一瞬
历练人生，五十年岁月已足够漫长
每个人情感中都沉淀着酸甜苦辣
命运中都有几多欢乐、几多怨恨、几多遗憾
但我们毕竟共同享受了五十年和平

和平珍贵，是因战争从未远去
北部或南部边境曾几度响起枪声
每次都有人向我们庄严告别
我们每次都怀着异样的心情为他们送行
紧紧握手，久久挥手，心被他们的背影牵走
然后大家谈论战争和流血
谈论每一位奔赴战场的亲人或熟人
他们中有的人再没有回来
而我们，在各自的喜怒哀乐中享受和平

和平珍贵，是因世界至今仍不太平

二次大战的废墟尚存，战亡者的白骨尚存

从集中营生还的人，心灵的伤痕已不可能抚平

今天，战争这恶魔又在时时向我们逼近

科索沃远在欧洲，却有五枚精确制导炸弹

突然钻进中国人心中爆炸

十二亿人在同一瞬间感悟远方战争

哦，我们这才忽然想起

不知不觉，我们已享受了五十年和平

清晨的阳光洒向草坪，白鸽从头顶飞过

迎考的学生隐在树丛后面复习功课

晨练的老人动作缓慢而舒展

他手中那柄长剑已失去了兵器的属性

雍容的女人脚边有一只小狗在欢跑

这是大家过惯了的日子，很平常，也很平静

谁也不去留意脚边青青的草叶尖上

每一滴露珠都在滋润着和平

五十年和平对每个人弥足珍贵

"战乱"是一个颠沛流离、多灾多难的词汇

一个人能享受到五十年和平，意味着一生平安

五十年和平对中国弥足珍贵
翻开中国近代史第一页
英国炮舰正拖着浓烟向中国驶来
我一次次面对战争遗迹，一次次陷入屈辱回忆
甚至，当我观看香港回归的辉煌庆典
我也想起了不堪回首的屈辱战争，而眼下
中国已度过了五十年和平

在我们周围，随时会遇到一些打过仗的人
他们曾参加过不同时期的战争
我也曾告别妻子和女儿
投入过一场局部战争，我身后
肯定还会有人走进另一场战争
打过仗的人就像混凝土中的钢筋和石子
注定要由这些人充当人群中的坚硬成分
人群中如果没有打过仗的人存在
甚至整个民族都会缺钙

享受和平的一种比较高雅的方式
是以非战争的语言回忆战争
我们周围，许多人从来不和战争发生关系
但是他们绝对需要和平

士兵们打仗、流血和牺牲
甚至有一半是为了他们

享受和平的另一种比较庄重的方式
是领着孩子走进博物馆
去解读历史的另一种含义叫战争
领他们去瞻仰一座座纪念碑
使他们感悟人类的崇高使命是缔造和平

哦，但是且慢，请不要过早地
将缔造和平的使命交给幼小的孩子们
和平的代价历来昂贵
享受和平，需要支付一个沧桑民族的良知
我们这一代人
打算为二十一世纪的孩子们
筹划好多少年和平？

烤在铁上的蓝（四首）

 十二枚钉子

阳光砸在我头顶上，
阳光它响亮地砸在我头顶上。
我们十二个人在八月的太阳下，
站成十二棵树。
阳光响亮地砸，响亮地砸！
它要把我们砸弯，砸扁，
把我们深深地砸进泥土中去，
砸进岩石中去。

我们目视前方，我们不动。
我们十二个人，十二个患难兄弟。
十二团日夜抱紧的血肉，
在八月的太阳下站成十二棵树，
十二根木桩，十二道雪白的栅栏。
我们唯一要做的，

就是把自己的影子，
狠狠地砸进泥土。

我们来自十二个方向，
十二条道路，十二滴黏稠的血。
又被十二道耀眼的光芒，
删繁就简，千锤百炼。
但我们不动，就是不动！
直到让阳光的瀑布，
打落病中的叶子，
直到让年轻的骨架，
回响金属的声音。

八月的太阳多么酷烈！
八月的烈火穿过我们的十指，
在熊熊燃烧。
八月的阳光在我们的头顶上响亮地砸，
响亮地砸！
它要把我们砸成十二道墙，十二道关，
十二枚亮晶晶的钉子。
钉下去，
便再也拔不出来！

祖国啊，我给你……

给你，我的祖国！
给你我的十八岁十九岁，
给你我尚未承受重负的肩膀；
给你我刚踏上征程，
刚开始长途跋涉的双腿；
给你我刚展开的四肢，
刚发出脆响的骨骼；
给你，给你！
我胸膛里奔流的热血——
你听它们在奔腾，
正抵达生命的沸点。

给你，我的祖国！
给你一棵刚进入采伐期的红松，
给你这棵红松那最粗壮最挺拔的躯干部分；
给你一树在清明前的雨水中绽开的春茶，
给你这树春茶那最嫩绿，
最纯粹的芽尖部分；
给你一颗把季节映得通红的果实，

给你这颗果实那最甜蜜，

最甘醇的部分。

我的祖国啊！

我还要给你我那腾空的胸膛，

我海洋般起伏的肺叶，

我像擂鼓像夯土般跳动的心脏，

直至给你我的呐喊，我的歌哭，

我的向往、憧憬和梦境——

那儿宽可蹚马啊，

干净得没有一粒尘埃，

正好可以用来盛装你的信仰和意志。

给你，给你，

我把这些都给你啊，我的祖国！

我要给你随便敲击哪个部位

都能发出回响的躯体，

给你这副躯体一生中

最坚韧，最顽强，最富有爆发力又最美的部分，

然后我要对你说我准备好了，

我十八十九岁的年龄是你手里的一道闪电，

等你呼之欲出。

梅，或者赞美

我的兄长把手举上天空
我的父亲把手弯下大地
最高处才是我爷爷，他用
一生的力气，把手攥紧
又用一生的力气，把手绽开
梅，是从他骨节粗大的
手掌里，迸出的火焰

我自然还小。我四十岁的手
只配浸在春天的雪水里
慢慢地泡；只配伸进夏天的
烈火中，狠狠地烤
我四十岁，嘿！我还年轻
刚攀到秋天；我的目标
是跑进冬天，接近冰冷的铁

喂，俗不俗啊，还未分出性别
你们就喊他白雪的妹妹
姓一分温柔，便疑为佳人？

着一袭红衣，便忙递殷勤？
俗不俗啊，先摸摸他
昂起的脖子吧，在那儿
还挺着个硬硬的喉结呢

正是这样。这就是我的梅！
我兄长的梅！我父亲的梅！
只有我爷爷的梅开过了
开过了他就把自己埋在梅树下
就像那个凶悍的哥萨克
打完仗，带着满身的伤痕归来
然后把枪，扔进静静的顿河

受阅的女兵走过大街

刹那间，所有的瞳仁
放大着同一幅特写——
两个女兵
两个刚受阅的女兵
走过中国的大街

披肩发在风中轻扬

像一匹瀑布在无声地流泻

阳光镀亮了肩上的肩章

呢制服勾勒出青春的和谐

两片缀着军徽的衣领

翻飞出两只剽悍的蝴蝶

而一串电子琴般的音乐

来自敲打水泥板的

那一双橐橐作响的军靴

就这样走着，走着

走向一个最古老的职业

让所有最孟浪的男性
让所有最骄傲的女性
猛然觉察自身的失重
在心灵的最深处
曝出一隅苍白的残缺
兴许，也有人发现
她们的脚步是仓促的。
绝非以十八岁的骄傲
在大街上蹀躞……

呵，在亚热带丛林里
和她们一样美丽的同伴
正用生命和热血
裹缠着洁白的绷带
包扎一条破碎的边界

两个女兵
两个刚刚受阅的女兵
走过中国的大街
把一个年轻而冷峻的话题
留给人们去咀嚼……

刘笑伟

守望香江（二首）

——纪念那段驻港的岁月

紫荆花臂章

一九九七年五月一日，驻香港部队官兵正式着"97式"新式军服。每一位官兵的右臂上，都佩戴着一枚紫荆花臂章……

在这紫荆花臂章里我可以看到香港。
紫荆花盛开，可以听到它喃喃低语的芳香。
是啊，美丽的时刻全部凝聚成这图案。
它是一种记忆，被我们用身体久久珍藏。

在这紫荆花臂章里我可以看到祖国。
右臂的重量里，深藏着一句句殷切的嘱托。
是啊，百年的期待流淌成这浓烈的色彩。
它是一种语言，日夜在我耳边庄严地诉说。

维多利亚港

在昂船洲海军基地，官兵们每次站岗，面对的
就是维多利亚港……

维多利亚港，一道静静的风景。
我站在岸边，凝视波涛的白鸟从远而近
翅膀发出阵阵潮音。夕阳的风
把楼群和霓虹灯吹得金碧辉煌
倒映在水面的霞光上，又静静升起
化作一束束月光，航行在不着痕迹的天空。

维多利亚港，一道流动的风景。
穿梭的船只共同编织着黄昏的云彩
一条船是一种语言，不同国度的语言
在维多利亚蔚蓝色的海面上相遇，并且轻轻交谈
这语言在延伸，尽头是一张海天一色的照片
船影怀着深深的眷恋诉说着香港的夜色和早晨。

维多利亚港，一幅壮美的油画。
我们穿着庄严而神圣的军装
每天面对着这幅绝妙的作品：
我们的微笑或许是其中动人的一笔
这一笔里，流动着我们静静的身影
守护维多利亚港每天的第一缕阳光
和深夜里倒映在水面上的红红绿绿的星星。

桑恒昌

情系黄河血脉（十首）

一个老兵的歌

仿佛已经习惯了沉默
很少把自己的情怀诉说
潜在心底感觉深沉
泛在嘴上便显浅薄
就这样，我和您
相依相守
像生命和躯体
灵魂和脉搏

当您的身上
落下野蛮的炮火
我突然感到
我是何等的年轻啊
比年轻更年轻的
还有一腔赤热的血

敲一敲我的周身吧

何处不是当当作响的骨骼

我的这个，被军装

染绿了的魂魄

她身上的军装

却一直未脱

如果需要

就请您说

我会把最后一颗牙齿

留给恶魔

战地上染血的旗杆

定是我高举的胳膊

这是必然

不是偶然

这是结果

不是如果

扪一扪我的胸膛吧

肋骨后面的拳头

每一次伸缩

都是生命的承诺

您问我是谁吗
满眶的泪水在说
我是您的长子啊
我——的——祖——国！

我说——
我的祖国
也就是在说
祖国的我

 中华民族

黄皮肤
是我们这个民族
永不褪色的袈裟
走出地球
也走不出黄河的血脉

我们拥有翠竹的品格
扶着自己的脊梁
一节一节长大

只要有一个人站立
这个民族就不会倒下

黄河黄河
几步
一个漩涡

半血半泪的手印
是一个个
怎样的承诺

劈山为誓
掘地成诺

所有浪头
都跪着走过

大运之河

你说——

运河北起通州，南抵杭州

贯京津，过冀鲁，掠苏浙

连海河、黄河

穿长江、淮河

直接钱塘碧波

那是七千华里的黄金水道

他说——

运河起自春秋之末

经隋、唐、宋、元、明、清

流进中华人民共和国

一条活了

二十五个世纪的动脉

欣逢盛世生机勃勃

而我说——

运河是中华民族

留在祖国身上的手模

站起来的土地是长城

　卧下去的土地是运河

　　一个阳刻

　　一个阴刻

往年有倒春寒，

往年有倒春寒。

三月的脸，

横竖剥不下一丝笑颜。

今春会怎样？

派只燕子打探。

但愿，一支羽箭，

射落一个冬天。

读 史

几乎每一页
都被洞穿过
或用冰冷的长矛
或用灼热的枪弹

几乎每个洞
都被缝补过
或用流泪的鲜花
或用麻木的时间

 家 书

将父亲的话含在嘴里
吮吸如多汁的乳头
呵,父亲
我男性的母亲!

父亲没有说他的病痛
也没像往常一样

说过病痛之后
一定要说轻快了许多
只说让两个孙女
回去看看

儿孙是长翅膀的鸟儿
他的心是会飞的巢
那一搂就响的脾气
曾经是孙女的高级玩具
他至今还乐意咀嚼
那一串冰糖葫芦似的小拳头

想到这些
父亲舒眉浅笑了
在自己的脸上
抄袭几笔孙女的童真

时间把生命
走成越来越短的隧道
心如寒菊
总要等到最冷的季节

致母亲

地上站的是我
墙上立的是您
您总是不肯下来
任我的心喊疼嗓子

地上站的是我
墙上立的是您
纵然挤到您的身边
又怎能缩短母子的距离

母亲，我好恨啊！
没有抢到奈河桥下
挺起董存瑞的手臂
让阳世阴间都听到那声霹雳！

再致母亲

总想到您坟上去
总算有了机会
您的坟也去世了

母亲，葬您的时候
您才三十多岁
青春染过的长发
飘在枕上

我已满头"霜降"近"小雪"
只要想起您
总觉得自己还是个孩子
在儿子的心上
您依然增长着年寿

母亲，走近一些呵
让儿子数数您的白发
母亲，葬您的时候
您的坟是圆的
像初升的太阳
一半在地上
一半在地下

您的坟是圆的
地球也是圆的——
一半在白天

一半在黑夜
您睡在地球的怀里
地球就是您的坟墓呀
母亲!

不论我在哪里呼喊
您都会听到我的声音
为了离别时的那行脚印
您夜夜失眠到如今

□ 辛茹

一个女兵的吟唱（三首）

为远行干杯

总把欢笑当作眼泪
洒在你的胸前
只为你潇潇洒洒
走得欣慰
女人是火，也是水
相伴时，愿跟你走遍天涯
燃烧时，甘为你化作尘灰

总把柔情当作歌声
环绕在你的耳边
只盼你天堂止步
午夜梦回
男人是电，也是雷
闪耀时，能轰轰隆隆照亮夜空
熄灭时，能隐隐约约点燃星辉

来吧，来吧，亲爱的
为你从此的远行干杯
为我从此的寂寞干杯
都说人生难得几回醉
醉过之后，才知道
爱也无悔，恨也无悔
生也无悔，死也无悔

无悔，无悔，无悔！

我的祖国

我的祖国，我把你比作黄河
你滚滚地流，滚滚地流
流过风中的兰州，流过雨中的郑州
漫着秦时的明月，漂着汉唐的丝绸
——昂起我北方兄弟的头

我的祖国，我把你比作长江
你清清地流，清清地流
流过画中的夔门，流过歌中的江洲
载着天府的富饶，披着苏杭的锦绣
——挽起我南方姐妹的手

或者把你比作昆仑，我的祖国
你头戴着晶莹的雪冠
高入云端，把风暴雷霆都扛在肩上
刀劈不开你，火也烧不毁你
如神话中的君王，你独坐世界的东方
同时宣告足下的世界，永远天高地厚

我的祖国，沐浴你的阳光和目光

我到过戈壁、沙漠、天涯海角

经历过泰山日出和北极村白昼

但却总也走不出你的怀抱

就像那只美丽的鹿

走到天边，也要回头

我的祖国，我是你清纯的女儿

假如能够，我要为你生养许多儿子

并让他们牵着太阳的手

跟着太阳走

如歌的岁月
——写给我的女兵战友

不久，你们将从神秘的道路上
攀着山峰走向阳光

是女孩子又是与众不同的女孩子
冷心静气地独立于世界
习惯忠于自己
风里雨里阳光里
不再羞羞怯怯

古代征夫的悲凄　还有
巾帼的英姿
都一样使你流泪
流淌成另一种声音
高高地飞旋在
所有的浮尘之上

你们燃烧的声音　像马格朗斯的太阳
你们列队呐喊的声音

像什帕拉帕号角

它们挣破一切　统领一切

在流溢美妙梵音的天空

永久徜徉

——生根的脚攀缘岁月

即使在夏夜

在四周布满紫丁香的清晨

你们的声音

优美宛如婴孩

（当月亮哼唱　传递多情的忧伤）

向着缄默的纯净

悄然萌芽　迅疾膨胀

仿佛满月时的大海

楚楚动人

这如歌的岁月

如歌的人生

生存和死亡

都将听见你在喋血而唱

龙骨、沂蒙及战争漫想（八首）

龙 骨

秦皇汉武的赫赫功业，
为中华民族留下了一条龙骨。
奔腾舒卷，
逶迤苍茫，
饮渤海而长啸，
将龙尾甩过黄河套，
甩过祁连山，
甩向西中国的高天大漠。

啊！龙骨——长城，
啊！长城——龙骨，
千百年来，
多少旅人咏叹感慨，
长歌如云，
写满沉沉史册。

也有悲泣，

也有哀婉，

月圆月缺，

于那古城墙下，

听寒气萧森，

听羌笛声绝，

听孟姜女一步步走来，

唱那凄凄切切的《四季歌》。

其实，

长城挡住过什么呢？

挡不住匈奴南犯，

挡不住金兵入侵，

苍凉一阕《满江红》，

全不了岳武穆的报国志；

挡不住努尔哈赤进关，

挡不住八国联军杀掠，

一曲"我的家在东北松花江上"，

撕裂了赤子心、华夏魂、民族魄。

啊，

空有龙骨！

空有龙骨！
屈与辱写满中国的心窝，
唯有龙骨，
唯有龙骨，
血与火锻冶中国的性格。
也有揭竿，
也有聚义，
无数次，无数次，
在那城堞垛口，
洗却将军泪、壮士血，
洒满将军泪、壮士血。
最是雁阵多情，
一度复一度，
将那长城岭上的呼喊，
将那长城岭上的浩气，
带向四面八方，
带过长江大河。

于是，
长城成了象征，
长城成了图腾，
长城成了一个骄傲的残破。

而今，

人们都在注目长城，

募捐、

资助、

义演、

义卖，

更有那么多以长城命名的产品，

摆满都城的闹市，

摆满村镇的角落。

仿佛决心重铸古老的文明，

修补那轮缺损的圆月。

然而，毕竟是千年已逝，

脚手架上高明的匠人，

你的头颅为什么昂得高高，

你是在听塞外漠风？

还是在看残阳如血？

你能修补长城如初，

也能修补历史如初吗？

我是军人，

我在长城上久久踱步，

我不愿歌颂祖先的伟大，
也无权抱怨祖先的决策。
我想，
当战争再度突然袭来，
我决不用骨骸血肉筑城！
我要出击，
我要前进，
封闭与隔绝，
永远拥抱不了世界。

战死，
尸体是一抔血泥，
融进茫茫山脊，
希望有人眺望，
然后说：那是一条龙骨。

诺木洪的白杨林

在柴达木盆地这唯一的绿洲
在诺木洪兵站的白杨林里
我怀念一群老兵

他们是牵着骆驼来这里的
他们是叩醒柴达木的英雄
此后，才有了四千里绵绵延延青藏线
有了车队、商旅和新生活的跫音

懂得生活的人最热爱生活
在第一声筑路号子响起的同时
他们栽下了第一排白杨
引来昆仑山雪水
浇灌大戈壁上的第一片绿荫

啊，一个又一个士兵
栽下一棵又一棵白杨
一棵又一棵白杨
组成强大的绿色方阵

风退却了

沙也退却了

诺木洪成了青藏线上的明珠

白杨林成了柴达木的灵魂

三月你来

五月你来

七月你来

九月你来

一片乳黄、一片碧绿、一片黛青、一片金红

会给你说不尽的愉悦和欢欣

即便在飘雪的冬天你来这里

那挺拔的树干也是一个启迪

教你认识奇迹和创造

认识什么是真正的生命

白杨树下，我握着一个士兵的手

看着他被高原风搓得黑红的脸膛

我说，我明白了绿色为什么是一个象征

明白了它所包容的整个世界和全部人生

沂 蒙

是什么样的造山运动，
崛起了你啊，沂蒙！

你有千百条崎岖的山道，
雾缕云影掩映着乡亲们的屐痕，
一代又一代人的汗水洒在石阶上，
像二月的冷露，剔透又晶莹。
这使我想起我们的事业——
最艰难的道路，
通向最辉煌的山顶！

你有千百条明亮的小溪，
那洗过革命伤口的小溪啊，
如今，革命是瀑布，
在雷一样的轰鸣里，
我依然能听见你琤琤的琴声。
苍苍的山林啊，
曾经是革命的营地，
当革命从林中走进城市，

那山林只是摇了摇树梢，
像母亲挥手，送自己的儿子远行。
而儿子，即便千里万里，
又怎能忘记母亲的眼睛。

即便在阴凉的山背上，
那青青的苔藓，
那丝毫引不起人们注意的苔藓啊，
对于苍白，对于焦灼，
无疑也是一片骄傲的生命！

啊，沂蒙，沂蒙，
闪烁在战士心中的一颗金星，
哪怕亿万年之后，
这里又变成了海，
变成了海，
你就是太阳，
仍然会从新的地平线隆隆上升。

墓 思

是这片土地给了她不朽，
她，也把不朽给了这片土地。
如今，她和蓝天告别了，
和白云告别了，
在一个铺着银霜的金秋，
在一条落满黄叶的山脊。

沂蒙山有清晰的岩层，
有岩层怎能没有记忆！
记得四十年前那尖厉的枪声，
记得四十年前那动荡和惊悸，
记得那个云低风紧的夜晚，
山坳里躺着的受伤的战士。

蒙山柴燃着他生命的光焰，
沂河水洗去他身上的血迹。
此后，
便是煎饼、野菜，
便是薯干、麸皮，

便是大嫂滴滴心血，
撑起一个战士
一个儿子
一个民族的山一样的腰脊。

我知道，大嫂是不识字的，
不识字的人，
信仰却比太阳还要明丽。
那时，
天，尚未露出曙光，
那时，
冰，尚未融化消解，
她勇敢，她坚强，
面对着日寇，面对着刺刀，
面对着艰苦岁月的磨砺。

啊！我听到土坑上焦急的叹息了，
我听到山洞里深情的小曲了，
我听到笑声了——
十六年后，她救护的那个战士，
退役回到了这条山脊，
作为儿子，

和她一起抡锄，一起凿石，
一起在水库上垒堰修堤……

在荣誉面前，
她没有记为她写了多少诗，
也没有记为她编了多少戏，
甚至当那个已成为光荣象征的山洞坍塌之后，
她只是淡淡一笑，
说塌了好，省得砸着孩子。

啊！一个山里的普通妇女，
无私得如同这裸露的山和裸露的土地，
而人们又怎能把山和土地忘记。

昨天，人民哺育战士以乳，
今天，战士报答人民以血。

小 河

一

小河，你那么多的故事，
都流向了何处？
只剩下这浅浅的流水，
载着阵阵蛙鼓。

洗衣人呢？
那些慈祥的婶子、大娘，
那些识字班的姐妹，
以及绾起纂刚过门的新媳妇，
就着一块蒙山石，
搓呀，搓呀，
搓军衣上的汗渍，
搓绷带上的血污，
在数十年前，
当我们的民族正水煎火煮……

柳林啊，你还记得吗？
河滩啊，你还记得吗？

那双双泡得泛白的手，
那双双累得发麻的手，
就这样，温暖了战士的肺腑。

而今，这些都已成为历史，
成为记忆，
成为回顾往事时的炫耀，
和思念沂蒙山的痛苦。

二

故事真的流走了吗？
瞧这河滩——
多么明亮的浪花，
多么浑圆的卵石，
活泼的小鱼摇着尾鳍，
在碧苍苍的水草间尽情追逐。
还有那些狗尾草，
大胆地戏弄着小羊羔的嘴唇；
还有那些石竹花，
自负地举着钻石般的晨露。

当然，还有洗衣人，
从村子里走出来的姑娘，
随意把花涤良衣裳搓上几把，
晾在河滩上，
像片片红云绿雾。

啊，这不就是故事？
流水把那个沉重的岁月送走了，
连同属于那个岁月的兴奋，期待，焦灼和恐怖……

小河，接受我的祝福吧，
为了你的昨天和今天，
为了父老姐妹洒在这里的数也数不清的汗珠。

 蒙山柴

看到你，便想起那一片火焰，
伴着桐木风箱的节奏，
在灶膛里一闪一闪。

啊，蒙山柴，
在最寒冷的日子里，

你献出的是最金贵的温暖；
门外，斜飞着大雪，
木格子窗棂在风里瑟瑟打颤。

轻轻，轻轻，
大嫂撇着锅里的油花儿，
把真情和爱抚盛进乌亮的陶罐。
然后，她上路了，
灶膛里，还缭绕着你生命的余烟……

我知道，用不了多久，
也许只是三年、五年，
代替你的会是煤，或者气，或者电，
可我又怎能忘记，
在血火交迸的昨天，
你的无私和贡献。

我想，我该以战士的名义提请，
博物馆里应该有你的史实和编年，
即便和最庞大的火炮站在一起，
也不会遮挡你的光辉和尊严。

听 风
——登孟良崮

未进山但见绿雾朦胧，

一进山顿觉两颊潮涌，

树枝摇树干也摇，

刹那间遍山钟鼓齐鸣。

猛烈时如隆隆沉雷，

千山万壑一起在雷声里颤动；

轻柔时如琤琤琴声，

每一根松针都脉脉含情；

雄壮时如春潮澎湃，陡起千尺雪浪，

舒缓时如秋江澄碧，欸乃两耳桨声。

五百里沂蒙啊五百里松风，

磅礴一支奏鸣曲昼夜不停。

是因为这里曾是一片战场，

还是因为我是士兵，

听风也是别样感情。

风里有火炮的吼叫，

风里有弹片的嘶鸣，

有旌头指向敌群，

有杀声漫过峰顶。

有弹壳吹响支支小曲，

战壕里鸣啭的五月的黄莺；

有马蹄嘚嘚敲击拂晓，

如雨打芭蕉，轻松而动听。

不要以为这只是幻觉，

对于战士，松风是不息的战鼓，

对于祖国，松风是战士的心声。

只要记忆没有泯灭，

就不会泯灭昨日的英勇。

我歌唱松风——

这起自草尖、林梢，

在峡谷里疾驰狂奔，

又从峰巅旋入天宇的战士的光荣。

战争漫想

多少次了，
只要有橄榄枝不停地摇动，
便会有方舟靠岸、停橹；
便会有一个民族向一个民族真诚地忏悔，
一个民族向一个民族表示宽容和大度。

啊，无休无止，循环往复，
自从人类有了火种，有了青铜铸鼎，冷铁锻矛，
有了欲望如深深的峡谷。
千百年来，
战争与和平如日落月出。
犁铧耕耘，厚土掩埋弹片，
良田泼血，阡陌变成冲击的道路。
一些人刚刚解甲归田，
一些人又被战神驱使和招募。
界碑、纪念碑，
一切一切的碑们，
有时，不过像赌徒手中的骰子，

在偌大的地球上随意抛掷。
当然，会给一些人永远的骄傲，
会给一些人永远的痛苦。

如今，不见商女隔江犹唱后庭花了，
而我，却在苦苦锻打关于战争的诗句：
我知道，作为军人，
是要重演历史的断章，
也知道将来，
谁来重演今天的自己。
我想，战争就在我身上止住该多好，
哪怕是五尺之躯，
在瞬间变成一抔边土！

真的如此，世界会不会变得过于平静？
过于平静会不会成为一潭死水？
三尺长剑斩不断纷纭的思绪，
蓦然对镜，
两鬓又多白发几许……

王怀让

雷 锋

永远新鲜的雷声
永远尖锐的刀锋
一颗螺丝钉
所有的机器通用

所有的苗圃里
都有你那身军装的绿
所有的花丛中
都有你那颗红星的红

你的车轮和日轮一起
滚过每一个日子
你的目光和月光一起
照进每一个梦境

一首诗歌
越读越觉得生动
一个故事
越讲越让人动情!

宁静时刻（三首）

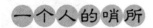

一个人的哨所

坐落山中某一方位
指着地图自己也说不准具体位置
走到现场就会轮廓分明
别以为这是啰唆军事秘密
十万大山能使心胸宽阔

线路的起伏走向
就是一天的工作方向
线杆的斜度电线的弯度
就是心灵和生活的风险程度
对你来说性命攸关

有风无风的日子
都要沿着线路的指向出发
在线杆上爬上滑下

把一天的惊险情节几分钟度完
像哲人在风中提炼生活的高度
飞翔的心使每一棵树燃成火把

大雪覆盖的脚印留给自己辨认
自己给自己种菜做饭
自己给自己站岗巡逻
在早晨一个人围着小屋跑步出操
一个人正步踏响丛林山峦
（别以为这是多余动作）

作为延续三十年的先进哨所
一年只有一次机会接受检查
一年只有几分钟时间
能让上级明白岗位的重要

六月的山峦

六月的山峦
一堆燃烧的焦炭
奔跑的阳光火舌无处不在
随意扔一件物体就会冒烟

你顺手摘下钢盔

一团汗腺和沉重脱身而去

失真的山口不产风雨冰箱

一千只爬虫混战脊背

始终不分胜负

昏眩时刻望一望界碑

枯草也会豪情万丈

作为枪炮命名的胜利者

你一再被虫类击败

整整一个夏天

全身都在为虫类颁发勋章

那些乌红肿块来去匆匆

留下痛痒这位向导手舞足蹈

引你利索地出没草丛岩缝

在这枯燥的反复中

你的身影日益矫健

像六月的山峦

坚硬滚烫

背包带

士兵的一条敏感神经
无论白天黑夜还是挂墙靠枕
都在搏动一种高度集中的警觉
在紧急集合的队伍里
身挎背包带的士兵
没有一个掉队

士兵的一条生活脐带
一声哨响便能捆起行军被装
即便伸手不见五指
也能捆出一个全副武装的勇士
身挎背包带的士兵
高天做帐大地当床

士兵的一根荣誉绶带
从戎日子提示使命重大
退役时光标明荣誉的高贵
把每一个日子扎得有棱有角
身挎背包带的士兵
穿什么服装都不会松垮随便
一生都在紧扎荣誉和责任

王久辛

高贵的爬行

你的心感应到了地层深处的心跳

地层深处爬着你勇敢的心跳

你的心跳顶着坍塌的危险向另一个心跳

靠近每一寸里都包含着瞬间的生死

每一秒钟都与瞬间的毁灭相接

你的心跳爬着

怦怦怦怦的心跳伸出有力的双手爬着

劲健的双腿蹬着爬进随时会毁灭的魔窟

你的心里有一个心跳的声音吹响进军的冲锋号

金色的音波把地狱照亮　把另一个希望的心跳

照亮　微弱的心跳在你顽强的心跳中

像《命运》的音符在跳　在地层深处跳

那是生还的希望在跳　那是救人的信念在跳

你义无反顾是爬进地狱抢险的勇士

你出生入死是冲入魔窟救人的英雄

你爬着爬出满脸的泪在地狱的边缘儿横流

你爬着爬进渴望的眼睛在魔窟的深处张望
你爬着爬成勇敢的诗爬成无畏的音符
把救人的爬行　变成对人朝拜的神圣
也把自己的人生爬成了高贵和永恒……

□ 刘

章

长城颂

呵，洪流滚滚，波涛汹涌……
呵，洪流滚滚，波涛汹涌……

洪水威胁着荆州、武汉……
洪水威胁着哈尔滨、大庆……

压过去了！压过去了！压过去了！
压过去人民解放军——钢铁长城。

人的拦洪坝，岿然屹立，
绿色的军衣，像万顷青松。

人的防浪墙，红星闪闪，
是银河两岸的星斗晶莹。

防洪堤上，老妈妈泪光闪闪，
荧光屏前，老伯们赞叹声声：

"世界上哪有这样好的士兵，
哪里有艰险，哪里就有他们的身影……"

呵，人民的军队，人民的血肉组成，
为人民而战，为人民而生。

洪水无情，要吞没千村、万城，
战士有胆，要降伏肆虐的蛟龙！

特殊的战士打的是特殊的战争，
飞机不能用，坦克不能用，枪炮不能用……

只有一身赤胆，一片丹心，万丈豪情，
用一双手要摁住万里雷霆。

扑过去，让浪花在胸前粉碎，
扑过去，让龙蛇俯首听命！

面对的敌人，不用吃饭，不必宿营，
洪水浪浪相接，分分秒秒不停。

我们的战士，不怕疲劳，不怕牺牲，
制服洪魔恶浪，分分秒秒必争。

冲锋，冲锋，冲向南国热浪……
冲锋，冲锋，冲向北国寒风……

啊，天若有情，天也该听从指挥，
啊，地若有情，地也该接受命令。

感天动地的人民解放军，
请接受一个诗人的致敬！

顶天立地的钢铁长城啊，
请接受一个诗人由衷的赞颂。

他们是排排青松，连天葱茏，
我的歌不过似蜜蜂嗡嗡嘤嘤。

纵然有千言万语，万语千言，
又怎能表达出我崇敬的心境？

追赶时间

蹽开军人步伐
急行军，快，我们追赶

天崩地裂一场突发灾难
毁了北川困了汶川
军情如火命令如山
军人的双脚要追赶时间

大路断奔小路
小路断爬荒山
河拦——涉水
山阻——翻山
山断了——我们攀崖
听见了
生命呻吟在死亡边缘
听见了
母亲在废墟旁边哭喊

快，追赶

抢回一分钟

减轻一分人民的苦难

抢回一秒钟

夺回一分生命的尊严

当兵三年头年练站

二年练走三年练跑练攀

练兵千回

盼的就是用兵这一天

追过去白天再追夜晚

雨打湿衣身子暖干

汗溻湿衣太阳晒干

先前父辈们

追赶敌人抢过了飞机

抢过了车轮

一双腿是胜利的旗杆

曾经兄长们

追赶时间追过了水

追过了火铁打的双脚
维系着人民的安全

今天，追赶死神
我们追的是生死决战
孩子的哭叫揪着士兵的心肝
受难者的血
连着士兵的血管

牙都要咬出血了
心都要跳到胸前
恨不得一步跨过山和水
扛起苦难
给人民一个平安
人民的军队
就是人民的靠山
地裂了我们补地
天塌了我们擎天
快，再快点
前边就是绵竹、茂县
前边就是汶川、北川……

最可爱的身影

你们应该是我最熟悉的人，耳熟能详

但我无法逐个记住你们的面容

你们是一个群体，一种青春才能染出的颜色

确切地说，你们是老百姓的靠山

是危急时刻用血肉筑起的一道城墙

生死攸关的地方都能看到你们

你们是一群倒下做泥土，站立固江山的身影

你们的军装可以挡风遮雨，也可以养命

是老百姓不花一分钱就拥有的终身保险

在犬牙交错的横梁下解救一个孩子

你们用自己的骨架当千斤顶

在机械施展不开的山道上

你们一双渗血的手就是挖掘机

在后续部队没有赶到的紧急关头

你们的七尺身躯取代了空有虚名的机器人

在险情六亲不认，开出一张张烈士证时

你们没有谦虚，把自己列为第一候选人

你们就是这样一群特殊的身影

在人民最需要的时候出现

在困难和牺牲扎堆的地方奉献热血、青春

累的时候，靠在祖国的肩头打个盹

如果牺牲了，长眠的地方

会有一棵和军装相同颜色的青草

还是顽强的身影

风雨中我都叫他军人

续唱士兵突击队

歌　头

谁说壮士不言悲，
壮士悲情也壮美，
"你是谁？为了谁？"
心中口中都有碑！

一

头上悬湖——要溃未溃
如火险情——逼上眼眉
大转移启动在溃坝之前
百支手电光射出救援队

美好家园弃在身后
身后是浪卷百里青翠
百姓涉险突出重围
随身只带出一串热泪

最早脱离险境是父老乡亲

最后获救是一双聋哑姐妹

生命接力谁的牵手

爱心传递谁的脊背

你是谁？为了谁？

不留名姓留光辉

曾在肩背上伏过的聋哑女

摸过一颗五星红帽徽

二

你是谁？为了谁？

尊重生命的成功突围

痛哉！地震的黑暗开头

美哉！明媚的阳光结尾

塌楼埋人学校震毁

废墟堆里悲情成堆

日间曾经人声鼎沸

入夜更显悲风低回

刨出浅埋的几人、几十人

揩干血迹能迈腿走回社会

挤开的水泥板下有一线生机

救援者心中炸一声惊雷

深埋一天一夜的花季少女

惨遭死神攥住了一双美腿

生命体征已如霜后芦苇

要么锯腿生还，要么彻底枯萎

哀哀求告保住生命

和生命里已不可分离的"芭蕾"

钢锯后退，大专家们挥泪决策

尊重微小的生命和生命的高贵

待一天新鲜的阳光迎取最后的机会

压埋48小时后的生命将全身而退

今夜阴阳两界都备受熬煎

脆弱的生命渴求爱的坚强守卫

有歌儿陪伴的孤儿不再为无助流泪

有故事陪伴的孩子能战胜要命的瞌睡

走出死亡的阴影的来日"芭蕾"
感恩之心最知道风雨连宵谁人无寐

是天使，白衣上红一颗十字
是卫士，帽檐上亮一颗军徽
天使卫士合编的"军医大学"
抗震救灾一支"士兵突击队"

三

不曾亲历过大难临头人亡家毁
谁知道什么是石头疯狂地折山摧
废墟下遭遇过活人受的死人罪
才知道最亲的亲人当兵在部队

年轻的士兵你是谁？
手指上的凝血来自灾区哪一片废墟堆
突破重围"铁军来了"来了救命粮、活命水
重建家园，官兵劳累让为人父母心痛流泪

他不是惊天动地一刹献身的英雄
士兵睡去抗震救灾日积月累的劳累

生前无多少人知道你是谁

死后却有无数人知道为了谁

迷彩绿帐篷里朴素的战地追悼会

太多的惋惜太多的钦佩汇作泪雨纷飞

孩子举手敬礼，白发垂首下跪

军旅歌手泣不成腔"我的士兵兄弟姐妹"

歌 尾

唱罢歌头唱歌尾

救人于水火，解难于困危

和平年代人民军队

中华大地有口皆碑

桂
兴
华

幸存的小手向红星致敬

——读四川省北川县灾区的一张照片

小郎铮

你只有几岁

但你几乎被灾难活埋的经历

苍老的历史

都担当不起

此刻

你的左手骨折了

你挣脱死神的右手

恭恭敬敬地

向正在

漫山遍野搜寻的解放军叔叔

敬了一个队礼！……

你没有说话

但你这个稚嫩的手势

却举起了

千万声感激！

一举起

就催落了

普天下多少眼泪？！

山坡下的一切

难以预测

不断震颤的地面上

整天整夜没有合眼的红星

比天上所有的星星

都亮、都热！

他们从课本里

走了下来！

他们从歌声里

走了下来！

在二〇〇八年五月十二日下午的黑暗里

你的亲人

奔波在哪里啊

你的同学

是不是抗住了

致命的袭击?

叔叔们在绝望的瓦砾里

一听到你那声微弱的叫喊

就用双手

把满脸是血的你

一点、一点挖了出来

轻轻抬起……

多少年以后

你也许

也会成为

红星中闪亮的一颗

挺拔在军装里的你

在危急中奋不顾身的你

肯定

也会将最及时的温暖

传递!

也会被许多许多双陌生的手

致意……

非常雪景：中国红（长诗节选）

当一身素装的树的仪仗队在路边惊呼

祖国南方的车轮和机翼们

终于在爆竹声中，纷纷沿着春的轨迹

在除夕夜前隆隆启动了！启动了！启动了！

起点都是长长的等待之后的同一种感激！

没有一张时刻表能够在舒展的双眉间忘记——

这场异常沉重的雪

曾经使成千上万颗渴望回家的心停滞……

二〇〇八年的这场暴风雪啊

骤然关闭了一个个车次和航班

刷白了一声声赶路的响铃

修改了中央电视台所有频道的节目单！

二〇〇八年的这场袭击

这场连每滴水珠都在零度以下的冻雨

在立春前夕的柔美南国

会下得这么猛！会刮得如此烈！

抹去了任何诗意

只能使整个中国的版面

一页页更加思乡心切！思暖心切！思春心切！

当广州火车站在数十万双眼神中喘息

当郴州全城在一夜又一夜微弱的烛光中摇曳

当漫天飞舞的雪花成为最无情的花

乡愁最浓的时候，天空的脸色有些严峻

满怀深情的政治局在焦急中开会

会场外的天气预报里

还是与争购火车票的手同时排着队的雪，雪，雪！

怎么使被击倒的输电塔重新矗起？

怎么使京广、沪昆铁路大动脉解冻？

怎么使民工们回家的路与炊烟伸出的手臂相握？

怎么遏制所有的瘫痪啊，开通所有的线路？

没有一双返乡的脚印不被重视！

相反，同一个词分分秒秒激荡在中南海的眼波里

伟大、光荣、正确的往往是最平易近人的

他们仿佛和全国各地的打工者一起

在寒风中的候车棚里裹紧了衣

双脚像踩在一条条又湿又滑的雪路上

一肩把所有装满沉甸甸乡情的旅行袋扛起……

当游子们的眼前除了雪，还是雪
共和国的首脑们已经冲破雪的沉寂
在充分协调供需，在紧急部署兵力
在以历史的名义下一道道命令！
实实在在的一句顶一万句
命令四面八方的子弟兵迈开春天的步伐
用铁铲、用铁锹、用以雪解渴的毅力
破除一层层顽固的冰和凝成的难题
命令装甲车将高速公路上的积雪当作死敌
集合起奔跑的向往不可阻挡地进击，进击！……

随着他们扎实的脚步
崎岖的长路在铲雪车的刀口下越缩越短
屋檐下的雪水为何像村民的泪直滴
只因为自己的队伍又来到面前！
多少个永温乡的纪委书记
连续26天坚守在橙色的预警信号里！
吝啬了大都市的空调
熄灭了长街所有的景观灯
邀请退了车票的留守参加特别的联欢

兄弟姐妹回到了古筝独奏中的洞庭鱼米乡
还在市长的手里抽到了中奖的"金鼠"……

大雪覆盖不住的鞭炮声就像绵绵的心意啊
作为温暖的代言、作为不能误点的相约
噼噼啪啪地沸腾着共同的爱！
大街小巷争先捐钱捐物的微笑
红十字会收到的一叠叠带着体温的压岁钱
汇同一站又一站准时到达的庆贺
一盏又一盏戴着雪帽的红灯笼
一丛又一丛披着雪巾的红梅啊
雪花般飞扬着晨报、晚报里的中国红
火热地祝愿：大雪后的老百姓大吉大利！

即使在雪色茫茫的极端天气里
中国也有一轮自信的红红的朝阳
明媚的、有着活泼心跳的一轮朝阳啊
在天安门广场和许许多多团聚的角落升起！
在已经突破各种围堵的春之路上
迎风招展的中国红
融化了焦点访谈中
那场五十年未遇的鹅毛大雪！……

张月潭

祖国不会忘记

在茫茫的人海里我是哪一个
在奔腾的浪花里我是哪一朵

在征服宇宙的大军里
那默默奉献的就是我
在辉煌事业的长河里
那永远奔腾的就是我

不需要你认识我
不需要你知道我

我把青春融进

融进祖国的江河

山知道我江河知道我

祖国不会忘记不会忘记我

在茫茫的人海里我是哪一个

在奔腾的浪花里我是哪一朵

在征服宇宙的大军里

那默默奉献的就是我

在辉煌事业的长河里
那永远奔腾的就是我

不需要你歌颂我
不渴望你报答我
我把光辉融进
融进祖国的星座

山知道我江河知道我
祖国不会忘记不会忘记我

神剑之歌（七首）

赠核试验场防化部队

养兵千日今朝用，
首战告捷见硬功。
核弹辐射敢抵挡，
爆心来去自从容。

清平乐·我国首次原子弹爆炸成功

东风起舞，
壮志千军鼓。
苦斗百年今复主，
矢志英雄伏虎。

霞光喷射云空，
腾起万丈长龙。
春雷震惊寰宇，
人间天上欢隆。

赠核试验场工程兵部队

铁臂飞架千条河，
金斧劈开万重山。
白手起家战戈壁，
工兵史册添新篇。

春雷颂·第二次原子弹爆炸成功

瀚海晴空，

玉龙乘东风。

万朵红霞灿苍穹，

春雷再显神通。

热风漫卷乌云，

三军竞展奇能。

英雄喜添新翼，

任我天下腾飞。

清平乐·颂我国洲际导弹发射成功

东风怒放，
烈火喷万丈。
霹雳弦惊周天荡，
震大洋激浪。

莫道生来多难，
更喜险峰竞攀。
今日雕弓满月，
敢平寇蹄狼烟。

相见欢·潜艇导弹成功落区纪念大会祝词

扬威海上英豪，
战狂涛。
神剑飞来，
闪电破云霄。

天罗照，
长空扫，

胜券操。
四海欢呼，
一代玲珑骄。

悼念杰出核科学家邓稼先

踏遍戈壁共草原，
二十五年前。
连克千重关，
群力奋战君当先。
捷音频年传。

蔑视核讹诈，
华夏创新篇。
君视名利似粪土，
许身国威壮河山。
哀君早辞世，
功勋泽人间。

□ 海
田

来自导弹阵地的祝福

——为二〇一二年第二炮兵新春团拜会而作

一

就要过年了

长河边依然寒风刺骨

就要过年了

山谷里还是飞雪漫天

这个寒冷的季节里

我们在大山的怀抱里亮剑

圆满完成了发射任务

风雪中我们启程

重返边关

重返边关

节日的礼花照亮我们的心田

重返边关

腾飞的长剑鼓舞我们的信念

零下32℃的严寒里

我们热血沸腾

一年360天的守望中

我们披肝沥胆

当万家灯火燃起的时候

我们又回到遥远的地方　铸魂砺剑

当新年钟声敲响的时候

我们战斗在洞库的深处　枕戈待旦

二

父亲　为您的儿子骄傲和自豪吧

自从当兵的第一天

我就梦想着亲手发射导弹

十二年了　今年我就要退伍了

我终于等到了盼来了

这一次　作为操作号手

亲自把导弹送上蓝天

我骄傲我是英雄队伍里称职的一员

三

妈妈　您还好吗

订婚的事我会放在心上的

只是这一次又不能回家过年

老班长已经三次推迟婚期

他比我更需要阖家团圆

和战友们一起过年

也很幸运　　也很温暖

我自豪　能站在火箭兵的行列中

在和平的年代里

能当兵的会有几人

能当火箭兵的会有几人

能参加发射任务的又有几个人呢

所以对于我　　您真的无须挂念

四

老婆　　你睡了吗

别埋怨我又是这么晚才想你

一直在忙　难得空闲

今年是我们新婚第一次过年

本来　　我答应过你

一起回家看望父老乡亲

可是　　军人以服从命令为天职

肩负特殊的使命　　我们在大山里

用沉默书写着无悔的誓言

自古忠孝不能两全

你就替我回家吧

陪陪老人们　帮我了却心愿

五

女儿　在执行任务前

爸爸就得知你得了严重的哮喘

本来已经请好假陪你去医院

爸爸要请最好的医生给你治病

请原谅爸爸没有兑现诺言

部队接受了一项艰巨的任务

爸爸不能离开

因为爸爸是这个连队的指导员

女儿　等执行完任务

爸爸把欠你的加倍偿还

六

就要过年了

长河边依然寒风刺骨

就要过年了

山谷里还是飞雪漫天

虽说我们离亲人很远

我们与祖国安危心心相连

我们的慰藉是大地欢歌

我们的奖章是万家团圆

在"四个非常过硬"的交响乐里

我们是一个个铿锵的音符

高亢嘹亮　飞奔向前

此刻　我们在大山深处的导弹阵地

向祖国和人民问好

向首长和战友拜年

向家乡父老兄弟姐妹们拜年

让我们高唱一曲忠诚之歌

那是我们用火箭兵的心曲

编织的最美好最真诚的祝愿

□
张
庞

太空畅想曲

那是一道扶摇直上的惊世航迹

那是一簇飞速拉起的冲天花环

恰似嫦娥奔月舒广袖

呼啸云天舞彩练

啊　插着民族的翅膀

映着大地的笑脸

千年梦想编织了中国航天情结

一代天骄扬起了"神舟"载人风帆

从此　浩瀚的太空有了龙的街巷

黑眼睛黄皮肤踏进神秘宫殿

东方神话又谱写新的诗篇

从此　嫦娥月下踏青故园

玉兔携金龟赛场领先

女娲闲庭信步逍遥巡天

万户及其传人的长路漫漫

登天不再难

遥望天空骄子箭步洞开天窗

曾收获蘑菇云的中国人

今朝弹着地球尘埃

驻足那片阳光公园

五星红旗　落户天宇

咀嚼遥远　食味甘甜

沉静中带着几分调侃

读出这奥秘天书几多新鲜

哦　在这神奇而又冷寂的遥远世界

在这没有生命　没有空气

没有声音的"世外桃源"

飘游着大大小小的星际航船

以轨道代替河床　以叶板代替桨帆

巡视茫茫天河　月光星团

人类引颈长空　奢望天际

穿越太阳系时空隧道

一览众星　一望无前

云雀在霞光中衔来芬芳的桂叶

喜迎勇敢的太阳鸟自远方归来

人们讲述着古老悲壮的神话故事

尽情欢呼　翩翩起舞　高歌凯旋

地球村落那篱笆墙内的守望者们

打开眼界　远瞩高瞻

啊　飞船　好气派的中国飞船

还有年轻的中国航天员

张开我们翱翔的臂膀吧

拥抱太阳　拥抱灿烂

一个真正飞天的时代正款款走来

看　共和国旗帜下的英雄儿女

正和着世界圆舞曲

收获金秋　播种春天

□
龙
郁

愤怒的三江潮（组诗）

当他举起右手
颤巍巍地行了个军礼
时光，立马倒退
又回到了七十年前的战地
这个热血男儿
面对侵略者的铁蹄
毅然决然投笔从戎
挥舞大刀，向鬼子们的头上砍去
这个抗日战士啊
一次次倒下，又站起……

小子！有种
（这话，是排长对他的评语。）
现在，我就站在他身后
成了他当年的影子……

勋 章

解甲后，他就归田了
把战功压在箱底
要不是一身洗得发白的军装
他与一个老农民无异
今天，为庆祝抗战胜利七十周年
他终于把奖章全亮了出来
不！还有一枚，肉色的
一直就挂在他衣下的骨头上
由前胸贯穿到后背……

 **自由之神**

终于又听到
"自由之神在纵情歌唱"
能唱衰侵略者的歌
一定是支好歌
每个音符都能够炸响

自由之神的姊妹

还让我联想到

"让一切不民主的制度灭亡"

正义之音携手前进

"胜利的歌声响遍四方"

胜利者奔向胜利

去谱写新的篇章

而自由之神仍然坚守在群山中

那些解甲归田的歌词

化成了锄头和犁杖……

许久没有听到

那一声"红日照亮了东方"

当年的领唱者安息了

就由太行山来领唱

让我们在歌声中重新集结起来

高歌的民族才有希望

重观老电影《地道战》

我相信自己现在就在地下
经历一场特殊的战争洗礼

当一个民族
被太阳旗逼到了绝境
转入地下，就是
重新回到母亲的肚子
一场生与死，存与亡的争夺战
才刚刚开始

被占领的只是表面
我们在地道中固守着根基
端掉鬼子的碉楼
陷落东洋的马蹄
敌明我暗，每一寸土地都不含糊
正好杀他个措手不及
即便死，也只须就地一躺
大可不必马革裹尸……

走出黑洞洞的电影院
我一甩头，抖落夜色的渣子
四周的灯刷地亮了
一辆本田车，正仰翻在地

借尸还魂

人死了，能够转世投胎
我以前不信，现在不得不信
——在日本政坛
张牙舞爪的岸信介、土肥原贤二
冈村宁次、东条英机……
这些个罪大恶极的战犯
正在忙着为解禁集体自卫权
扩军、修宪，疲于奔命……

曾几何时，因放弃战争
而迎来了和平与繁荣
然而，真的是活得不耐烦了
又梦见"大东亚共荣"
啊！那些个给世界带来无穷祸水
害人害己的战争狂人

原本只能打入十八层地狱

怎么可能再次得到超生

看！就在靖国神社前

当那一群拜鬼者转过身来时

我才看清，那是——

小泉纯一郎、野田佳彦、安倍晋三

以及石原慎太郎……

一群不可救药的军国主义分子

正在二十一世纪借尸还魂

山呼海啸的豆芽瓣

将一首歌曲拆开来
不过是些豆芽瓣
也就是简谱的：1 2 3 4 5 6 7
这些花儿、朵儿们
从小就被我噙在嘴边
成了乡村小曲

豆芽瓣真的很弱小
与草民无异
当它从学校的破风琴中飞出来
总能给人以欢喜
豆子抽芽成和平的绿荫
是我们的精神粮食

后来知道了楚歌
以及柴可夫斯基的《小夜曲》
音乐，把我们的心情

表现得淋漓尽致
真的不敢小看这些豆芽瓣了
唱歌，不是说说而已

这些音符能撒豆成兵
在国难当头时
一条山呼海啸的黄河！奔腾而出
大刀向鬼子们的头上砍去
原来小小豆芽瓣竟是国之魂魄
一唱，就让人热血沸腾

记忆的权利（组诗）

鬼子坟

这个鬼子
一开始就踏上了错误的道路
故乡在他的大头靴里
征途在遥远的他乡终结

埋地雷的人
把他
埋在了
埋地雷的地方

鬼子坟
是不是另一种形式的占领？
这是我们的土地
连孩子也知道
我们的！

要不就让他留在这儿？

让他反思其实并不遥远的历史？

让他说说

都看见了什么？

你不是我们请来的

或许也不是你情愿来的

不管怎么说你得想想

为什么你来了但不能回去

鬼子坟

对于我们美丽的乡土

永远也不会成为风景

山梁上有独立之松

那是当年我爷爷他们抗战时扶着消息树的地方

前几年还有老人朝高处随手一指说：

"看，消息树……"

——题记

悠悠高于春秋的树木
在枪林弹雨中抵达峰顶
所有的年轮
围绕一颗心
而每一片叶子都是眼睛

悠悠高于生死的生命
与生相依
以死命名
倒下去是为了站起来
把一口气徐徐向上引领

悠悠高于自然的造型
被偶然确立于仰望之中
于是所有松柏
沿着山脉向上
在你的影子里四季常青

大刀进行曲

就在那年春天
喜峰口那一仗
打大了！
我爷爷说——打大了！
大刀队砍得鬼子头满山乱滚
《大刀进行曲》唱到如今

夕阳西下之时
我上到长城的高处
看见往来依旧的烟霞
依旧是浴血的兵马

青草，红荆
巨大的向日葵
和我一起守卫长城

忽然又想起了我爷爷
我爷爷说
他不是我的亲爷爷

我的亲爷爷让鬼子抓走了
从喜峰口走的
再没回来

可是我看见他回来了
朝着喜峰口回来了
白骨在路上
影子在奔走
保卫长城

古北口褶皱的唇间
长城已是残缺的牙齿

风也悲嘶
雨也悲嘶
遥遥战马
遥遥地悲嘶

灰飞烟灭了
太阳旗不落的梦想
而有一些故事草一样青
保卫长城——

老爷子在这儿抬担架
老太太往这儿送烧饼

刀与枪从不失去记忆
石雷和铁雷都睁着眼睛
青砖白骨
携起手来为我们做证

砖里有砖
石头里有石头
骨头里有骨气
长城有根

我看见征尘未洗的亲人
隔着城砖看我
尽管那只是眼神的反光
还是让我读出了我
和他们相距咫尺的命运！

纪念碑

说得很对。纪念碑
一株开不败白花的植物
有时像一只跷起的拇指

其实是一支手杖

就在那个夜晚
我摸到在炮火中横飞的青枝
支撑起前进的愿望

当我面对朝阳
在一种力量形成的瞬间
随手将手杖插入石头

依然是一支手杖

胜利的记忆

记忆是不灭的物质
是一种权利
假使它不在我们的大脑中
也应该在山河里
浸入泥土和空气

胜利的记忆
是战斗的记忆不屈的记忆
不是欢呼
是对死亡报以无畏和英勇
一寸山河一寸血
对生命和生活充满敬意

鬼子来了
山河奄奄一息
我不自救谁敢救我？
于是我们去打仗

大刀向鬼子的头上砍去
菜刀向鬼子的后背砍去

这就是记忆
为了抵抗命运
为了一口气
有杀不死的精神
凡人成为英雄
可以放弃脑袋
但不能把沙子揉进眼里

这就是记忆
是一种权利
也是庄严的法典和启示
人无分长幼
栽下头颅长出壮士
地无分南北
种下落日收获晨曦

□ 芦芒

弹起我心爱的土琵琶

西边的太阳快要落山了

微山湖上静悄悄

弹起我心爱的土琵琶

唱起那动人的歌谣

爬上飞快的火车

像骑上奔驰的骏马

车站和铁道线上

是我们杀敌的好战场

我们爬飞车那个搞机枪

闯火车那个炸桥梁

就像钢刀插入敌胸膛
打得鬼子魂飞胆丧

西边的太阳就要落山了
鬼子的末日就要来到
弹起我心爱的土琵琶
唱起那动人的歌谣

李广田

入　浴

我们大家一起入浴，
我们赤条条一丝不挂，
我们这些老头儿，半截老头儿，
像一些小孩儿在水里打架。

我们是一个母亲的儿子，
我们都是阶级的亲兄弟，
我们来自东西南北，
各人带着不同的经历：

老谢是苏维埃时代的战士，
他经历了长征到了延安圣地，
他身上伤痕处处，像多少篇记录，
记下了多少次战斗的胜利。

老王在抗日战争中伤了肩膀，
老李在解放战争中丢了右手，

久经地道战的老刘生了满头秃疮，
胡子留长了，一个脑袋瓜却还是光溜溜。

对于过去的经历他们很少提起，
仿佛那些战绩并不属于自己，
然而就在这里，在这温暖的清泉中，
那些伤疤才在水声喧哗中讲说不已：

它们讲说过去的艰苦岁月，
它们讲说革命的真实意义，
它们讲说个人与集体的关系，
它们讲说过去与将来的联系。

它们说这些伤疤不论在谁的身上都没关系，
反正赢得胜利是我们的阶级。
它们既包含着痛苦也孕育着幸福，
我默聆它们讲话才更认识了自己。

几千年的阶级社会，
几千年的残酷斗争，

尽管我们身上伤痕累累，
一个真正的春天确已形成。

我们大家一起入浴，
我们笑哈哈无所牵挂，
泉水的温暖使我们心里开花，
我们仿佛在一个母胎里重新长大。

"五虎"之一雷永顺

打小爱听你讲故事

故事里的星星和月亮也会打鬼子

闪烁着智慧的光芒

五个硬朗朗的英雄中

你是我心中英雄中的英雄

鬼子最怕你的土地雷和石头手榴弹

更怕你这个土八路的神出鬼没

据说一听到你的名字鬼子就跑

跑到梦里

也会被你一把捉住

而你的梦更加神奇

你梦见大片大片的树叶在落日里

哗哗地纷飞

你说，"小日本快完蛋了"
果然三天后鬼子举起了白旗

与鬼子拼死八年多的故事
你给我讲了很多很多
三年内战
你却一句也不愿多说
就像你高枕着青山
在向阳的山坡上
默默地看着我们
和我们的今天

李东友

你的名字叫"辽宁"

你是一个没落大国的弃婴
瓦良格是你曾经的乳名
斑驳、锈色诉说着你的凄惨童年
遍体灰霾掩盖了你的铮铮铁骨
冷战风云让你见证了国破政息的苦涩
沉寂十年，你依然渴望燃烧的激情

感谢命运！让你与一个巨人相逢
他以正在崛起的伟岸身影
激活你的脉搏，点燃你的信心
他用一双神奇的大手解开了
你停留在尼古拉耶夫船台太久的缆绳
从此，你开始参与
一个东方民族自强的征程
他牵引穿越博斯普鲁海峡的雾瘴
他推动你绕道非洲好望角曲折行进
一万五千海里的航迹，连接了世界三大洋

六百二十八天的艰辛漂泊
点燃了中国海军的航母梦

你是长子，你真正的名字叫"辽宁"
这不仅仅是一个省份的名号
它更意味着祖国辽阔海疆的安宁
二〇一二年九月十五日是你的生日
那一天，整个中国因你欣喜
多少人喜极而泣，多少人举杯相庆
因为你已经不再是一艘战舰
你让压折了这个民族百年的意绪终得解放

精心修复，加载武装
而今，伟岸男儿初长成
新涂装的海军灰让你容颜焕发
巨大的相控阵雷达使你更显威猛
甲板上起落的一架架战鹰告诉世界
你已不再是黑海之滨那个羸弱的躯壳
舱室内外一个个忙碌的年轻水兵
彰显着你青春萌动

你是共和国海军的幼子

但你的肩头却格外沉重

因为这片国土对你有着太多的期待

因为这个民族曾被炮舰任意欺凌

是必然抑或巧合

你的首航，紧邻甲午之战海域

你的舰载机首飞航线

正与英法联军炮击过的大沽口遥遥相望

民族的忧患记忆在起航之时提醒着你

你担当着中华复兴的梦想

你已经出发！舰岛高耸如同民族挺直的脊梁

巨大的飞行甲板是今日宽阔的胸膛

翻滚的航迹荡涤着百年不散的屈辱

战机轰鸣奏响了巨龙腾飞的乐章

你已经出发！你的名字叫"辽宁"

□
胡
世
宗

打　捞

在渤海湾

我的祖国

正在打捞

打捞甲午海战的沉船

打捞那段

屈辱、悲壮的历史

那历史

沉得太深太久了啊

血也生了锈

泪也生了锈

当年威武的战舰

早已是腐锈不堪

而今

我们也在打捞

在遵义城下

在铁索桥畔

在茫茫草地

在皑皑雪山

我们在打捞

打捞半个世纪前

沉淀的长征

和长征的沉淀

打捞那些

金箔都无法与之相比的

亮闪闪的碎片

让这些碎片

和甲午海战的沉船

一齐陈列在

历史博物馆

对当代和后代的炎黄子孙

对未来的世纪

对整个空间

做长久的

无声的

却是强悍的

发言

那是呐喊

也是召唤

苏联也在打捞

二十六岁的女作家

在打捞

卫国战争中间

女性们不凡的奉献

美国也在打捞

打捞"挑战者"号

崇高的殉难

人世间

有许多宝贵的东西

值得打捞

不打捞该多么遗憾

每个人

即使他的生命异常短暂

每个民族

即使它有太多太重的苦难

我们十分需要

需要打捞

但我们百倍、千倍地需要

需要创造

沉　马

一匹马

一匹将沉的马

将没顶于泥沼的马

在挣扎

在徒劳地挣扎

加速死亡地挣扎啊

走过它身旁的红军队伍

竟因它

发生一场小小的厮打

几个饿得眼蓝的士兵

用刀子在马身上割、挖

一块块鲜血淋漓的马肉

一块块诱人的活马肉啊

篝火在远处燃烧

像救命的神火

闪现于天涯

另一些也是饥饿的士兵

冲上去制止、拦阻

有的竟动手打了对方的嘴巴

嘴里还不停地骂

"娘个匹!

没种的!

饿疯啦?"

一边骂一边抚摸

那直立的、战抖的马鬃

痛心的泪水哗哗流下:

"它跟我们走了那么远

这马这马……"

饥饿的魔爪

使多少铁男儿、硬汉子

猝然倒下

还有茫茫远远的路

等待他们去蹚、去跨

反正这匹马已无可援救

不是没有良心

是

没有

办法

那匹马

终于整个地沉没了

泥水弥合时

竟没有一丁点声响

也没有人的喧哗

静得出奇

静得可怕

萧萧晚风

吹亮了远方的篝火

天边残留着

一片马血样

鲜淋淋的晚霞

雪　葬

人世间有许多隆重的葬礼
最隆重的
莫过于这雪葬

那是红军队伍
攀缘在雪山之上
饥饿啊
寒冷啊
缺氧啊
"扑通"一声
倒下了这位班长
惊人的声响
不是来自他瘦弱的身躯
那身躯已经轻得没有斤两
声响来自
随他一起扑倒的枪
和那沉重得
使他无法承受的子弹箱

战友们艰难地围拢来

一个戴眼镜的老兵

献出了随自己走了一万里的手杖

青竹手杖

深深插在他的身旁

上面拴系着他的一条绑腿

那是无字的飘碑

在寒风里

飘着刚毅

飘着顽强

手杖上还挂着他的小水壶

仅剩下的一点水

也已完全地凝为冰霜

像他那一腔沸腾的热血

冻结在胸膛

没有悼词

没有灵堂

起伏的山脊

是巨大的挽幛

呼啸的北风

是哀悼的乐章

没有石块

没有沙土

又怎能把战友的遗体安葬？

绵绵不断的队伍

每个人从这里走过

都用几乎冻僵的手掌

捧一把洁白的哀思

轻轻铺撒在烈士身上

一捧，十捧

百捧，千捧

千万捧白雪

堆成了一座雪的坟茔

耸立在起伏的冰峰雪岗

队伍如蜿蜒的龙蛇

走出好远好远了

两个战士还不住地回首张望

一个担心地问

"会不会化了？"

另一个回答：

"不会化

那是大雪山

一万年也是它"

红色的道路（三首）

喇叭花

我访问营盘街，
红军曾在这里安营下寨；
正象我今天访问的时节，
看见墙上喇叭花正在盛开。

我在墙下思索、徘徊，
我听见喇叭吹出一个声音来；
我沿着声着走向回忆的道路，
我的心走进了大风暴的年代。

红色的号手是不是就在这里，
象喇叭花一样整齐的站立一排；
军号飘着红色的须带，
象喇叭花一样抬起头来？

号声象一阵风暴，

红色的队伍奔出营盘街，

势如破竹，排山倒海！

这阵风暴震动了世界……

我访问营盘街，

军号不见了，只有喇叭花盛开；

当年的号声已化成春风，

喇叭花把这片风声吹遍了全街。

崖上标语

为新中国的独立、自由而奋斗到底！
——红军1935年7月在理县山崖写下的标语

我不知道是哪一位红军战士，

提着粉桶，拿着刀笔；

这里没有路，难道是攀着树枝，

登上了这座悬崖陡壁！

难道他有神刻巧技，

写下一幅豪迈的标语；

每一刀，每一笔，不是刻在崖上，

一字一字镶在云彩里。

风吹，雨打，雷劈，
没有抹掉一点一撇；
倒不是这座山崖结实，
每一颗字有一万吨钢的威力！

这座山崖喊出这声口号，
声音响彻二万五千里；
经历十几年，穿过狂风暴雨，
为壮丽的山河扬眉吐气！

……我今天朗诵崖上诗句，我歌唱
为这句诗而战斗一生的红色战士；
感谢他的刀，感谢他的笔，
为万世千秋写下灿烂的诗。

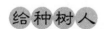 给种树人

在四川理县来苏沟，红军种下了一林树木。

菩提树，长高了，
白杨树，长大了，
满山幼苗，成林了；
长征时的栽树人，哪儿去了？

流云，在这里停泊，

飘烟，在枝上缭绕，

野鸽，在树上筑了巢；

长征时的栽树人，你可知道？

风雪，在这里吼叫，

雷雨，在这里吼咆，

枝叶高傲地伸在天空，

没有一棵树木被吓倒，

栽树者一定是最勇敢的人，

他的性格都长在树上了；

栽树者一定是最美的人，

满林树木才长得这样好！

徐建成

大渡河遐思

一条穿透岁月的河
一条雄性悲壮的河
一百多年曲折奔腾
唱着深沉无字的歌

翼王剑
在谁之掌握
仰首问天穹
眉峰黑云紧锁

恨不能肋生双翼
驾长风携三军将士
飞越岁月之河
奏响天国凯歌

英雄自缚亦无果
忍看尸成山血浴河

天命要亡天国否
纵断头，无奈何

红军渡游客如梭
红军船早已停泊
十七勇士早已
强渡了大渡河

打下的江山
不是洪天王在坐
农民起义未必
都有命定的兴亡因果

靠岸的船还记得
同它创造过历史的
是也曾覆舟也曾载舟的
这条滚滚滔滔的岁月之河

行吟长征路（组诗选五）

苏区即将喷发

这是哪一个夜晚，一盏油灯
在中国江西瑞金的
哪一座瓦檐下，点亮了智慧？
点亮了思想的导火索？
这根导火索，连着一座火山的根部

苏区即将喷发
中国的火焰要向西北流动
以它岩浆的形态

而我们知道
岩浆，是一个以忍耐著称的民族
最后的说话方式

不是溃逃

也不是倒背旗帜

这是土地和天空的更新

是的，不能让蒋介石的四道封锁线

扎紧革命的主动脉

让中国，在江西失血

把银圆和药品分到各军团

储存草鞋，储存草一样顽强的生命力

把妇女编队

所有的文件，现在，都由扁担装订

这是一个国度的整体移动

由于摩擦，这个巨大的板块

将溅起火星或者太阳

一些山峰注定要被撞开

一些江河注定要被蒸发

火山灰将以硝烟的姿势

使全世界的报章持续咳嗽

在那些报纸的报眼里，将流出

中国西部所有的大河

这是穿草鞋的马克思

在中国走路

他曾经在欧洲徘徊

现在，他把出发点定在江西

毛泽东也被抬上担架，他正在病中

我们知道，最初的那盏油灯不属于他

但是随着与滚滚岩浆的一起奔流

他也将持续地低沉地

发出一座火山的全部轰鸣，以他

地地道道的、开满辣椒花的

中国湖南方言

是啊，中国的火焰，马上就要向西北流动
以它岩浆的形态
而我们确实知道，岩浆，是
一个以忍耐著称的民族
最后的说话方式
啸叫——完成你和我
共同的长征！

血战湘江

如果湘江注定要染成一面红旗
那么，就让长江
腹痛一次

毋庸置疑，湖南位于长江的盲肠部位
巨龙起飞之前
这一阵疼痛，难以避免

太多的东西在血中流淌——
草鞋、八角军帽、手枪的皮套
以及《关于土地问题》的文件
一座山崩塌，河中

红色泥沙，顺流而下

多少年后，在中国革命的入海口
这些泥沙会淤积起来，成为
纪念碑的基座

但是在那样的三天里，湘江一直流血
中央军的轰炸机，几乎扔下了
天上所有的星座
而湘军和桂军，则一齐伸手，试图
把湘江的血口子瓣得更宽

红军的一半颜色失落在湘江
这些颜色是分三天流尽的
那一轮暗红的带腥味的太阳
仿佛是湘江的源头，但是，重要的是但是

但是，在后来的日子里
所有的军用地图都表明
那支蜿蜿蜒蜒的血红的箭头，其色泽
没有一点儿消退

历史，永远记住了这一次腹痛
只要翻开那一页，湘江就会蜷曲
纸张，就会成为凝结的血浆

不能等了，一次剖腹掏心的手术
需要在腾飞之前完成
湘江必须止血
有一些故作庄严的结石，需要从关键部位取出
不能等了，革命不需要止痛药

正式缝合的手术室，可以考虑
设在遵义城，那么就这样决定了吧
就在这一次疼痛的脐下三寸——贵州遵义城

显然，遵义，这个冷峻的山城
有止血钳的模样

长征战士如是说
我用枪的嗓音喊叫
我用手雷的姿势舞蹈
如果敌人不再是追兵而是大河
我就用舢板来制造瀑布——无可阻挡的瀑布

子弹带斜背在胸前

这是一场战争的全部声响

而那把决不离身的大刀

是我的长在背脊上的肋骨

如果我举着火把走路

那就是中国有一条山脉，需要在夜间耸动

如果我嚼的是生涩的青稞

那就是全中国的庄稼，都在苦苦等候季节

由于祖国始终在我胸中蛰伏

所以，我的枪口，会持续不断地

吐出惊蛰、清明、大暑和白露

是的，我每年都在我自己特有的爆竹声中过年

我始终把我的准星

铆在火山的喷口上

我听过毛委员和朱总司令的演讲

他们的教鞭，一直是那根

长长的地平线

说起来，这地平线，也并不是很长

无非是由上百条的鞋带联结而成

是啊，我脚板上那些整齐的血泡

是土地一路绽放的灯

每临黑夜，我都会把军衣上褴褛的布条

空弹匣、伤口新长的肉芽

溃烂的胃，叫拢在一起

开个民主生活会

我每次都在这样的会上提倡畅所欲言

关于疼痛，关于坚持，关于胜利

我已经在自己的伤口里扎紧了绑腿

并且将鲜血撂在脚边，这是命运送行的红花

即便我倒下，我最后的子弹

也会从我的血管里，流完

余下的半场战争

我时刻准备军号与雷电同时响起

这样，我将立即把行军改成冲锋

在我高呼着我的神圣的主义

飞一般踏过花朵和青草的时候

我会始终把自己的头颅，以及

钉在头颅正中的那颗红星

提在手里！

——是的，我的手

将始终攥成拳头

这是一个士兵的标准动作

在鲜红的党旗下，它就是这个

不变的形状

美髯，周恩来

周恩来的髯须，生长着全国的草本植物
因此，他的那种轮流抚髯的细小动作
可以解读为，他又在进行
战略性的地理思考

那时候与他并肩站立的，还不是毛泽东
所以一些影响植物生态的气流
他必须警惕，白天
仰头看天，一串大雁飞过
他需要分辨那些形状是不是一行俄文字母

现在，他缓缓伸出了他的手
他的手是三只揿动按钮的大手之一：
一扇阀门的打开
一座火山的喷发
一个生命过程或者一个死亡过程的
启动

在没有接触按钮之前，他先要
细细梳理他的髯须
法兰西的风，又是哪一年，吹过
这些敏感的草尖的呢
然而，他现在的手感，只是泥
现在，他的全部的根根须须，只粘着
中国泥土

此刻是夜晚，他凝视火苗
他的手指，继续，缓缓地走在下巴的丛林里
他是走南闯北的人，善于分辨植物
对他来说，每一种植物都是一种战略
一种草本战略

国土的面积有多广阔
他的髯须就有多浓密

很多天没刮过脸了，有些刺痛，但他
坚持着摸索
手指在丛林中行走
他知道，皮肤不断流血的人类
就是通过摸索森林才来到世界上的

后来，他和衣睡着了
天没有亮
中国所有的森林都在黑暗中
脚，仍然在不停地走路
梦中的植物一大半是荆棘，有些刺痛

懋功，红军遇上红军

两支八角帽灰军装的部队
两支把山捆在腰边把河喝进肚里的部队
两支把生与死的锯齿当作磨刀石的部队
几乎同时，发现了对方

起初，他们还以为在夹金雪山这面镜子里
看见了自己

一方面军！四方面军！
他们同时向对方欢呼着奔跑
军帽像雨一样泻到天上，而军帽像雨一样
落下来的时候
罩上的，已经是同一支部队

铁水应当跟铁水流在一起
是啊，懋功很小，小如一只铁砧
但是一把加长的利剑
就应该在这里叮叮当当锻成

河流应当跟河流奔在一起
是啊，懋功很狠，狠如一扇憋住气的闸门
很快了，阴暗的岁月
将很快出闸，咆哮成为汪洋

懋功天主教堂全天不闻钟声
一千名团以上干部都挤在这里擂肩联欢
由于喜悦，墙上的那个十字架
也错看成了会师的符号

而李伯钊女士跳起的苏联海军舞
也容易使人联想
某种更大的会师

革命搂住了革命的脖子
团结站到了团结的左肋
火焰托起了火焰的腰杆
胜利踩上了胜利的肩膀

懋功狂欢的色泽，至今没有消退
可以翻一翻中共军事史
翻到一九三五年六月，那里，必有一张
缤纷的彩页

延 安

终于看见你了，我的延安！

我的宝塔山，你重重叠叠的塔檐
是我们的军帽叠成的么？
终于看见你了，我的延安！

所有的士兵，现在都从我的诗行里狂呼着奔出
贵州的雨、四川的雨、甘肃的雨，一齐
淌过他们的脸

满是弹洞、满是战友鲜血的旗帜啊
现在，请允许缠在一个狂欢的士兵腰间
他要舞一条安塞腰鼓的红绸子
燃烧黄土高原

怎么感谢你，陕北的刘志丹
怎么感谢你，刘志丹的兄弟姐妹
你们一下子腾出这么多窑洞
让一个政党、一支军队，一种主义

与中国的土地，继续，打成一片

两万五千里水，两万五千里山
两万五千里血，两万五千里汗
一个句号，如今，圈在延安！

两万五千里路，两万五千道弯
两万五千年黄河，两万五千重阴霾
一曲《十送红军》，如今，流泪在延安！

难道，是一种巧合
中华始祖轩辕黄帝，也长眠于延安？
如果他知道，他的一山松针，会发出
锤子和镰刀的响动
或许，他将仰脸长笑
——历史的封底，果然，辉煌如同封面

隋炀帝创设延安郡那天，他也没想到
他的笔管滴下的一滴浓重的墨汁
会在一千三百年之后，成为
中国思想史和中国军事史
最醒目的交点

呵，我的延安
现在，我愿意流两万五千滴眼泪
渗透我的整部诗集，渗进那里面所有的
弯道、壕堑、箭垛、枪眼

呵，我的延安
现在，我所有的被雨水和泪水打湿的士兵
都愿意以延河的方式，进入
你的血管

我们愿日夜围着你打转
我们是河里的卵石，是河间的草，是河中的船
一旦溅上了岸，我们都像
血一样的鲜艳

呵，我的延安
我诗行里的士兵，有多少次，掬着月光擦洗伤口
把胜利托付给未来保管
而今天，你突然闪现的一线阳光
终于让雄鸡——我诗集中所有痛苦的雄鸡
安顺场的雄鸡、腊子口的雄鸡
南中国和北中国的雄鸡

一齐咳嗽出
最后的一排子弹

呵，我的延安
现在，我终于可以，扶着
两万五千行血印子，站起来了，我
终于可以巍巍地站起来了啊
延河边，我的这种特别挺拔的身姿
把手举向帽檐的身姿
——史称宝塔山！

寻访长征路（组诗）

车过乌江

未见到你时，江水已翻滚成心浪，
一段铁打钢铸的岁月立起来。
光明与黑暗投影在心空上，
一支被追杀的队伍站在江岸。
遵义在前，杀戮在后，
抢渡！时间在叫喊！
江水、竹林、石头，纷纷武装，
给打了绑腿的人呐喊、助威。

随车轮缓缓驶过江面，
我追逐山谷里的碧波远去。
乌江，我的生命之水，
还认识我吗？我是你漂染过的军衣。
我是你浪举的枪戟啊！
看，岁月苍黄，黔山老去，

我的军衣浸润的水痕成碱，
你的涛飞浪遏筑成我的夜梦心语。

车过乌江，轰隆几下就远了，
我的心又几番回望，
回望你的长流如练，
我的魂魄一缕。

我的赤水河

赤水，一条打过仗、承载过战争的河，
赤水，一条染过血、期许大爱的河。
毛泽东扬手"四渡"之后再没有回来，
留下一缕豪迈，长守河畔。

今日我来叩拜赤水，第一想到的是长征，
赤水曾托起红飘带的一角。
它不曾粗壮的身子负荷过枪炮马匹，
一条绝路在四次诗意升华中逢生。

是诗人的，都应该到赤水来，
看一看这里的山峦是怎样变成雷火。

看一看这里的水又是怎样诗意流转，
赤水，不仅酿就"茅台"，也酿出战争的奇葩！

我从远方的幸福中来，亲亲赤水河，
它八十年前就流给了我，清凌凌的赤水河。
伤口已经愈合，日子玫瑰般红火，
遥远的记忆里有水飞浪遏，那是赤水河！

又到红军街

比第一次踏访时，更神气，
红军街，你知道我要来吗？
走在这里，像走进一段历史的心脏。
咚咚咚，有鼓声，有号声从山那边传来，
撼动着脚下的石头。

我小心静气地走着，
不敢说我来过，因为眼前变化了。
以至那换了包装的酒叫不出名字，
红军书店的店主苗妹锁门了，
她去陪阿哥走亲了，掷一片清冷。

又一队新人走来，俨然树林的小鸟，
他们闯进特产店挑心爱、看新鲜。
一溜红军"竹雕像"吸住一群眼球，
不走了，合影留念，带一个回家，
加入他们生活的流光溢彩里。

我将带走什么呢？
我住的城市繁华无比。
不缺竹器和"赖茅"，
缺的是一分满足，一分净气。
红军街，告诉我，这些我能带走吗？

遵义会议会址留言

来这儿的人多了，比哪年的多几倍，
脚步从浮躁里抽身，从遗忘里抬头。
历史终于醒了。

耳朵让耳朵安静，眼睛让眼睛发光，
聚焦一座城，倾听一个会议，
命运从转折开始。

人人和群雕合影，沾一身仙气，
比高比瘦比衣着，走下来时，
怎么比也矮他一头！

胡世宗

敬礼，"八一"军旗

高擎你，
我们的军旗！
仰望你，
我们的军旗！
你是那么轻盈，
如同一片云霓；
你又是那样厚重，
蕴有洪荒之力！

你朝霞一般鲜丽，
金星是你跳动的心区，
那是你崇高的灵魂，
她指哪儿你就飘向哪儿！
旗面上有两个大字，
庄严、朴素的"八一"，
那是你诞生的符号，
那是你光荣的胎记！

你像一粒火种，
诞生在中国的暗夜，
你燃成了一支火炬，
燃烧，燃烧，从未止息！
听党指挥——
纵横驰骋，所向披靡；
为人民而战——
英勇奋斗，坚韧不屈！

有多少英雄儿女，
在你的旗下聚集，
他们身经百战，
奋勇刚毅无所畏惧！

有多少卓越将帅，

在你旗下挺立，

他们率领着这支队伍，

从胜利走向了胜利！

你那大红的颜色，

浸染了多少烈士的血迹？

我军从小到大、从弱到强，

前路上前辈们曾怎样前赴后继！

多少人饱含敬意，

多少人心存感激！

你的旗面上写着和平与正义！

你给多少野心的豺狼带来恐惧！

军旗啊，军旗，

我们神圣的军旗！

你在这个世界上，

无畏地飘扬了将近一个世纪，

穿越了战火硝烟，

经历了疾风骤雨，

你的脚步曾跨过多少坎坷崎岖？

你的前程又是怎样的辉煌壮丽！

高擎你，

我们的军旗！

仰望你，

我们的军旗！

你高飘在太阳和云霞相伴的天空，

你辉耀在这片古老而新生的土地！

看到你，我们感到亲切无比，

想起你，我们总是激动不已！

当"辽宁"号航母编队，

连续跨越四个海域，

经航宫古海峡，

并在渤海湾实兵实弹演习；

当珠海国际航博，

首次飞行展示中国歼-20战机，

当我海军舰队，

在亚丁湾乘风破浪，

掠过险要的索马里；

当我陆海空军指战员，

在天空，在海洋，在陆地，

参加一次次跨国军事演习……

我都看到了你，

可爱的"八一"军旗！

你骄傲地高飘着，

火焰一样红艳，

朝霞一样美丽！

那么多的战火硝烟，

都成了遥远的往昔；

壮丽的途程，众多的英雄，

都留下了深刻的记忆。

从唐古拉哨卡，

到南海礁岛，

从南方的崇山峻岭，

到北方的茫茫戈壁，

我们的战士驻守自己的山河，

守卫着领空和海域，

监视着不轨之徒，

防备着来犯之敌。

无论酷热还是严寒，

无论暴风还是急雨，

我们每一分钟

都绷紧全部的神经，

我们每一秒钟，

都不放松应有的警惕。

我们连着的身躯，

是真正不倒的长城，

我们挽起的手臂，

是祖国可信赖的铜墙铁壁！

山崩地裂我们不会弯一下腰身，

海枯石烂我们不会动一下眼皮！

因为我们是党的儿女，

因为我们是人民的子弟。

因为我们的军旗，

飘过了将近一个世纪！

我们是文明之师，

我们是铁血之旅。

日益增长的历史责任，

海内海外的国家利益，

促推我们军改的步伐，

适应全球的大势所趋。

身穿军装的习近平主席，

亲切庄严地授旗，

把一面面"八一"军旗，

交到我们的将领手里，

这是把党和人民的重托，

把国家的安全，

放到了我们的肩上，

有绝大的信赖，

有凝重的期许！

建设世界一流军队，

从陆军、海军、空军、火箭军，

到军委联勤保障部队，

到东南西北中五大战区，

铭记——

铭记党的领导，

这是强军之魂啊；

铭记——

铭记人民的养育，

这是我军的根基！

打赢信息化战争，

构建中国特色

现代军事力量体系，

要求我们迅速提升战斗的能力。

让改革强军的号角，
响彻全军每一个营区，
让我们做好充分的准备，
应对世界军事的风吹浪起，
不惧各种格局的任何博弈！

军旗，军旗，
我们的军旗，
你像一团火，
暖在我们的心坎儿上；
你像一朵云，
飘在我们的梦境里。
呵，你从远处飘来，
又向远处飘去。
你永远、永远
是那么庄严，
那么美丽……

放歌天地间（二首）

长城长

都说长城两边是故乡

你知道长城有多长

它一头挑起大漠边关的冷月

它一头连着华夏儿女的心房

太阳照长城长

长城雄风万古扬

太阳照长城长

长城雄风万古扬

你要问长城在哪里

就看那一身身一身身绿军装

都说长城内外百花香

你知道几经风雪霜

凝聚了千万英雄志士的血肉

由于工程浩大，更由于水平所限，遗漏和不足之处在所难免。虽然一直在尽力寻找，也有遗珠之憾。本书小部分文图作者及权利人等，直到付梓前夕，尚处失联状态，为此，我们深表歉意。从尊重作者权益出发，我们将委托专门机构与著作人、权利人取得联系。对得知本书出版信息后，及时与我们联系的热心读者、文朋诗友，我们将同样奉赠样书代酬，并致以深深的谢意。

编者

2017年7月

当我把有限的生命余力，投入到对历史的回望与打捞之中，正当文艺界深入学习贯彻习近平总书记文艺工作座谈会和中国文联十大、作协九大开幕式上的重要讲话精神之时，深受鼓舞的我再次投入劳作，已经是2017年新春。

　　为纪念中国人民解放军建军90周年，铭记和传承人民军队的光辉历史、光荣传统，自觉担负文化使命，倾力打造传世精品，征集几代军民共唱的英雄赞歌，再现人民军队实现强军目标的铿锵脚步，四川省文联组织并领导了这一编纂工程的实施。应声入列的数以万计的长短句，不是在马背上哼成，就是从枪林弹雨中拾来的热血诗行；既是在期待着世界和平发展进程中，军旗对着国旗的诉说，也是充满忠勇充满阳光的歌唱。回报火热的生活，回报读者厚爱与期待，在纪念建军90周年之际，四川省文学艺术工作者、出版工作者，联手全国军旅诗人、作家，推出这样一份致礼之作，作为编者的我们是深感荣幸和自豪的！编辑此书的初心，就在于"有条件能为年轻一代做点事，把历史的脚步指给他们看，把被尘封了多年的某些诗歌重新读给他们听，就不但是我们这些年长者责任，而且是幸福了"。（柯岩语——摘自《与史同在——当代中国新诗选》序）

后　记

　　我还记得几年前电话机发出的那一声声鸣响。远在北京的柯岩同志总会在盛夏来电邀约我偕夫人一同去北戴河会合，然后作为主编之一，参与《与史同在——当代中国新诗选》《与史同在——当代中国散文选》的编选、审定工作。然而，第三次嘱我夫妇去北戴河会面的这一来电之后不几日，在家整装待发的我，破天荒地听到贺老从话筒另一端传来的嘶哑声音：柯岩病危，正在医院抢救……沉入梦境，然后归于沉默，100多天后终于成为不可逆转的现实。如果2011年盛夏的北戴河之旅成行，柯主编的红歌经典，肯定不再是纸上谈兵，和《与史同在——当代中国新诗选》一样，会在中国作协主要负责同志的支持下，早些年就"一册在手，诗画留香"了。哪里还容得我这一番书后赘语，到今天才把前因后果向读者交代个明明白白。

托出万里山河一轮红太阳

太阳照长城长

长城雄风万古扬

太阳照长城长

长城雄风万古扬

你要问长城在哪里

就在咱老百姓的心坎上

风雨同舟

当大浪扑来的时候
脚下正摇摆个不休
看险滩暗礁看重重关口
伙伴们拉起手风雨同舟

当浓雾迷漫的时候
面对着奔涌的激流
任天低云暗听惊涛怒吼
伙伴们拉起手风雨同舟

八百里狂风吹得衣衫儿抖
是热血的男儿正当显身手
管什么两岸猿声阵阵愁
放眼看江山何处不风流

为了我的中华英勇去搏斗
认准了的方向坚决不回头
当急风暴雨浇个浑身透
伙伴们拉起手风雨同舟

王晓岭

强军战歌

听吧新征程号角吹响
强军目标召唤在前方
国要强　我们就要担当
战旗上写满铁血荣光

将士们听党指挥
能打胜仗作风优良
不惧强敌敢较量
为祖国决胜疆场

听吧新征程号角吹响
强军目标召唤在前方
国要强　我们就要担当
战旗上写满铁血荣光

将士们听党指挥

能打胜仗作风优良

不惧强敌敢较量

为祖国决胜疆场

将士们听党指挥

能打胜仗作风优良

不惧强敌敢较量

为祖国决胜疆场

王晓岭

沂蒙女儿

有一支歌儿唱红了沂蒙山
有一群女儿随着那歌声传
昨天的烽火岁月姐妹们支前
今天的幸福大路还和你并肩

谁不说咱沂蒙　沂蒙的女儿好
浓浓的情　深深的爱　岁岁年年
沂蒙是山　女儿也担一半
沂蒙是水　女儿心是源泉

风也会记得女儿流过的汗
水也会知道女儿洒下的甜
红嫂的乳汁养育　养育了一代代
美丽的憧憬描绘着新的家园

谁不说咱沂蒙　沂蒙的女儿好
高高的山　长长的水　青春相伴
沂蒙是山　女儿也担一半
沂蒙是水　女儿心是源泉

王晓岭

放心吧亲人

当那一天来临
这是一个晴朗的早晨
鸽哨声伴着起床号音
但是这世界并不安宁
和平年代也有激荡的风云

看那军旗飞舞的方向
前进着战车舰队和机群
上面也飘扬着我们的名字
年轻的士兵渴望建立功勋

准备好了吗　士兵兄弟们
当那一天真的来临
放心吧祖国　放心吧亲人
为了胜利我要勇敢前进
准备好了吗　士兵兄弟们
当那一天真的来临

放心吧祖国　放心吧亲人
为了胜利我要勇敢前进
这是一个晴朗的早晨
鸽哨声伴着起床号音
但是这世界并不安宁
和平年代也有激荡的风云

看那军旗飞舞的方向
前进着战车舰队和机群
上面也飘扬着我们的名字
年轻的士兵渴望建立功勋

准备好了吗　士兵兄弟们
当那一天真的来临
放心吧祖国　放心吧亲人
为了胜利我要勇敢前进

准备好了吗　士兵兄弟们
当那一天真的来临
放心吧祖国　放心吧亲人
为了胜利我要勇敢前进

王晓岭 李 劲 王 杨 刘海涛

天下乡亲

最后一尺布用来缝军装

最后一碗米用来做军粮

最后的老棉袄盖在了担架上

最后的亲骨肉送他到战场

风也牵挂你

雨也惦记你

住过的小山村

我是否对得起你

你那百年老屋

有没有挂新泥

你吃的粗茶饭

是否碾成细米

我来的时候

你倾其所有

你盼的时候

我在哪里

你望眼欲穿的时候

我用什么来报答你

报答你

天下乡亲

亲如爹娘

养育之恩不能忘

高天厚土永不忘

今天是你的生日，我的中国

今天是你的生日

我的中国

清晨我放飞一群白鸽

为你衔来一枚橄榄叶

鸽子在丛山峻岭飞过

我们祝福你的生日

我的中国

愿你永远没有忧患永远宁静

我们祝福你的生日

我的中国

这是儿女们心中期望的歌

今天是你的生日

我的中国

清晨我放飞一群白鸽

为你带回远方儿女的思念

鸽子在茫茫海天飞过

我们祝福你的生日

我的中国

愿你月儿常圆儿女永远欢乐

我们祝福你的生日

我的中国

这是儿女在远方爱的诉说

今天是你的生日

我的中国

清晨我放飞一群白鸽

为你衔来一棵金色麦穗

鸽子在风风雨雨中飞过

我们祝福你的生日

我的中国

愿你逆风起飞雨中获得收获

我们祝福你的生日

我的中国

这是儿女们心中希望的歌

胡宏伟

当祖国召唤的时候

当祖国召唤的时候

挺起胸膛站排头

我就是董存瑞

我就是黄继光

奋勇争当突击手

把光荣写在军旗上

战火青春最风流

英雄的战友们

前进吧

为祖国去战斗

□ 张永枚

人民军队忠于党

雄伟井冈山

八一军旗红

开天辟地第一回

人民有了子弟兵

从无到有靠谁人

伟大的共产党

伟大的毛泽东

两万五千里

万水千山

突破重围去抗日

高举红旗上延安

转危为安靠谁人

伟大的共产党

伟大的毛泽东

抗战八年整

打败侵略者

解放战争得胜利

建立人民新中国

成长壮大靠谁人

伟大的共产党

伟大的毛泽东

万里长江水

奔腾向海洋

保卫祖国做栋梁

人民军队忠于党

共产主义定胜利

伟大的共产党

伟大的毛泽东

美术、摄影作品索引

胡笳　主编

与史同在

中国人民解放军90周年

诗歌选　[上卷]

1927—2017

四川人民出版社

与史同在

——中国人民解放军九十周年

诗歌选

迟浩田

图书在版编目（CIP）数据

与史同在：中国人民解放军90周年诗歌选 / 胡笳
主编. —成都：四川人民出版社, 2017.6
ISBN 978-7-220-10168-7

Ⅰ.①与⋯ Ⅱ.①胡⋯ Ⅲ.①诗集—中国—当代
Ⅳ.①I227

中国版本图书馆CIP数据核字（2017）第106244号

YU SHI TONG ZAI: ZHONGGUO RENMIN JIEFANGJUN JIUSHI ZHOUNIAN SHIGE XUAN

与史同在：中国人民解放军90周年诗歌选（上卷）

胡笳 主编

责任编辑	喻 磊
装帧设计	戴雨虹
责任校对	韩 华　舒晓利
责任印制	许 茜

出版发行	四川人民出版社（成都市槐树街2号）
网　址	http://www.scpph.com
E-mail	scrmcbs@sina.com
新浪微博	@四川人民出版社
微信公众号	四川人民出版社
发行部业务电话	（028）86259624　86259453
防盗版举报电话	（028）86259624
照　排	四川胜翔数码印务设计有限公司
印　刷	成都蜀通印务有限责任公司
成品尺寸	160mm×230mm
印　张	34.5
字　数	497千
版　次	2017年7月第1版
印　次	2017年7月第1次印刷
书　号	ISBN 978-7-220-10168-7
定　价	198.00元（上下卷）

英雄赞歌 军民同唱

代序

……
写我们
壮丽的红旗，
写我们
伟大的事业。

用我们
整个的生命，
用我们
全部的热血。

生——
这样写，
死——
这样写。

革命！

革命！——

在每一行，

每一页。

人民！

人民！——

在每一章，

每一节。

世界，

在我们心中。

英雄，

在我们行列。

……

——昔作《回答今日的世界》集句

目录 CONTENTS

上 卷

西江月·井冈山

山下旌旗在望，山头鼓角相闻。

敌军围困万千重，我自岿然不动。

早已森严壁垒，更加众志成城。

黄洋界上炮声隆，报道敌军宵遁。

（一九二八年）

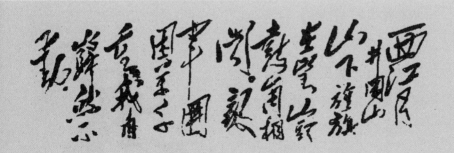

八一起义

七月三十一，
夜半闹嚷嚷，
手榴弹，机关枪，
其格格其格响啊，
响到大天亮！
那不是国民党又在兵变，
莫不是伤兵老爷又在闹粮饷？

八一大天亮，
百姓早起床，
昨夜晚，机关枪，
其格格其格响啊，
它是为哪桩？
原来是共产党武装起义，
原来是红军出兵解决国民党！

秋收暴动歌

东方不亮西方亮，
黑了南方有北方，
中华国土万里长，
干柴烈火遍地藏。

工友农友闹革命，
秋收暴动成了功，
联合起来再向前，
一杆大旗遍地红。

跟着领袖毛委员，
走上雄伟井冈山，
革命要有立脚点，
地是根来枪是胆！

□ 石英

南昌起义

不能再等待
不能等待屠刀扼杀中国生机
在一个古称豫章的地方
几个令时光难忘的面影闪过
他们无心考虑个人前程
只想在间不容发的十万火急中
挺肩将欲断的栋梁担起
以"八一"去回击"四一二"
对一百天的喋血做出回应

是真战士　站起来
站在镰刀与锤子下面
以首义的枪声
再一次向党宣誓
江南雨季的闷雷
没有窒息幼年的党
几天后武汉的"八七会议"

代表们踏着晃动的木质楼梯
从小窗望着江面
船　还在破浪穿行

这时刻　也许
一些忧心忡忡的国人
暂时还不知雨雾中发生了什么
但中国最大的刽子手明白——
偏偏有那么些特殊分子
没有被血腥的空气熏昏
只是他未必意识到
红白两军已摆开决战态势
就从这天开始!

是它传出历史的命题

"八一"南昌起义时，周恩来通过这部电话机
指挥起义军向国民党反动派进击……

呵，满载荣誉的电话机，
饱经革命的暴风骤雨。
你第一个传达南昌起义的命令，
指挥着一场殊死的进击。

话筒里回荡着一个坚定的声音，
摇柄上仿佛还留着他手指的印迹。
看见你，就想起昨天，
电话机旁站着一位高大的身躯。

他手叉腰间凝视窗外，
眼前升起黎明的晨曦。
一幅斗争的宏图在胸中绘就，
他背后站着整个无产阶级。

随着一个有力的手势，
电话里传出历史的命题：起义！
"起义"，驾着雷火飞驰，
"起义"，摇撼着中国大地！

五十多年的时光已经过去，
中国正迈向一个多彩的世纪。
让我们给总理打个电话吧——
我们正实践着他的希冀……

谢谢你，"八一"大道

鲜血凝成的"八一"，
烈火浇铸的"八一"，
谁才配得这崇高的荣誉？
南昌举起了武装斗争的火炬，
那弹雨铺就的大道，
就该命名为"八一"。

是呵，命名为"八一"，
该是这大道当然的名字。
因为它迎来了周恩来、朱德、贺龙、叶挺，
迎来了铁军高举的战旗；
迎来了刀矛、枪炮、炸弹，
迎来了摧毁旧世界的无产阶级。

看到街巷屹立的榕树梧桐，
犹见当年欢迎的热情手臂；
望着大道穿流如梭的人群，

犹闻当年人们心中的赞语；
钟楼上浑厚的钟声阵阵传来，
好似还在喊着起义！起义！

"八一"大道呵，
我以后辈的名义谢谢你。
你为起义军修堡、筑堑，
让革命军向敌人射击；
你把炸弹运进每个阵地，
让革命甩出千钧霹雳！

今天，我歌唱你啊，
"八一"大道，
就是歌唱大刀长矛，
歌唱先烈业绩；
就是歌唱武装斗争，
歌唱革命传统；
就是歌唱昨天和今天，
一个美好的记忆。

当朱毛遇上竹茅

朱德毛泽东
越打越起风
——故乡民谣

当朱毛遇上竹茅，我在这里看见的是
竹长在竹林里，茅长在茅草中
没有谁能把它们区分开来
这就触到了事件的核心
或者起点——都是最贫贱的植物
燎原天下的植物
且漫山遍野，它们殊途同归
就像云飘进云里，水落回水中

历史没有第二种写法，这是我必须
反复要申明和强调的
当朱毛遇上竹茅，我说我知道
在这片空谷中，密林中

在那些山地人世代蜗居的

茅舍中，围屋中，他们将长出根须

将像久旱的禾苗，开始一点点

返青，一点点泛绿

他们那个曾经在亡命的奔逃中

水土不服，曾经一阵阵

返酸，一阵阵抽搐和痉挛的

胃，这时因填进了充足的糙米、蕨根

和少量用硝土熬出来的

苦味的盐，从此将变得异常坚忍

打开地图，再看看大地的等高线

是如何向这里倾斜的吧

这里是江西的西南部，湖南的

东南部，临近滔滔南海的广东也把它

最蛮荒的一角，伸进它的怀抱

因此它遍地生长竹子，遍地生长

带刺的如火如荼的茅草

郁郁葱葱的天空下峰峦叠嶂

这也就是说，鸡鸣三省

这里偏远而又隐蔽，任何的一个省

对它，都鞭长莫及

有如长在我们背部的一小粒痣
长在腹腔里的一段盲肠

这时他们来了！他们筚路蓝缕地来了
东倒西歪地来了
就像从噩梦中飞回山林的
两个羽冠斑驳的鸟群
那面穿满弹洞的旗帜告诉我们
他们搏斗了，厮杀了
四处苦苦地梦游了
狂热的进攻啊，已血流成河

关于朱毛遇上竹茅，我还能找到的
比喻，是一粒暴动的种子
南昌种不活它，长沙也种不活它
（那儿城墙太高，土地太硬）
而上海是那个独裁者的
巢穴，到处有他的刀刺、铁蹄和鹰犬
更种不活！但它被一九二七年
掀起的一阵秋风，悄然吹进
这片罗霄山脉

于是开始生根，发芽

开始向四面八方火速而迅猛地

蔓延，蔓延。这就像一粒沙子

从炎热的塔克拉玛干启程

高高飞过我们头顶

有一天，它忽然扑灭了一个大海

竹 矛

啊，啊，竹矛，绿色的革命武器，
谁能比你更理解中国的胜利！
啊，啊，竹矛，伟大历史的画笔，
谁能比你更清楚时代的足迹！

啊，当亚细亚还在午夜沉睡，
你就呼啸在它纷乱的梦里，
愤怒的手磨平了你粗硬的纹路，
涩味的汗洗净了你山地的尘泥，
你每一节都装满了红色的雷暴，
你每根丝都响着血泪的宣誓，
你受过革命烽火千百次的冶炼啊，
你每个弹痕都是一场血战的标记！

黄河的浊浪洗过你血染的红缨，
巴山的夜雨润过你翠绿的新漆，
你听过大渡河那雷鸣般的涛声，

你看过五指山那彩绸似的虹霓，
绿缎般的湘江中你撑过竹筏，
怒云似的秦岭上你举过大旗，
雪山宿营曾用你架过帐篷，
草地行军曾用你担过行李。

苍茫的赣水边有你掀起的旋风，
重叠的闽山里有你映红的骤雨，
淮河平原上曾掠过你火焰般的丛林，
洪湖芦苇间曾闪过你流星般的奇袭，
烟尘滚滚，你迎过长江的朝霞，
黄沙漫漫，你送过戈壁的落日，
马鸣萧萧，你驰过中原的霜晨，
鼓角阵阵，你卷过南国的月夕！

啊，你打破过多少地主的高墙大门，
啊，你攻陷过多少官僚的碉堡城池，
你粉碎过多少侵略者的钢铁阵线，
你捣毁过多少奴隶主的铜墙铁壁，
多少统治者的宝座被你一举挑翻，
多少盗贼的宫殿被你削成平地，
多少封建的大山被你轰隆隆地推倒，

你为革命的荒路铲除了多少荆棘！

是你：为漆黑一团的旧中国，
打开窗户，放进了新鲜的空气！
是你：面对着威风凛凛的旧世界，
敢于发出那惊天动地的一击！
是你戳穿了老爷们的美梦，
是你动摇了旧社会的基石！
是你在枪林弹雨中迎接了东方曙色，
是你在炮火硝烟里开拓了人民世纪！

啊，你为我们赢得了必胜的信念，
你为我们赢得了现代化的武器，
啊，你为我们赢得了蔚蓝的天空，
你为我们赢得了绿色的大地，
你为我们赢得了真正的和平生活，
你为我们赢得了自由的呼吸，
你为我们赢得了辉煌的共和国啊，
你为我们赢得了伟大的真理！

啊，竹矛，你轻声地诉说吧：
全世界都想听你悲壮的经历，

啊，竹矛，你高声地呼喊吧：
翻天覆地的力量，在人民手里！
听：天涯海角正在响着滚滚的雷鸣，
多少竹林正咆哮在愤怒的风里！
中国的竹矛啊，革命的武器，
看：你后面涌来了多少车轮马蹄！

啊，竹矛，你大声地回答吧：
人民的江山，是打出来的！
啊，竹矛，你放声地欢笑吧：
你为人类解开了幸福之谜，
中国革命不是什么奇妙的神话，
也不是依靠了什么慈悲的上帝，
只因为我们革命的英雄人民啊，
不将碧绿的竹做哀怨的箫笛！

啊，啊，竹矛，最简单的武器，
你怎么会有这么大的神力？
啊，啊，竹矛，最真实的画笔，
你向世界揭示了什么样的秘密？

□ 周良沛

我家乡的那八角楼

土地革命时期，井冈山还是我家乡永新的一个区，毛泽东同志秋收起义后上井冈山住的那间村屋，村上人叫"八角楼"……

一

这楼前系的战马，还引颈长嘶，昂首天外，
清清村溪，饮马洗尘，起义军上了山来；
深沉的夜啊，夜已沉落于北斗的光辉，
激战的前夜，屏息于肃然的万籁……

楼里的灯光曾照引躲债的摸路归来，
小楼窄屋，挥手之间，你的喜怒都难挥开；
夜太黑，多少同志还在被清党追捕抄杀，
你忧愤难眠，腥风血雨，是恐怖的白灾！

通缉令封门锁道，城头上赤党枭首，
你是刀枪开道，领了义军杀上山来；

反叛的英雄，鞭下的奴隶，
你见他背脊是册青史，任它风吹日晒。

上面写尽千秋功罪，折不断的
脊梁，做旗杆，可举万代……

二

这梯口，你曾掌灯照客引到楼里，
撕开衣衫，一身刀痕鞭迹，奴隶拍案而起；
一条好汉，渴求捏碎现存的世道跺脚、啜泣，
你就在他心头插下不倒的红旗。

问这红旗能打多久，看它迎着枪林弹雨，
弹痕累累的伤疤，硝烟染如墨污的血迹，
弹穿了，火燎了，高举在攻下的制高点扬起，
旗手中弹，旗杆就插在他流血的胸口里……

它飘扬，飘扬，一直一直飘越无数世纪，
只要战士不被叛卖，不被灯红酒绿的陶醉所忘记！

三

今天，过去乞讨狗追的地方，歌声四起，
卖子葬妻的乱岗，已高楼林立，

看到自己得到的，真是太多太多，
更想到你的妻儿，沙场战死、刑场就义……

叫我到这里，走了又回头，出去又进来，
从清晨到黄昏，一直，一直，徘徊，徘徊，
在夜间，听一夜的狂风暴雨扫卷山村，
到清晨，看朝霞满天，如我们的旗帜扬开！

看着，想着，想得很深，看得痴呆，
心灵豁然明亮，和真理一道花开，
才悟得，日是如何出，
天地是怎样改！

他人去，留在楼前的战马还踏蹄长嘶，
解缰策马，会奔出一个新的世界！

黄莺，在炮台上歌唱

你好呵，黄洋界上的炮台，
黄莺在你肩头唱，
鲜花在你身边开。
你高高站在危崖之巅，
俯瞰脚下翻腾的云海。

你筑在江西的大地上，
也屹立在祖国的江南塞外；
你筑在黑云翻卷的年月，
却名扬今天的伟大时代！

我的心页上这样记载：
在井冈黎明的一个早晨，
红军战士将你垒起来，
你呵，最懂革命的心意，
挺身把大炮高抬。

那愤怒的火舌喷向仇敌，
这一仗打得真痛快！

毛委员从湘南归营，
胜利的炮声向他汇报、喝彩。
于是，他将炮声谱入诗词，
"黄洋界上炮声隆"传遍世界。

你好呵，黄洋界的炮台，
蕴藏战士多少情和爱；
你伴我边疆守关山，
倒海之力心中来。

沙田圩抒怀

沙田的树呵，沙田的竹，
你可记得，
一支最动人的歌从这里传出：
"革命军人个个要牢记，
三大纪律八项注意……"
歌声唱开圩边的鲜花，
歌声飞进关闭的窗户。

访沙田，我问圩边的小路，
当年，毛主席从这里走过，
了解群众的疾苦；

草叶上露珠儿一闪一闪，
是不是当年毛主席洒下的汗珠？

访沙田，我问圩场上的土台，
当年，毛主席站在红旗下面，
把革命纪律庄严宣布。
那环抱沙田的山，那刺向青天的树，
像不像当年毛主席率领的队伍？

那亲切的声音响了无数个春秋，
那昂扬的战歌传遍四海五湖。
它在人民群众中生根，
它伴随着革命前进的脚步！

可记得，风雨夜悄悄打开的房门？
可记得，进军的部队在屋檐下露宿？
一支歌唱热了多少人心，
铁的纪律锤炼出举世无双的队伍。

沙田的树啊，沙田的竹，
都记得啊，记得，
一支最动人的歌从这里传出……

文莽彦

请茶歌

同志，请喝一杯茶，

井冈山的茶叶细又香，

当年茶农栽茶树，

当年红军浇茶秧；

茶树种在云山上，

云里生，雾里长，

摘过早茶摘晚茶，

前人栽茶后人尝；

喝了革命故乡的茶，

同志，走遍天涯嘴还香。

同志，请喝一杯茶，
井冈山的流水清又凉，
当年茶农开山渠，
当年红军砌塌埂；
万古千秋长流水，
从地起，从天降，
前山挑水后山归，
活水泡茶清又凉，
同志，身强胆壮眼睛亮！

□ 李瑛

井冈山上（二首）

井冈山哨口

哎！难道不是你这严峻的、
严峻的但又慷慨的山，
难道不是你守卫了我的民族，
用你全部的生命、情感、炸药和子弹！

整个世界的眼睛都看着你，
呵！中国腹地怒耸的群山！
你，五座哨口——五堆篝火，
在中国的黑夜里熊熊高燃。

如今，三十年后，我来看你，
我巡游四方，把你们一一追念。
我抚摸着你险峻的峭壁，
寻找你当年的工事和火焰。

不要迷住我的眼睛，
三十年的风、雪、雷、电；
对我讲吧，讲吧，
贴在断崖的月亮、闪光的飞泉。

对我讲红军战士怎样守卫哨口，
山里老妈妈怎样送汤、送饭；
毛主席怎样从山顶望穿世界，
为了我们的今天、我们的明天。

哎！难道不是你这瘦弱的、
瘦弱的但又健壮的胳臂，
难道不是你抱着、摇着我的祖国，
使她成长在阳光里，直到今天……

 小 路

多少条闪光的小径，
一条条掩埋在深山，
它们在山丛中蜿蜒回绕，
好像没有终点一般。

二十年前从这儿走出的人，
如今已散遍祖国，多么遥远；
但是在风中雨中、
黎明或者傍晚。

他俩一定会同时想起这
可爱的小径、可爱的山；
——那儿是不笼罩了一层薄雾？
——那儿是不为雪花所遮掩？

当然，他们有的已经死去，
但最后的喊声仍响在山间；
而我脚下踏着的小径，
好像仍闪着他们斑斑的血迹。

今天我从山外的大路走来，
踏进山家小小的庭院，
看着这崎岖小径磨光的石板，
我就越发懂得那大路是多么宽阔、平坦。

一条小径隔断一条河，
一条小径劈开一座山；
我们昨天的小路将越走越远，
我们今天的大路会日日增添。

□ 石
英

瑞　金

在饮水思源井边沉思
红都是历史命运的转折点
四年间，"扩红"的欢腾与离别的痛切
雄鹰自此腾飞，避开了河水的暴涨

在这里，曾为日后的决战进行演练
曾为在全国掌握政权构建雏形
银行、法院、工商应有尽有
鏖战与建设并举，现实托举着理想

暂时的离去是为了明天回来
对手的猖狂是准备将来的败亡
历史常常是迂回前进，动中变强
唯一不动的是炮火犁过的红壤

瑞金，这个赣南的县份
可能是中国历史上最小的都城
却拥有当时素质最优良的人口
十万军民甩掉辎重，背起民族的希望

□ 石
英

于都 长征出发地

从于都县城南门
架浮桥翻过激浪
此处是革命再生的出发地
几个人轮换肩负一挺机枪
护佑着一尊生命之神

过湘江时，几个人
还听见过相互的呐喊
攻打娄山关时，其中有人
烧焦的面影还曾匆匆闪过
攀登腊子口时，还有两人
协同将敌方的旗帜扫落

但在甘肃会宁会师，一个人
遍寻战友不见，仰视南来兀鹰

不懂人语。兀鹰
栖落在延安宝塔尖上……

好在枪柄上还有手温
带着它千里转战——在
平型关、孟良崮、上甘岭
那手温多年终未冷却
后来，于都出发地激起的浪声
也化为《长征组歌》的音符

回眸"关""口"

娄山关，腊子口
在课本上，只有几行字
甚至只有一个简单的地名
但在七十年前的昨天
雷是喊声，河是血流

情势是如此严峻
冲上去，就是希望的重振
退下来，就是历史的黄昏
"夺路前进"，几个普通的汉字
在那时刻，分量比天空大地更沉

这个关，那个口
有的有名，有的无名
只有草鞋和机枪记得清
对于战士，艰辛与壮丽是同义词
生是太阳，死是月亮，同照征程

如今，少数幸存者又多已逝去
就连幸存者的子女也白了鬓丝
还有多少并无血缘关系的后继者
仰望关口，目光在阳光下提纯——
凝成信仰的血缘，人间的正气

口 石 英

凭吊西路军血战故地

茫茫的河西走廊
由一组组奇异的密码连缀而成
七十年前的枪声　密集而血腥
最后凝为白杨树剖面的红五星

当时这里最不缺的是风沙
最奇缺的是子弹和水
马匪的皮囊里装满了水和狞笑
我军干裂的口唇衔着荒秃的群山

激战与搏杀，惨烈可想而知
饥饿与悬崖，诠释着"绝境"的含义
何处有援军？只有断裂的枪托
在敌人头颅上誓言最后的忠诚

那被打散的西路军战士
蹒跚的步履计量着通向圣地的里程

手拄的木棍点击着黄土
每一声至今都使我感到心疼

终于，在几十年后
人们似乎才恍然明白，西路军
也是长征铁流中的重要一脉
掩埋的军帽被晨风拂亮了红星
锩刃的刀光与今夜月光一样皎洁

□ 石
英

兴国 将军广场

当年仅有二十几万人口

成万人涌入"扩红"队伍

二十年后回归故里

将军的肩头分外沉重

是因为金黄肩章的分量

还是记忆如烧红的铁、灼人的风?

记忆铸成五十四尊铜像

五十四位开国将军的面影

他们是全国胜利后的幸存者

就像在敌人大扫荡中

严密的梳篦缝隙挤出的枪声

其实,兴国将军广场的容量很大

何止一九五五年授衔的将军

只要是有阳光或是有星星的日子

所有阵亡了的和病逝的
所有长眠了的与尚在的
都会自动地到这里集合
执手晤叙，音容如昨

身着将军服的，还是
军衣被子弹咬破而褴褛的
一律平等，不需准入证
这时，谁也不分将军还是士兵

一旁谛听，说的同一主题——
将军兴国，人人兴国……

□
石
英

方志敏和他的队伍

一支不足万人的队伍

在蒋介石的心脏部位挺进

凭着三发子弹的老汉阳造

去完成北上抗日的神圣使命

带兵的人没进过军校

却在上海滩的公园里

看到"华人与狗不得入内"

使他心炉里愤怒的火焰

锻造"向旧世界宣战"的操典

一个书生成为指挥官

委任状是饥饿者的呼号

队伍行进在蒋介石的心尖上

触动了江浙财阀和外国老板的地雷

这支队伍打光了最后的子弹

可恶的叛徒
指认他就是方志敏

告密者的手指
一端将他钉在十字架上
另一端套在狞笑着的钱孔里
获得暂时的喘息

又过了十四年
开国大典时
他呼吸在赣东北一个小村
新鲜空气里
没有登上天安门城楼
但人们仰望城楼的一角
有一本《可爱的中国》

□
韩
瀚

扁担谣

想起你，就想起巍巍井冈山，
就想起山中小路，崎岖蜿蜒，
就想起小路上飞动的扁担。

当年，你和红军战士一起，
挑南瓜，挑柴草，挑米，挑盐，
直到把胜利挑到天安门前。

总司令呵，我想说，今天，
我们生命中的一切，何尝
不都来自你们的双脚和双肩！

交给我们吧，你磨光的扁担，
哪怕它山再高，路再险，
我们也会把整个地球挑进明天！

□ 李自国

井冈山

我去过那座山冈

那座逐渐上升的山冈

使我接近云朵　天空的想象

星火燎原着

太阳迈着矫健的步伐

走向山冈

整整温暖了一个冬天的晚上

我就在那个晚上

取出纸和笔

回到群峰的怀抱

揽住多年以前的山冈

将秋收的作物

端放在孩子们的饭桌上

直到我走出这片苍茫

成为太阳旋转的力量

永恒的冲动

在山冈
总在山冈
仿佛久已失散的将军和武器
轮回征服者的梦想

我去过那座山冈
那座逐渐移动的山冈
使我来到这个广大的世界上
那位光芒四射的老人
照耀着我
变得勇猛　高大　顽强
如果我在某一个夜晚倒下
那座遥远的山冈
也会静静地护守在我身旁
护守在摇篮边的亲娘啊
"红米饭，南瓜汤"
八百里红土
我的井冈啊，井——冈！

易仁寰

思念一座高山

罗霄山脉的中段
有一座雄伟的高山
我深情的思念，飞向你
　　金色的摇篮——
泉水潺潺，你滋润过真理
　　最初的呐喊
山路弯弯，你练就了我们
　　铁打的脚板
是你那满山青竹
做成结实的扁担——
一头挑岁月，一头挑江山

真想把你那南瓜红米
在今天的宴席摆上一盘
让三代人共同品尝：
一个哲理，一种内涵

“山呵，为什么你与大地

　相依相伴？”

“是大地养育了山，是大地托举了山，

　山是大地质朴的儿子！”

“山呵，为什么你与蓝天生死攸关？”

“血染的山石曾经补人，

　山不倒，天就不会塌翻！”

“山呵，为什么你能集合群山？”

“最初是两支山脉的会师，

　而后又会合雪山、五岭、六盘……

　高山的特色是凝聚

　凝聚亿万座群峰，

　高耸起历史的壮观！”

“山呵，为什么你与海潮卷狂澜？”

“海是山的舢板

　山是海的桅杆

　面对世纪的大潮

　高山的旗帜，就是征帆！”

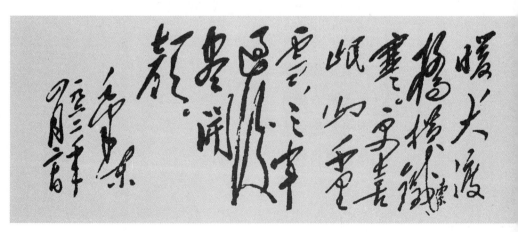

长　征

红军不怕远征难，
万水千山只等闲。
五岭逶迤腾细浪，
乌蒙磅礴走泥丸。
金沙水拍云崖暖，
大渡桥横铁索寒。
更喜岷山千里雪，
三军过后尽开颜。

（一九三五年十月）

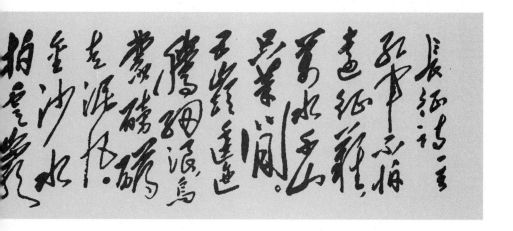

□ 陈毅

梅岭三章

一九三六年冬，梅山被围。余伤病伏丛莽间二十余日，虑不得脱，得诗三首留衣底。旋围解。

一

断头今日意如何？
创业艰难百战多。
此去泉台招旧部，
旌旗十万斩阎罗。

二

南国烽烟正十年，
此头须向国门悬。
后死诸君多努力，
捷报飞来当纸钱。

三

投身革命即为家，
血雨腥风应有涯。
取义成仁今日事，
人间遍种自由花。

□ 萧华

长征组歌

 告别

红旗飘，军号响，
子弟兵，别故乡。
王明路线滔天罪，
五次"围剿"敌猖狂，
红军急切上征途，
战略转移去远方。
男女老少来相送，
热泪沾衣叙情长，
紧紧握住红军的手，
亲人何时返故乡？
乌云遮天难持久，
红日永远放光芒，
革命一定要胜利，
敌人终将被埋葬。

突破封锁线

路迢迢，秋风凉，

敌重重，军情忙，

红军夜渡于都河，

跨过五岭抢湘江。

三十昼夜飞行军，

突破四道封锁墙，

不怕流血不怕苦，

前仆后继杀虎狼。

全军想念毛主席，

迷雾途中盼太阳。

遵义会议放光辉

苗岭秀，旭日升，

百鸟啼，报新春，

遵义会议放光辉，

全党全军齐欢庆。

万众欢呼毛主席，

马列路线指航程，

雄师刀坝告大捷，

工农踊跃当红军，

英明领袖来掌舵，

革命磅礴向前进。

四渡赤水出奇兵

横断山，路难行，

天如火，水似银。

亲人送水来解渴，

军民鱼水一家人。

横断山，路难行，

敌重兵，压黔境。

战士双脚走天下，

四渡赤水出奇兵。

乌江天险重飞渡，

兵临贵阳逼昆明。

敌人弃甲丢烟枪，

我军乘胜赶路程。

调虎离山袭金沙，

毛主席用兵真如神。

飞越大渡河

水湍急，山峭耸，
雄关险，豺狼凶。
健儿巧渡金沙江，
兄弟民族夹道迎。
安顺场边孤舟勇，
踩波踏浪歼敌兵。
昼夜兼程二百四，
猛打穷追夺泸定。
铁索桥上显威风，
勇士万代留英名。

过雪山草地

雪皑皑，野茫茫，
高原寒，炊断粮。
红军都是钢铁汉，
千锤百炼不怕难。
雪山低头迎远客，
草毯泥毡扎营盘。
风雨侵衣骨更硬，
野菜充饥志越坚。
官兵一致同甘苦，
革命理想高于天。

到吴起镇

锣鼓响，秧歌起，
黄河唱，长城喜。
腊子口上降神兵，
百丈悬崖当云梯。
六盘山上红旗展，
势如破竹扫敌骑。
陕甘军民传喜讯，
征师胜利到吴起。
南北兄弟手携手，
扩大前进根据地。

祝 捷

大雪飞，洗征尘，
敌进犯，送礼品，
长途跋涉足未稳，
敌人围攻形势紧。
毛主席战场来指挥，
全军振奋杀敌人，
直罗满山炮声急，
万余敌兵一网尽，
活捉敌酋牛师长，
奠基凯歌高入云。

□
田
汉

义勇军进行曲

起来！不愿做奴隶的人们！
把我们的血肉筑成我们新的长城！
中华民族到了最危险的时候，
每个人被迫着发出最后的吼声。
起来！起来！起来！
我们万众一心，
冒着敌人的炮火，前进！
冒着敌人的炮火，前进！
前进！前进、进！

□ 张寒晖

松花江上

我的家在东北松花江上，

那里有森林煤矿，

还有那满山遍野的大豆高粱。

我的家在东北松花江上，

那里有我的同胞，

还有那衰老的爹娘。

九一八，九一八，

从那个悲惨的时候，

脱离了我的家乡，

抛弃那无尽的宝藏，

流浪！流浪！

整日价在关内，流浪！

哪年，哪月，

才能够回到我那可爱的故乡？

哪年，哪月，

才能够收回那无尽的宝藏？

爹娘啊，爹娘啊。

什么时候，

才能欢聚一堂？

刘双红

我要用喜鹊的声音

——致杨靖宇

该怎样怀念你　该怎样用一只喜鹊的声音怀念你

该怎样　让我匍匐在地　用我最原始的敬爱怀念你

在今日　你的伟岸仍然让我窒息　呼吸如此艰难

就像一条流浪的狗　找不到回家的路

那些皮带　杂草和棉絮　在你的胃里

早已长成大道　参天树林　温暖的世界

你的胃　早已是我们幸福的家园

而我　却仍然在那种震撼里徘徊着　思考着

为什么　那种场景会定格在历史里

注定会成为侵略者们世代的忏悔和噩梦

正义　信念　热爱　尊严　驱逐　歼灭

这些动词　名词

这些大汉民族的文字

对强盗　是投枪　匕首　炮弹　大刀

对自己　是安睡的抱枕　醉人的醇酒　和平的蜜

我要用喜鹊的声音　告诉祖国的每一寸土地　水滴

树叶　虫子和月光　告诉它们我想起你时的骄傲

告诉它们　你是我高山仰止的先人

我是你的后代　虽有点恨铁不成钢

但我的骨头　会向着钢铁出发

最后融进钢铁　我的灵魂

会接受钢水的洗濯　最终高贵起来

告诉它们　我们是快乐的

因为你和千万战友们的舍身报国

因为你们让盗窃者胆怯　恐惧　望而却步

因为有了民族脊梁的呵护

我们　就有了喜鹊一样的声音

我们是祖国年轻的喜鹊

我们歌颂你　纵使之前已有千万次

对你的歌颂　我还要千万零一次地歌颂你

甚至还要更多　永远

不仅歌颂　还要敬仰　不仅敬仰

还要踏着你的脚印　不仅踏着你的脚印

还要学着你　对自己的民族赤胆忠心

哪怕胃里只剩下皮带　杂草和棉絮

也要把整个的生命　交给祖国

谒抗联烈士墓

悼念为祖国的自由解放而英勇
牺牲的东北抗日联军的同志们。

寻找抗联同志的脚印，
百灵鸟用赞美的歌声，
将我一步步向前指引。

面前隆起的那座"山峁"呵，
是一位烈士的坟墓，
青草和野花是覆盖它的锦缎，
两旁的松树是它的哨兵。

烈士生前踏遍长白山脉，
把一颗红心献给苦难的人民，

层层乌云笼罩大地的年代，
他用枪声迎接灿烂的黎明。

在一次猛烈残酷的战斗里，
他献出了宝贵的生命，
战友们用眼泪和誓言将他掩埋，
踏着他的足迹又向前挺进。

不知疲倦的溪水呵，
是不是日夜在叨念烈士的姓名？
林中的飞鸟呵，
把他的故事传遍了山山岭岭。

谁说他死了，不！
亿万人民还听见他召唤前进的声音；
谁说他死了，不！
是他高举火把照亮我们战斗的征程。

呵，我的同志，战友，兄弟，
我不忍心把你惊醒，
我只摘了一束鲜红的野花，
轻轻地，轻轻插上你的坟墓……

□ 石
英

赵一曼

她从豪门的后花园
走向灾难深重的关东大地
不再是县官大人的千金
驳壳枪心知主人的使命
回手向天府之国告别
是对生养土地的眷恋
也是与坐享人生的决裂

面对万恶的日寇
只能是以眼还眼
最有效的教训方式
她选择了拂晓的枪声
枪声会使苟活者战栗
更会使有志者奋起
循着准确的射击路线
找回民族尊严和做人的价值

她的枪声组成传奇的名字
——赵一曼

也许
正因有了她和"八女投江"
传说中的花木兰和穆桂英
才不停留在诗歌和舞台上
而是叫敌人胆寒的对手
但拼杀并不那么好玩
从她举手宣誓那一天
就从未准备过明年的生日

意料中之事
像微笑那么自然
最苦痛的日子
夕晖也似阴霾遮面
忽一日太阳出来
人们辨认出在万道金光中
有她那柔和笑纹
于是　松辽平原金黄的豆荚
同时绽跳开来，有如琴声

八路军军歌

铁流两万五千里，直向着一个坚定的方向！

苦斗十年，锻炼成一支不可战胜的力量。

一旦强虏寇边疆，慷慨悲歌奔战场。

首战平型关，威名天下扬。

首战平型关，威名天下扬。

嘿！游击战，敌后方，铲除伪政权。

游击战，敌后方，坚持反扫荡！

游击战，敌后方，铲除伪政权。

游击战，敌后方，坚持反扫荡！

钢刀插入敌胸膛，

钢刀插入敌胸膛。

巍巍长白山，滔滔鸭绿江，

誓复失地逐强梁。

争民族独立，求人类解放。

这神圣的重大责任，都担在我们双肩！

（八路军军歌，郑律成曲，作于1939年秋，是《八路军大合唱》中的一首。）

桂涛声

在太行山上

红日照遍了东方，
自由之神在纵情歌唱！
看吧！千山万壑，
铁壁铜墙。
抗日的烽火，
燃烧在太行山上。
气焰千万丈！

听吧！母亲叫儿打东洋，
妻子送郎上战场。
我们在太行山上，
我们在太行山上；
山高林又密，
兵强马又壮！
敌人从哪里进攻，
我们就要他在哪里灭亡！

太行春感

远望春光镇日阴，太行高耸气森森。
忠肝不洒中原泪，壮志坚持北伐心。
百战新师惊贼胆，三年苦斗献吾身。
从来燕赵多豪杰，驱逐倭儿共一樽。

赠友人

北华收复赖群雄，猛士如云唱大风。
自信挥戈能退日，河山依旧战旗红。

寄语蜀中父老

伫马太行侧，十月雪飞白。
战士仍衣单，夜夜杀倭贼。

黄河大合唱（选章）

啊，朋友！
黄河以它英雄的气魄，
出现在亚洲的原野；
它表现出我们民族的精神：
伟大而又坚强！
这里，
我们向着黄河，
唱出我们的赞歌。

我站在高山之巅，
望黄河滚滚，
奔向东南。
惊涛澎湃，
掀起万丈狂澜；
浊流宛转，

结成九曲连环；
从昆仑山下
奔向黄海之边，
把中原大地
劈成南北两面。
啊！黄河！
你是中华民族的摇篮！
五千年的古国文化，
从你这儿发源；
多少英雄的故事，
在你的身边扮演！
啊！黄河！

你伟大坚强，

像一个巨人

出现在亚洲平原之上，

用你那英雄的体魄，

筑成我们民族的屏障。

啊！黄河！

你一泻万丈，

浩浩荡荡，

向南北两岸

伸出千万条铁的臂膀。

我们民族的伟大精神，

将要在你的哺育下

发扬滋长！

我们祖国的英雄儿女，

将要学习你的榜样，

像你一样的伟大坚强！

像你一样的伟大坚强！

黄河之水天上来

黄河！
我们要学习你的榜样，
像你一样的伟大坚强。
这里，我们要在你的面前，
献一首长诗，
哭诉我们民族的灾难。

黄河之水天上来，
排山倒海，
汹涌澎湃，
奔腾叫啸，
使人肝胆破裂！

它是中国的大动脉，
在它的周身，
奔流着民族的热血。

红日高照，
水上金光迸裂。

月出东山，
河面银光似雪。

它震动着，
跳跃着，
像一条飞龙，
日行千里，
注入浩浩的东海。
虎口　龙门，
摆成天上的奇阵；
人，
不敢在它的身边挨近，
就是毒龙
也不敢在水底存身。
在十里路外，
仰望着它的浓烟上升，
像烧着漫天大火，
使你感到热血沸腾；
其实
凉气逼来，
你会周身感到寒冷。
它呻吟着，

震荡着，
发出十万万匹马力，
摇动了地壳，
冲散了天上的乌云。

啊，黄河！
河中之王！

它是一头疯狂的猛兽，
发起怒来，
赛过千万条毒蟒，
它要作浪兴波，
冲破人间的堤防；
于是黄河两岸，
遭到可怕的灾殃：
它吞食了两岸的人民，
削平了数百里外的村庄，
使千百万同胞
扶老携幼，
流亡他乡，
挣扎在饥饿线上，
死亡线上！

如今
两岸的人民，
又受到了空前的灾难：
东方的海盗，
在亚洲的原野，
伸张着杀人的毒焰；
于是饥饿和死亡，
像黑热病一样，
在黄河的两岸传染！

啊，黄河！
你抚育着我们民族的成长：
你亲眼看见，
这五千年来的古国
遭受过多少灾难！
自古以来，

在黄河边上
展开了无数血战，
让垒垒白骨
堆满你的河身，
殷殷鲜血
染红你的河面！
但你从没有看见
敌人的残暴
如同今天这般；
也从来没有看见
黄帝的子孙
像今天这样
开始了全国总动员。

在黄河两岸，
游击兵团，
野战兵团，
星罗棋布，
散布在敌人后面；
在万山丛中，
在青纱帐里，
展开了英勇血战！

啊，黄河！
你记载着我们民族的年代，
古往今来，
在你的身边
兴起了多少英雄豪杰！
但是，
你从不曾看见
四万万同胞
像今天这样
团结得如钢似铁；
千百万民族英雄，
为了保卫祖国
洒尽他们的热血；
英雄的故事，
像黄河怒涛，
山岳般的壮烈！

啊，黄河！
你可曾听见
在你的身旁
响彻了胜利的凯歌？
你可曾看见

祖国的铁军
在敌人后方
布成了地网天罗?
他们把守着黄河两岸，
不让敌人渡过!
他们要把疯狂的敌人
埋葬在滚滚的黄河!

啊，黄河!
你奔流着，
怒吼着，
替法西斯的恶魔
唱着灭亡的葬歌!
你怒吼着，
叫啸着，
向着祖国的原野，
响应我们伟大民族的
胜利的凯歌!
向着祖国的原野，
响应我们伟大民族的
胜利的凯歌!

保卫黄河

风在吼　马在叫

黄河在咆哮　黄河在咆哮

河西山冈万丈高　河东河北高粱熟了

万山丛中抗日英雄真不少

青纱帐里游击健儿逞英豪

端起了长枪洋枪

挥动着大刀长矛

保卫家乡　保卫黄河

保卫华北　保卫全中国

□ 艾青

我爱这土地

假如我是一只鸟,
我也应该用嘶哑的喉咙歌唱:
这被暴风雨所打击着的土地,
这永远汹涌着我们的悲愤的河流,
这无止息地吹刮着的激怒的风,
和那来自林间的无比温柔的黎明……
——然后我死了,
连羽毛也腐烂在土地里面。

为什么我的眼里常含泪水?
因为我对这土地爱得深沉……

黎明的通知

为了我的祈愿
诗人啊，你起来吧

而且请你告诉他们
说他们所等待的已经要来

说我已踏着露水而来
已借着最后一颗星的照引而来

我从东方来
从汹涌着波涛的海上来

我将带光明给世界
又将带温暖给人类

借你正直人的嘴
请带去我的消息

通知眼睛被渴望所灼痛的人类
和远方的沉浸在苦难里的城市和村庄

请他们来欢迎我——
白日的先驱，光明的使者

打开所有的窗子来欢迎
打开所有的门来欢迎

请鸣响汽笛来欢迎
请吹起号角来欢迎

请清道夫来打扫街衢
请搬运车来搬去垃圾

让劳动者以宽阔的步伐走在街上吧
让车辆以辉煌的行列从广场流过吧

请村庄也从潮湿的雾里醒来
为了欢迎我打开它们的篱笆

请村妇打开她们的鸡埘
请农夫从畜棚牵出耕牛

借你的热情的嘴通知他们

说我从山的那边来，从森林的那边来

请他们打扫干净那些晒场

和那些永远污秽的天井

请打开那糊有花纸的窗子

请打开那贴着春联的门

请叫醒殷勤的女人

和那打着鼾声的男子

请年轻的情人也起来

和那些贪睡的少女

请叫醒困倦的母亲

和她身旁的婴孩

请叫醒每个人

连那些病者与产妇

连那些衰老的人们
呻吟在床上的人们

连那些因正义而战争的负伤者
和那些因家国沦亡而流离的难民

请叫醒一切的不幸者
我会一并给他们以慰安

请叫醒一切爱生活的人
工人，技师以及画家

请歌唱者唱着歌来欢迎
用草与露水所掺和的声音

请舞蹈者跳着舞来欢迎
披上她们白雾的晨衣

请叫那些健康而美丽的醒来
说我马上要来叩打她们的窗门

请你忠实于时间的诗人
带给人类以慰安的消息

请他们准备欢迎，请所有的人准备欢迎
当雄鸡最后一次鸣叫的时候我就到来

请他们用虔诚的眼睛凝视天边
我将给所有期待我的以最慈惠的光辉

趁这夜已快完了，请告诉他们
说他们所等待的就要来了

贺绿汀

游击队歌

我们都是神枪手，
每一颗子弹消灭一个敌人，
我们都是飞行军，
哪怕那山高水又深。
在密密的树林里，
到处都安排同志们的宿营地，
在高高的山岗上，
有我们无数的好兄弟！

没有吃，
没有穿，
自有那敌人送上前，
没有枪，
没有炮，
敌人给我们造。
我们生长在这里，
每一寸土地都是我们自己的，
无论谁要强占去，
我们就和他拼到底。

紫荆关（外一首）

听某老将军说八年抗战

他们用比我们提前一百年的钢铁打我们
又用比我们退化一百年的
野蛮、凶悍和残暴
杀我们。并且训练有素，信奉操典
和武士道，枪法百步穿杨
如若落入绝境，不惜刎颈、切腹、吞剑

只有熬。只有在血泊里熬，在刀刃上熬
只有藏进山里熬，钻进青纱帐里熬。
只有把城市熬成废墟
把田野熬成焦土，把黄花姑娘熬成寡妇
只有在五十个甚至一百个胆小的人中，
熬出一个胆大的不要命的。
只有把不要命的送去打仗
熬成一个个烈士。只有像熬汤那样熬，熬药那样熬。

或者像炼丹，炼铁炼金，练接骨术和不老术
只有熬到死，只有死去一次才不惧死
只有熬到大象不再是大象
蚂蚁不再是蚂蚁
只有熬到他们日薄西山，我们方兴未艾

只有把一座大海熬成一锅盐，一粒盐⋯⋯

 紫荆关

我看过七十年前的那张黑白照片
看过在城头上站着的那三个
八路军，他们何等英俊和威武！
就像三根旗杆笔挺地插在那里
就像三束阳光，融化了那年的
积雪、悲怆和深深的哀伤
我还看过那几个打扫战场归来的背影
肩负三八大盖和小钢炮，步伐整齐，
正向城下的门洞走去，
如同一队骆驼穿过针眼儿

当然还有看不见的，它们隐藏在
照片的背面，时间的背面
比如血，总是往低处流
比如他们中有的人，
此时此刻必须在山冈上掩埋尸体。
不！不是侵略者的尸体
对他们只能用一把火烧了
让他们死无葬身之地
而是我们的战友，他们大片大片
倒卧，有的咬住对方的耳朵
有的锁住对方的喉咙

必须把他们分开，必须每人挖一个坑
小心安放，然后在一块木板上
写上他们的名字、籍贯、战死的时间
以便回过头来，给他们立碑

如果你的方位感足够好，那么请往
左边看，那里是倒马关，再往
右边看，那里是居庸关
如果你听见了哗哗的流水声
我要告诉你，那是易水，荆轲曾在那里磨过剑。
如果有一座峰峦挡住你的视线，
我还要告诉你，它叫狼牙山，
我们有五个壮士，飞身一跃，
在那里跳过崖……
就是这样关与关相扣，山与山相连啊
当春天到来，漫山遍野的紫荆花
疯狂盛开，这时你才知道
那是一朵朵喊叫的魂，喊叫的命

而肖然不动，在照片最深处站着的
是我们的心脏，我们的太行山
不可忘却的记忆

假使我们不去打仗（墙头诗之一）

假使我们不去打仗，
敌人用刺刀
杀死了我们，
还要用手指着我们骨头说：
"看，
这是奴隶！"

□ 田间

义勇军（墙头诗之二）

在长白山一带的地方，
中国的高粱
正在血里生长。
大风沙里
一个义勇军
骑马走过他的家乡，
他回来：
敌人的头，
挂在铁枪上！

坚壁（墙头诗之三）

狗强盗，

你要问我么：

"枪、弹药，

埋在哪儿？"

来，我告诉你：

"枪、弹药，

统埋在我的心里！"

柳树（墙头诗之四）

——抄自"太原谣"

柳树上，挂的人，
柳树下，埋的人。

挂的那人，
共产党员，
埋的那人，
倪村的民兵。

这两个人心连心，
血也连着血，
夜夜抱着柳树；
倪村的父老，
天天望着柳树。

柳树上，盖的雪，
柳树下，葬的血。
柳树有根人有心，
人心杀不死，
柳树砍了还要发青。

山 中

——题贺龙将军

师长飞马上山，
谁也不曾听见，
那马蹄一响，
他已到半山间。

枪林弹雨中，
他走上山，
勒马一看，
人像立在马上，
要扑下山
全山陡的一惊。

将军轻轻地
冷声一笑：
"一块石头，
也不许他侵犯！"

那匹马、又高
又红的骏马，
不用人拴，
崖前姗姗踏踏，
如一轮红日，
搭着一副铜鞍。

将军背倚岩石，
冷笑转成欢笑，
抽烟闲谈中，
打完大歼灭战。

□ 方冰

歌唱二小放牛郎

牛儿还在山坡吃草，
放牛的却不知哪儿去了，
不是他贪玩耍丢了牛，
放牛的孩子王二小。

九月十六的那天早上，
敌人向一条山沟"扫荡"，
山沟里掩护着后方机关，
掩护着几千老乡。

正在那危急的时候，
敌人快要走到山口，
昏头昏脑地迷失了方向，
抓住了二小要他带路。

二小他顺从地走在前面，
把敌人引进我们的埋伏圈，

四下里砰砰嘭嘭响起了枪炮声，
敌人才知道受了骗。

敌人把二小挑起在枪尖，
摔死在大石头的旁边。
我们的十三岁的王二小，
可怜他死得这样惨！

干部和老乡得到了安全，
他却睡在冰冷的山巅，
他的脸上含着微笑，
他的血映照着蓝的天。

秋风吹遍了每个村庄，
它把这动人的故事传扬；
每一个村庄都含着眼泪，
歌唱二小放牛郎！

狼牙山，我心中的瀑布

李白唱绝的庐山，
世人叹服的黄果树，
哪里能比得上呵，
狼牙山高悬着
我心中最壮观的瀑布！

前临深涧，后有围堵，
正义被邪恶逼上了绝路，
五壮士没有踌躇，
以信念的洪流冲破一切拦阻，
用生命在绝壁铺出坦途。

民族响当当拍着胸脯，
棋盘坨像一个拇指高竖，
惊天地呵泣鬼神，
那呼喊如惊雷回响在山谷，
呵，这才是真正的人字瀑！

你有多么巨大的能量，
冲击着亿万人心灵的机组，
产生着强大的电流，
除非他心房已经锈住，
变成革命精神的绝缘物。

你有多大的落差，
令亿万双眼睛仰慕，
标志着人生的刻度，
除非他患了白内障，
眼前是一片迷雾。

呵，狼牙山的瀑布，
五壮士留下的一份遗书，
谁要认识它无形的字母，
就会获得无穷的精神财富。

□ 陈
辉

为祖国而歌

我，
埋怨，
我不是一个琴师。
祖国呵，
因为
我是属于你的，
一个大手大脚的
劳动人民的儿子。

我深深地
深深地
爱你！

我呵，
却不能，
像高唱马赛曲的歌手一样，
在火热的阳光下，

在那巴黎公社战斗的街垒旁，

拨动六弦琴丝，

让它吐出

震动世界的，

人类的第一首

最美的歌曲，

作为我

对你的祝词。

我也不会

骑在牛背上，

弄着短笛。

也不会呵，

在八月的禾场上，

把竹箫举起，

轻轻地

轻轻地吹；

让箫声

飘过泥墙，

落在河边的柳荫里。

然而，

当我抬起头来，

瞧见了你，

我的祖国的

那高蓝的天空，

那辽阔的原野，

那天边的白云

悠悠地飘过，

或是

那红色的小花，

笑眯眯地

从石缝里站起。

我的心啊，

多么兴奋，

有如我的家乡，

那苗族的女郎，

在明朗的八月之夜，

疯狂地跳在一个节拍上，

你搂着我的腰，

我吻着你的嘴，

而且唱：

——月儿呵，

亮光光……

我的祖国呵，

我是属于你的，

一个紫黑色的

年轻的战士。

当我背起我的

那支陈旧的"老毛瑟"，

从平原走过，

望见了

敌人的黑色的炮楼，

和那炮楼上

飘扬的血腥的红膏药旗，

我的血呵，

它激荡，

有如关外

那积雪深深的草原里，

大风暴似的，

急驰而来的，

祖国的健儿们的铁骑……

祖国呵，

你以爱情的乳浆，

养育了我；

而我，

也将以我的血肉，

守卫你呵！

也许明天，

我会倒下；

也许

在砍杀之际，

敌人的枪尖，

戳穿了我的肚皮；

也许吧，

我将无言地死在绞架上，

或者被敌人

投进狗场。

看啊，

那凶恶的狼狗，

磨着牙尖，

眼里吐出

绿莹莹的光……

祖国呵，

在敌人的屠刀下，

我不会滴一滴眼泪，

我高笑，

因为呵，

我——

你的大手大脚的儿子，

你的守卫者，

他的生命，

给你留下了一首

无比崇高的"赞美词"。

我高歌，

祖国呵，

在埋着我的骨骼的黄土堆上，

也将有爱情的花儿生长。

肉　搏

白色的阳光照在高高的山上，
在那里，剧烈的战斗正在进行。

近旁，那青铜的军号悲壮地响起，
冲锋的军号，以庄严的声音，鼓舞我们的士兵。

一个青年，我们团里的一个新兵，
飞似的前进，子弹在脚下扬起缕缕烟尘。
而在山岩后，一个日本军曹迎上来。

于是开始了惊心动魄的肉搏战！
军号还在吹，山谷震响着喊杀声……

交锋几个回合，那青年猛力刺了一刀，
敌人来不及回避，也把刺刀迎面刺来，
两把刺刀同时刺入两人的胸膛，
两个人全静止般地对峙着，呵！决死的斗争！

只因为勇士的刺刀比日本人的刺刀短几分，
才没叫战栗的敌人倒下来，
我们的勇士没有时间思索，有的是决心，
他猛力把胸膛往前一挺，让敌人的刺刀穿过脊梁，
勇士的刺刀同时深深地刺入敌人的胸膛，
敌人倒下，勇士站立着。山谷顿时寂静！

第二年，在那流血的地方来了一只山鹰，
它眺望着，盘旋着，要栖息在英雄的坟墓上；
它仿佛是英雄的化身，不忍离开故乡的山谷。
过路的士兵呀！请举起你的手向它致敬。

敌后催眠曲

静些，静些，老大娘！
不要咳嗽，不要响。
老大爷！不要抽烟，
火星儿敌人能看见。

安静些，我的小宝贝！
夜是这样深，这样黑。
安静些，我的小宝宝！
我给你紧紧地包扎好。

我把你抱在我怀里，
你就再不会受冻了。
我紧紧地包好了你，
你就不会哭出声来了。

我的小宝宝，你不要怕，
你有你的妈妈和爸爸。

敌人一走，爸爸就能回来。
我们在这山洞里再待一待。

你听，枪声响得远了。
你爸爸快能回转了。
小宝宝，你不要嚷。
一会儿就会大天亮。

你听！有了脚步的声音。
走得近了，更近了，更近……

"到底回来了，孩子他爸！
呐，抱一抱你心爱的娃。

"抱一抱你的儿子，孩儿他爸。
这一夜真不易熬过，真可怕。
我们的小宝宝，他是小英雄！
他没哭喊，没叫鬼子发现我们。"

父亲接过了包包，揭开了包包：
在包包里躺着闷死了的小宝宝……
壮士的热泪大颗地滚下来。
壮士的眼睛很困难抬起来。

"孩子他妈，你不要伤心。
我们的宝宝没有白牺牲。
他救了我们多少人的性命。
我知道，我们该恨的是什么人！"

还乡河上（外二首）

还乡河上，还乡河上，
枪弹呼啸，大炮轰响，
土地在马蹄下震荡，
烈火卷走了村庄。
沉重的乌云，遮盖了田野，
灾难压在国土上。

还乡河上，还乡河上，
血红的落日，滚滚的波浪，
好像鲜红的血流，
涌出大地的胸膛。
风卷着黄沙，在田野上悲号，
灾难压在国土上。

还乡河上，还乡河上，
号角在吹，战马长嘶。
在这广大的土地上，

战斗的旗帜飞扬。

冲过烟尘，冲过火网。

子弟兵奔向战场。

 好村长

——为纪念一个被敌人谋害而壮烈牺牲

的老村长而作

鞭子响，镣铐叮当！

敌人谋害我们的好村长，

那白发苍苍的老村长。

老人的双手穿透、鼻子穿透，

血流在花白的胡子上。

老人的皮肉被抽烂，

只抽得衣裳碎，片片飞扬。

木棍压烂他的双腿，

刺刀扎穿他的肩膀。

他骂得敌人不声响。

不要看老人是个庄稼汉，

他高声喊着：

不投降，不投降，不投降！

行军

望不尽的草原，望不尽的大路，
无边的白雪，静静的波浪，
长长的行列，钢铁的城墙。
炮车隆隆，刀枪儿响亮，
战马萧萧，铃环儿叮当。
汗水变成冰，鬓发结白霜。
渴了吞冰雪，大风作衣裳。
艰苦的路程，是通向胜利的路程，
打了个歼灭战，又打了个歼灭战，
走没了太阳，又走出了太阳。

□ 章长石

白洋淀

谁不爱这明洁的湖面,
谁不爱这一片蓝天!
噢,
你美丽的白洋淀!

沿岸:
　青青的麦田和稻田,
水面上:
　一丛丛芦苇,
　一只只渔船,
　一群群的鸭,
　一阵阵的雁。

稻粱风,
吹着湖面。
多好呀,
你看:

那撒落的渔网，

那扬起的帆，

你听：

那采菱歌，

那打雁的枪声，

那饲鸭人的吆唤。

噢，

多丰饶的白洋淀！

战争来了！

原野里，

卷起风沙，

湖面上，

腾起烟雾；

田园，

房屋，

火烧了；

麦子，

稻子，

马踩了；

枪弹飞着；

炮声响着；

水，

波荡了，

天，

阴沉了……

当剧烈的风暴呼旋在白洋淀上的时候，

农民们说：庄稼不能种了；

渔民们说：是拼死活的关头了；

饲鸭者说：跟鬼子们拼吧；

打雁人说：大家合伙儿干吧，

　　　　　我有美丽的雁翎，

　　　　　就拿它做我们的队号吧！

英雄们结聚了，

白洋淀翻滚了，

白色的水鸟叫着，

苍苍的芦花飞着，

年轻人包裹着头巾，

老头子飘动着萧萧的白发，
呼啸的风雨中，
船桨打得浪花发抖，
一支支美丽的雁翎，
插在疾驶的船头。

鱼儿，游开吧，
我们的船要去作战了！
雁呵，飞去吧，
我们的枪要去射杀敌人了！
芦苇，
青青的芦苇，
密密丛丛的芦苇，
我们的阵地呀！

风雨急骤的白洋淀，
翻卷的波澜，
浮泛出红色的血斑。
激烈的战争展开了！
噢，
美丽丰饶的白洋淀，
动荡在血肉的搏斗之中了！

好夫妻歌

一

乱尸里，我发现了你，
狼山上，你们一对好夫妻！

朋友呵，你死了怎么还睁着眼？
大嫂呵，怎么掉了一半头发在污泥里？

大嫂呵，你的衣裳怎么撕得这样烂？
朋友呵，你手里怎么还握着荆条子？

呵，你们纯洁的血液流一起，
狼山里，倒下一对好夫妻！

二

四年前，我头回来到狼山里，
就遇见你们这对好夫妻。

朋友呵，你给我挑了一挑儿甜泉水，
大嫂呵，你抓把山茶放到开水里。

当我说声谢谢你，
脸红了呵，你们还是一对小夫妻。

而今死在狼山里……

三

三年前，当我负伤在狼山里，
昏沉沉，又遇见你们这对小夫妻。

朋友呵，是你把我背回你的家，
大嫂呵，是你把紫葡萄一颗颗放到我嘴里。

如今呵，你们遭难我不在，
今天惨死在狼山里……

四

几月前，我又转到狼山里，
你们已经生了儿，正在过着苦日子。

大哥呵，你那天到山里采药去，
大嫂呵，你在家流汗蹬着织布机。

眼看着正要把荒年度过去，
可是呵，被敌人打死在深山里。

你们的幼儿哪里去了？
对我说呀，你们这对好夫妻！

五

好夫妻！好夫妻！
狼山里，你们这对好夫妻！

枪在我的手里直发烧，
热泪滚到我心里。

要不用敌人的头来祭你，
我情愿死在狼山里⋯⋯

□ 李瑛

诺尔曼·白求恩纪念集（组诗）

炮火刚刚响过

炮火刚刚响过，刚刚响过，
回来了，我们的乡村，我们的河，
白求恩，白求恩，你赶到了，
眼里充满多少关注、多少焦灼！

你站在手术台前弓着腰，
为一个又一个伤员紧张地工作；

你头上每根银发在闪光，
满心爱抚的话要对他们说。

"不许哭，好孩子！"像一个父亲，
你的声音严峻而谦和，
但你脸上却滚下泪珠了，
你为战士的英勇，欢喜又难过。

呵，白求恩，我们的白求恩，
这里不是你的家庭、你的祖国，
但一个共同的、伟大的信仰在燃烧，
还有什么国界能把你阻隔！

血之歌

我们的山也连在一起，
我们的河也连在一起，
从一颗心到一颗心，
100cc、100cc、100cc的
加拿大劳工进步党员的鲜红的血，
流进了八路军战士的身体。

我们的每一棵树都记得你，
我们的每一条路都记得你，
从一颗心到一颗心，
100cc、100cc、100cc的
加拿大劳工进步党员的圣洁的血，
浇灌了中国的大地。

誓

呵，诺尔曼·白求恩同志，
虽然我没有见过你，
但我却感到在我心中，
也沸腾着你珍贵的血液。

因为我有许多亲密的同志，
为保卫人类、保卫民族、保卫晋察冀，
他们倒下来，你却把他们扶起，
你使他们诞生了两次。

既然你曾捍卫过我们的国土，
既然你曾拯救了革命和无数的同志，
既然你献身是为我们同一个阶级，
难道我们不能为全人类献出自己？

曾凡华

我们在太行山上（节选）

一

我们在太行山上

采风　不是打仗

因此　就无须裹上绑腿扛上机枪

在壁立万仞的山间

做大迂回的穿插　攻防

也不必担心日军的炮弹

骤然间在身边炸响

我们只是采风

只需在灵感的关照下

写出或长或短或单薄或凝重的诗行

悠悠岁月之河

流淌了七十年

七十年的距离说短也短说长也长

说长它是一个古稀

将所有的日子梳拢就能绾起白发千丈

说短它是历史一瞬

眨眼之间江山已改红颜已老生死茫茫

所有的征战都已远去

勇士扼守的关山

也风化成历史的碎屑

所有的往事了无痕迹

只是山石犹在

忧戚之心犹在

令长风歌吟不息

荡气回肠

这就是铁蹄踏过　弹雨洗过　鲜血泡过的太行

这就是将士青春生命　理想爱情托付过的太行

二

我们在太行山上

倾听山风的诉说　山泉的演讲

于是　便有了一种痒痒的感受直抵骨髓

一种涩涩的情绪直达眼眶

伤痕累累的太行山石呀
有多少人事在上面磨蹭
于是　我听见山涧里
湍急的历史掀动石头的声音

然而　石头沉默着　山崖也沉默着
沉默得让人窒息
唯有漳河悲怆的水声
发出钢铁般铿锵的喧响
河岸裸壁之上
鹰在盘旋　风在低唱
这会儿的时空感
被拉得很长很长

其实　真正的距离很短很短
几乎一伸手就能触摸到
河中记忆的石子
和思念的水草
那些或悲壮或痛楚或屈辱或感奋的故事
几乎每时每刻都在撞击我的胸膛

三

七十多年前那个四月天

杏花吐红　柳树含烟

山梁上的阳雀也叫得很欢

田里返青的麦苗

从残雪中探出怯生生的头　春情缱绻

日寇　就选择这样一个美丽的日子进山

进山"扫荡"

扫荡人间四月天所有的美与良善

那个四月天的黄昏

日军的铁蹄踏破了武乡县的城门

枪刺上的膏药旗　就那样飘啊飘

扇起兽性的火苗

头盔下的遮挡布　就那样摇啊摇

掀起杀戮的风暴

一夜之间

武乡变作血肉的屠场

直到今天人们还记得那些画面

被轮奸的孕妇那豁开的肚皮

肚皮里挑出的婴儿

还在刺刀尖上动弹

那滚落在地的头颅

西瓜一样的活生生的头颅

仍在咕噜咕噜地冒着血浆

而这时　漳河美丽的岸边

艾蒿　仍在痛苦地散发着芬芳

五

事实上　一九三八年那个春天

早就结痂了

只是在当时

被那个有点骡子脾气的八路军将领骂了句娘

望着那片被鬼子烧得一片狼藉的武乡

他不能不愤怒

不能不做出一个有血性的中国人

应有的抵抗

于是　他和同他有着同样农民脸相的总司令一道

拿起那五万分之一的军用地图

把"神头岭""响堂铺""长乐"一一圈上

此刻　凛冽的山风呼号着
宛如一道闪电撕开夜的屏障
原野　沉浸在一种恬淡的风气里
青青的麦浪　从脚下一路喧嚣而去
他们的目光　便随麦浪的起伏推向前方
前方　大山的腹地
有一场恶仗　就要打响

暮色更浓了
低垂的天穹
勾勒出树的图案　人的图案
勾勒出猫腰前进的部队的图案
这些年轻的士兵
正在拔节的年龄
看着他们麦浪般推进的姿态
那个打着灰色绑腿的独眼的师长
与理了平头的小个子政委
相视一笑
于是　顷刻之间血火纷飞枪炮齐鸣
太行山终于让东洋鬼子体验到了
中国人复仇的疯狂

六

在这场血可漂橹　尸横遍野的战斗中

独眼的师长　失去了一位爱将

——那位年仅24岁的姓叶的团长

他是在接到"迅速脱离战场"的命令

带领最后一个连队回返时头负重伤

当那位同样因负伤一只眼的视力几乎为零的师长

见到担架上已经冰凉的团长

内心在滴血　眼里却流不出泪行

只见他把手里当拐杖用的柳木棍　狠狠往泥地里一插

抱起已没了体温的部下

用四川话呼喊着　成焕成焕　你郎格这样

七

若干年之后

那根被独眼师长随意插在土里的柳木棍

竟在一场春雨里　冒出嫩绿的芽

当年同一茬柳树都已相继老去

唯独这棵将军柳仍生意盎然　虬枝横斜

孩子用它削柳哨

老人用它编柳筐

姑娘们喜欢用它扎柳帽

戴着它清清爽爽回娘家

只可惜　斯人已去

留下的　只是当年插柳者

给儿子取的"太行"的名字

以及取名时留下的一段佳话

九

想想那些林林总总的人事

他该无怨无悔

曾作为他左膀右臂英年早逝的左权

就是为掩护战友乡亲牺牲在太行山里

现如今已与巍巍太行融为了一体

还有那位出自黄埔

北伐中救过蒋介石命又差点被蒋介石要了命的

爱开玩笑的陈赓

这位百万军中敢取上将首级的旅长

威风八面却又倜傥不羁

他的那些恶作剧
至今还让人忍俊不禁

那一次日寇"铁壁合围"
粮食已经断顿
姓周的管理员
弄来两个被霜打僵了的南瓜
给饿了两天的他　充饥
他停下地图上的策划

问是从哪里来的

管理员支吾着他却来了气

"你是八路军还是日本人

三大纪律八项注意哪里去了"

旅长的问话不重却很严厉

管理员只好乖乖地抱回南瓜向乡亲赔礼

反"合围"取得了胜利

战事一起　百姓怎么放心将儿子交付与你

陈赓亲自开出一片荒地

种上的南瓜瓜蔓儿碧绿碧绿

可就在南瓜将熟未熟的时候

鬼子又开始"扫荡"

头目就是有名的"苦米地"

部队即将转移

管理员请示　南瓜如何处理

陈旅长莞尔一笑　说

在南瓜里做点手脚

让苦米地咪西　咪西

据说后来

鬼子兵果然吃上了陈旅长种的南瓜

只是南瓜里散发出一种难闻的气体

从此鬼子吃屎的笑话

就在太行山广为传递

这种毛茸茸的大叶子的植物

所结出的憨态可掬的南瓜

将东洋鬼子狠狠地耍了一把

十

今天　我们走进山里

走进太行山的腹地

翻动山上的每一层岩石

都能读到可歌可泣的故事

烈士们用生命留出的那片空白

本该由我们补写续集

可是　狰狞的战争已扬长而去

留下的纪念章军功章已是斑斑锈迹

尽管我们也拉练我们也野营

现代的篝火与战地的野火毕竟不可同日而语

在南方的丛林

我曾经作为战地记者

亲临过那场不得不为之的无奈的战争

方面军的指挥就是那位从少林寺门打出的将军

跟随他出生入死

心里就多了几分安稳

可现如今那些连硝烟的味道都没有闻一闻的将军

又如何面对未来的战争

也许　　你们会说

刘备那位参谋长

摇着鹅毛扇不也列兵布阵

谈笑间　樯橹灰飞烟灭

不过　那是在舞台做戏

真的打仗可不是儿戏

那是血与血的较量　铁与铁的对峙

更是士兵年轻生命的堆积

倘若你是赵括　只会纸上谈兵

此刻　我又想起那位身经百战的独臂将军

空空的袖管轻摆　别具一番风仪

他做报告的浏阳话　连我这老乡都听不懂

然而　他的风度他的神采他的魅力

能让人深深地折服
看着他用独臂擦火柴点烟的动作
那样自如　那样潇洒
我的那份敬意便打内心里升起

当年　在太行山顶
他指挥部队狙击敌人
就那样旁若无人地站在旷野里
飞蝗般的子弹在他身边乱窜
他只用独臂那么一扫　说了声"讨厌"
又无动于衷地举起望远镜
继续观察战场的形势
那份镇定　那份自若
对于士兵　该是怎样一种信心

十三

在这春花照眼的日子
我们上太行采风
如蝴蝶采花　蜜蜂酿蜜
每到一站　每宿一地
总有一种情绪在慢慢堆积
总有一种思想在暗暗结集

待到野风乍起　山峦涌动
再过一个莺飞草长的节气
我们的诗就会扑腾而起
羽化为蝶　酿造成蜜
伴着《八路军军歌》的旋律
轻轻地飞　缓缓地流
围绕着太行山巍巍的主峰
行一个三百六十度的军礼……

鹰　群

一九四二年十月，日寇将我山东省党政军领导机关围在对崮峪，经过殊死血战，机关突破重围，而在崮顶担任掩护任务的二百多名八路军指战员，只剩下营长严雨霜等十四名同志，他们在弹药用尽后，便砸毁武器，跳下了悬崖……

一

我不知道去哪里寻你们的墓碑，
一杯水酒表达我的崇敬，
只看到波涛般起伏的群峰之上，
盘旋着一群威武的山鹰。

它们，该是从这山顶起飞的吧，
要不，翅膀怎么振动得如此英勇？
它们，曾目击了你们的壮举吧，
要不，怎么只眷恋这一片天空？

我甚至相信，它们便是你们，
——四十年前壮烈跳崖的父兄，
为了这片不可屈辱的国土，
为了这半是鲜血、半是苦泪的沂蒙。

二

四十年了，毕竟四十年了，
草，四十度绽绿；树，四十度返青。
鹰群啊，你们是沂蒙山第几代骄子？
四十年，仍承继着骁勇的秉性！

忽而，黑云般的双翅微微一抖，
撞碎风障，直射谷底林丛；
忽而，箭簇般的利爪轻轻一蜷，
扶摇而起，身驮万里霞红。

分明是父兄们战斗的雄姿，
千古不灭的骄傲的生命！
山，为之而巍峨，
树，为之而葱茏。

三

我不知道，跳崖时你们曾呼喊什么，
但我敢说，那喊声会震得海翻山倾！
我不知道你们的名字、生辰，
但我明白，沂蒙山便是你们伟岸的身影！

这里，原本没有杜鹃花的，
自此，才年年岁岁摇遍山红缨；
这里，原本没有鹰群，
自此，才朝朝暮暮挟浩气英风。

十四个生命，十四眼血的喷泉，
滋润野草、浇灌山花、洗净群峰。
要不，这里该多么苍白，
泥土决不会含香，春意决不会萌动。

四

作为后代，我为父兄们骄傲，
而鹰群，无疑是生命最壮美的象征。

沂蒙山，你可听见我的怦怦心跳，
正随振翅的雄鹰擂鼓请缨！

祖国，既然昨天的野菜、茅根，
能哺育父兄们献身的英勇，
请相信，今天的阳光、月华、牛奶和蜜，
足能养育我十倍的忠诚。

鹰群啊，请赐我一片羽毛吧，
对于战士，它和善一样刚正，
我要用它校正我的心和腰脊，
等待唤我出征的震天号声！

□
陈
毅

新四军军歌

光荣北伐武昌城下

血染着我们的姓名

孤军奋斗罗霄山上

继承了先烈的殊勋

千百次抗争，风雪饥寒

千万里转战，穷山野营

获得丰富的斗争经验

锻炼艰苦的牺牲精神

为了社会幸福

为了民族生存

一贯坚持我们的斗争！

八省健儿汇成一道抗日的铁流

八省健儿汇成一道抗日的铁流

东进，东进！我们是铁的新四军！

东进，东进！我们是铁的新四军！

东进，东进！我们是铁的新四军！

扬子江头淮河之滨

任我们纵横地驰骋

深入敌后百战百胜

汹涌着杀敌的呼声

要英勇冲锋，歼灭敌寇

要大声呐喊，唤起人民

发扬革命的优良传统

创造现代的革命新军

为了社会幸福

为了民族生存

巩固团结坚决地斗争

抗战建国高举独立自由的旗帜

抗战建国高举独立自由的旗帜

东进，东进！我们是铁的新四军！

东进，东进！我们是铁的新四军！

东进，东进！我们是铁的新四军！

□ 叶挺

囚 歌

为人进出的门紧锁着，
为狗爬出的洞敞开着，
一个声音高叫着：
——爬出来吧，给你自由！

我渴望自由，
但我深深地知道——
人的身躯怎能从狗洞子里爬出！

我希望有一天
地下的烈火，
将我连这活棺材一齐烧掉，
我应该在烈火与热血中得到永生！

江南风雨（二首）

雨过汀泗桥

—— 忆叶挺将军

车在风中闯，
窗外密雨罩，
这是哪儿？
汀泗桥！

心坎响声雷呵，
北伐烽火眼前烧；
将军的马蹄，
在我耳边敲！

望窗外，
马如白龙浪中跃，
旗像火焰风里飘；
马头贴着车头飞，

那战刀呵那战刀——
一片电光照！

 江 南

江南呵，
我没见过的亲娘！
我穿过你缀红缨的草鞋，
我戴过你画红星的斗笠；
我唱过你兴国的山歌，
我饮过你带血的乳浆！

革命从南方走来，
怀抱着整个北方：
洪湖女儿，
纵马跃漳河！
珠江男儿，
放歌在太行！

从江西政委的眼睛，
我见过井冈红旗舞！

从湖南旅长的战令，
我听过滔滔长江浪！

呵，江南！
谁说我没见过你？
我也是呵，
你亲生的子女！

□ 严
　阵

琴　泉

过路的同志请你停一停，
你来听一听这泉水的声音，
请你仔细地听一听呵，
这是一个战士在奏琴。

十多年前的一个冬天，
风雪扑打着重叠的群山，
新四军为了北上抗日，
就要离开亲爱的皖南。

部队里有一个音乐家，
同志们也许还记得起他，
他向皖南人民唱了一支别离歌，
便和战士们一起挥泪出发。

他的肩上背着一支枪，
他的手里提着一把琴，

沿着这条深深的山谷呵，
他的歌和战士们一起行进。

为了阻止我军北上抗日，
蒋匪发动了皖南事变，
当时激烈的战斗呵，
就展开在这峡谷中间。

他站在这泉边的岩石上，
为勇敢的战士拉起了小提琴，
敌人的枪弹在他耳边呼啸而过，
扫平了那一片密密的竹林。

他的琴声鼓舞着战士们，
冲上峡谷去把山头攻占，
正当山顶飘起红旗的时候，
他的头颅却中了敌人的枪弹。

他倒在这泉水边上，
汩汩的鲜血染红了他的琴弦，
他的琴滚落在泉下的深潭里，
英勇的进行曲只拉了一半……

敌人把这个音乐家杀害了，
但却永远不能把他和他的琴分开：
他那支没有奏完的进行曲，
正通过这泉声表达了出来。

过路的同志呵请你听一听，
这不是普通的泉水声音，
这是一个战士在奏进行曲，
他永远鼓舞你前进，前进！

张永枚

海的儿子

蹄声——滚雷，
子弹——雨点！
几百个日本鬼子，
追击一个游击队员！

游击队员，
身披破烂的布片，
迎风飘起如浓墨的烟，
袒露的胸膛，肋骨凸出，
涂着殷红的血斑，
胡须，一窝劲草，
长满岩石似的脸。

他的枪
——唯一的武器，
那最后的一颗子弹啊，
也已经嵌进敌人的心间。

游击队员！

跑啊，快跑！

钻进椰子林，

椰子树挥动着绿色的手臂，

着急地呼唤：

跑啊，快跑！

不要让敌人肮脏的刺刀，

玷污你英雄的血液！

跑啊，快跑！

跑过仙人掌，

仙人掌也在高喊：

跑啊，快跑！

我要用尖利的刺，

阻挡敌人的去路，

把他们的马掌刺穿！

跑啊，快跑！快！

啊！……

一座高峭的绝壁，

道路被切断！

绝壁下，

是大海，是青天！

云在奔腾，

浪在怒叫，
浪和云在一起追逐、回旋。

啊！
为什么没有一对翅膀，
像一只海燕？
为什么在海的胸膛上，
没有一张雪白的风帆？

"海南岛，
我的家园啊！
只见你无尽的血泪，
没见你欢乐过一天。
海南岛啊！
可惜我再不能为你复仇，
再不能为你作战……"

大海，
伸出浪的臂膀，
迎接游击队员：
"来吧，我的孩子！
只有我壮阔的胸膛，
才配做你安息的坟地，

只有我战斗的歌声，
才能使你安眠！"

游击队员！
平静，镇定，
像一片云彩，
从绝壁飘下海面！

鬼子赶到绝壁上，
战马倒退，
不敢上前：
"在哪里？到哪儿去了？
那赤色的游击队员？"

呀！
只见成阵的云朵，
乘着波涛的船
向绝壁冲击，
射出浪的子弹！
涛声在愤怒地回答：

"我是游击队员！
我是游击队员！"

□ 莫
耶

延安颂

夕阳辉耀着山头的塔影，
月色映照着河边的流萤，
春风吹遍了坦平的原野，
群山结成了坚固的围屏。
啊！延安！
你这庄严雄伟的古城，
到处传遍了抗战的歌声，
啊！延安！
你这庄严雄伟的古城，
热血在你胸中奔腾。

千万颗青年的心，
埋藏着对敌人的仇恨，
在山野田间长长的行列，
结成了坚固的阵线。
看群众已抬起了头，
看群众已扬起了手，
无数的人和无数的心，
发出了对敌人的怒吼，
士兵瞄准了枪口，
准备和敌人搏斗。

啊！延安！
你这庄严雄伟的城墙，
筑成坚固抗日的阵线，
你的名字将万古流芳，
在历史上灿烂辉煌。

柯仲平

火的森林火的花

——纪念毛主席在延安文艺座谈会上的讲话

开了山，开了洼，
我们拿着镢头把，
毛主席身边来坐下。
坐下，坐下，
镢头开的向阳山，
心头开的向阳花，
向着太阳向着他。

红五月开的延安文艺座谈会，
从月头开进月尾巴。
毛主席给我们讲，
打天下，破天荒的话；
他教导我们，
怎样做革命的作家艺术家。

宝塔山刻毛主席的话，

延河唱着去传达。
我们听毛主席的话，
背上包袱都撂下，
赤条条无牵挂，
群众心里把根扎；
为群众，
开不断破天荒的花。

我们听毛主席的话，
什么高峰都能爬，
什么海洋都能跨；
麻草鞋上打的两朵花，
走来闪闪放光华；
工农兵忙着破天荒，打天下，
我们送宝要送到手，
"雪里送炭"要送到家。
大炭原来是我们的身干，
小炭原来是我们的枝丫。
我们心里，
永远燃烧着毛主席的话；
我们永远是，
火的森林火的花。

延河颂

在我心中，延河，
哪一条河流像你这样明亮？
你流过革命圣地延安，
流过毛主席曾经居住的地方，
满河枣园的红霞，
满河窑洞的灯光……

在我心中，延河，
哪一条河流像你这样浩荡？
祖国的每一寸土地，
都汹涌着你的波浪，
你洗涤出一个新中国，
东方升起灿烂的太阳！

在我心中，延河，

哪一条河流像你这样宽广？

每一个中国人的心里，

都有你的浪花波光，

六亿五千万颗红心，

连成你的河床！

在我心中，延河，

哪一条河流像你这样源远流长？

你的源头二万五千里，

你的激流劈开群山奔向远方。

翻身道情

一

七只小麻雀躲在新绿的枣树枝上，叽喳喳地叫哩，
六串红辣子吊在窑崖沿沿儿上，噼噼啪啪地烧哩。
四贵娘就着五月的霞光，摇着纺车吱扭扭地转哩，
转着的纺车转进信天游，转出支怀春的酸曲曲哩。

四贵爹走西口丢下个四贵儿，满园子疯傻傻地跑哩，
红军早回来了，他爹咋还在外边浪着浪着不回转哩。
想着念着泪蛋蛋掉在了黄土地上，洇出个一朵花哩，
瞅着就像那崖畔上的山丹丹，愣是开遍了山崖崖哩。

"娘！娘！毛主席在枣园里说话哩，娘！娘！"
娘抬抬头，头上沾了棉花，白生生地好看哩。
四贵搂着娘嚷嚷："娘！娘！毛主席掐着个腰眼子，
对那些个戴玻璃镜的婆姨和一群八路说话哩……"

"说话就说话呗，谁还不说话？你嚷嚷个啥哩？"

"娘！娘！毛主席说文艺文艺的儿不知道啥叫个文艺哩，
你给儿说说啥叫个文艺，文艺叫个啥？"四贵娘停下
手中的纺车，用手捋一把刘海儿，叨念着那个文艺哩。

文艺是个啥，啥叫个文艺？四贵娘说不出个道道哩，
虽然这道道那道道，四贵娘知道不少的道道哩。
也有不少这道道那道道她不知道，但毛主席说的
这个文艺道道究竟是个啥道道，她要整个清清白白哩。

二

拽着四贵儿拐进枣林惊飞了叫嚷嚷的麻雀雀哩，
麻雀雀飞走了四贵娘拽着四贵儿拐进枣园子哩。
还有几折羊肠道子七拐八弯绕过去，就进了院围子哩，
院围子里坐满了人，毛主席还在那儿咽着唾沫渣子哩。

毛主席说"我的话就当作引子，大家下去讨论罢"，
接着散了会，四贵娘拽着四贵痴愣愣地傻站着哩。
那样子挺好笑，惹得叔叔阿姨问他俩有啥事儿哩，
四贵抢着说：俺娘领俺来问问毛主席啥叫个文艺哩。

啥叫个文艺？一群人吃了惊张口结舌不知从何说起哩，
毛主席听见了，走过来对他俩说："文艺嘛，就是唱歌，

扭秧歌、画小人儿、看那个皮影戏。"说完，毛主席
又问：明白了吗？四贵娘点点头，四贵儿扑闪着那个眼。

头对头，眼对眼，满坡的窑洞对着红日头哩，
日头升，日头降，受苦人的日子就有盼头哩。
窑前的伙伴叽喳喳，窑后的烟筒冒炊烟儿，
锅里不能没有油花花，过日子不能少了盐。

回到窑前四贵儿对小伙伴们把道理讲哩，
他掐着个腰眼子生生就像个小毛主席哩。
小毛主席说话不腰痛，小毛主席说话还挺神气哩：
"猜猜看，啥叫文艺，毛主席为啥要给咱讲文艺哩？"

二狗子眨着小眼睛，小英子拈着小辫子，
小兰子抠着手指头，小黑子摸着鞋帮子。
四贵说："猜不着了吧？告诉你们，文艺嘛，
就是唱歌、扭秧歌、画小人儿、看皮影戏！"

说得大家都拍手："我们会唱歌，我们会扭秧歌，
我们会画小人儿，我们最最爱看皮影戏。"
四贵说："毛主席让我们唱歌、扭秧歌！"
大家说："毛主席让我们画小人儿、看皮影戏！"

小兰子唱起了那个《兰花花》，

小英子和小芹扭起了大秧歌。

四贵、二狗在地上画小人儿，

小黑子就着阳光比画着学演皮影戏……

三

枣树上的麻雀雀叽喳喳地闹，

枣树下的娃们七上八下地跳。

四贵娘喜眉笑眼儿唱酸曲儿，

不留神儿，一男一女两个八路进了门儿。

文质彬彬一身爽利俩八路望着他们笑，

四贵娘忙禁声，脸蛋蛋红到了耳根根儿。

男八路说：孩子们玩吧玩吧，我们来随便看看，

女八路说：大姐唱得真好听，您接着唱接着唱。

娃儿们不知所措露着那碎牙牙笑，

四贵娘羞红了脸咬着那辫梢梢绞。

女八路指着身边的男八路介绍说：

"他叫马可，是作曲家专门搜集民歌的……"

四贵娘大着胆子问一声"啥叫个民歌"？

"民歌就是您刚才唱的，您刚才唱的就是民歌，

民歌能代表人民的心声，人民的心声就是民歌"，
叫马可的这一说，说得四贵娘甩开了辫梢梢。

她微微撇撇嘴，叼一句："酸曲曲儿也是民歌？"
女八路说："只要是从心底里唱出来的都是民歌。"
"民歌就是那人想人，人想人最最难，最最难张口"，
四贵娘说着又羞红了脸，脸上飞出了两朵山丹丹。

山丹丹开花红艳艳，大妹子想哥想得日头偏，
牵手手来亲口口，有情人最是那月难圆。
八路大姐说："嫂子您就唱吧，大胆地唱吧，
只要是心中的歌，一准感动人谁也不能嫌！"

四贵娘说："八路大姐八路大哥，你们别再臊俺了，
打死俺，俺也不唱了，再不唱那酸曲曲儿了！"
娃儿们围住了四贵娘和男女八路好奇地看，
小兰子说"俺会唱哩，毛主席说唱歌就是唱文艺哩"。

一句话说得男八路笑弯了腰，女八路笑得眼流泪，
四贵娘一把搂过小兰子，亲得孩子咯咯咯地笑。
四贵说："就是哩，娘，怕啥哩！毛主席都说了：
唱歌、画小人儿、扭秧歌、看皮影戏就是文艺。"

兰格英英的天上飘白云，白云白格生生的好，

一道道川来一座座岭，川川岭岭拱出绿苗苗。

小兰子大大方方地对八路叔叔阿姨说：

"毛主席让唱俺就唱，俺给叔叔阿姨唱段酸曲曲。"

四

小嘴嘴一张一支酸曲儿绕着弯儿地闪，

一闪一闪一支酸曲儿便满院子地颤。

颤悠悠的小曲儿含着那个情，

有情有谊是那地久天长的人儿。

"崖畔上的白牡丹白格生生刺人眼窝窝哩，

垴坎下的红牡丹红得那花瓣瓣儿流水水哩。

张家的那个大妹子哟浪得浪得那脚根根痒哩，

傍晚上那个串门子能串进月婆婆的心里去哩……

"红日头呀么白月亮，转呀么转圈圈儿，

白圈圈儿呀么红圈圈儿，圈得那人心寒。

三九天呀么下大雪，雪窝窝里头站，

一站站到那月西斜，斜到那天边边……

"天边边呀么有个哥，是俺的心上人，

心上人呀么去挣钱，衣裳要穿暖。
走路你要走大路，小路有土匪拦，
吃饭你要拣大碗，大碗能吃饱饭。

"到夜晚呀你要想想娘，娘的身边有个俺，
俺不嫌你家穷，不嫌你娘瘫，俺是你的心上人。
只要你心里装着个俺，俺再苦也心甜，
只要你心里念着个俺，俺再苦也心甘……"

七岁半的小兰子一嗓门儿唱到那日中天，
段段儿小曲儿唱出了情，唱得人心儿酸。
酸曲曲里边含着辛酸的泪，泪花花那个闪，
闪着泪花花的眼窝窝让人心生怜。

颤声声的话语，颤声声地说：
"毛主席最知咱百姓艰。"
四贵娘摇着纺车把话说：
"唱唱酸曲儿，也能把人心唱宽。"

五

四贵娘的话说得女八路落了泪蛋蛋，
四贵娘的话说得男八路背过清瘦脸。

人都说：百姓苦，百姓的日子最是艰，
酸曲曲儿来唱得好：人想人来最最难。

天上的麻雀雀有几千来有几万，
几千几万的麻雀雀都飞到那天边边。
天边边有星星，天边边有月亮，
天边边可有咱百姓的米和面？

为了米来为了面，一年忙个三百六十五天半，
忙得人背井离乡走西口，忙得人想人愁更愁。
现如今红军来了咱翻了身呀，有田有地有自由，
有欢有爱有福享呀，满肚肚的感激话倒也倒不完。

男八路说："俺搜集民歌就是为了写出新民歌。"
女八路说："俺来听民歌就是为了唱出新民歌。"
四贵娘说："不是俺要唱那酸曲曲儿，
是那酸曲曲儿含着那情来含着那爱。"

有情有爱天变短，有情有爱日月长，
男八路摸着小兰子的头，女八路摸着四贵的脸。
一圈圈儿大人小孩围着四贵娘坐，
扯起个酸曲曲儿说呀说得人心欢。

六

隔天隔日，隔不住盛开的山丹丹，

三天五天，天天都有那喜事儿传。

四贵他爹回来啦，身穿崭新的八路服，

背着二十响的盒子炮，手把那洋马牵。

四贵娘倚着那窑洞门笑，

四贵儿傻愣愣地直眨眼。

小兰小菊二狗子围着四贵的爹爹看，

看得四贵爹拧着四贵儿的小脸蛋儿。

左邻右舍的乡亲都跨进了门槛槛，

把院子圈了个密匝匝都来看新鲜。

人没回来人想人，人回来了又张不开嘴，

热眼眼望着热眼眼，数不尽梦见多少回。

千言万语在那喉咙口口排成了队，

一队队的话儿挤出四贵娘两行泪。

豆大的泪蛋蛋儿里蹦出男女俩八路，

齐齐地说：俺来献支民歌庆你归！

女八路唱：一道道山来一道道水，

男八路唱：咱中央红军到陕北……

四贵娘听得愣了神儿，四贵爹听得笑弯了眉，

一曲唱罢，忙问这是啥地方的歌咋就这么美。

女八路说：这是《翻身道情》咱陕北的新民歌，

男八路说：曲子是你四贵娘和小兰子做的媒。

女八路说：马可把你们唱的酸曲曲儿改编了。

男八路说：词儿还是咱们鲁艺的同学集体对。

一番话说得大家乐得眉眼眼里淌水水，

都说要学唱，马上就学唱，立即就学会。

男八路说：好啊，好啊，大家要学，我这就教，

女八路说：行啊，我唱一嘴，大家跟我学一嘴。

女八路唱：一道道山来一道道水，

乡亲们唱：一道道山来一道道水。

男八路唱：咱中央红军到陕北，

乡亲们唱：咱中央红军到陕北……

南泥湾窑洞

在南泥湾的山坡上，至今仍保留着
当年三五九旅战士开荒住过的窑洞。

走进这一排窑洞，
眼前闪现当年的情景——
革命曾在这里挥动镢头，
给旧社会挖掘坟茔。

看窑外，半壁山坡野花开，
仿佛开荒的歌声遍山岭；
看窑内，一铺土炕席未卷。
好像灶中余灰闪火星。

看见窑洞想昨天，
昨天的延安，四面雷雨八面风；
革命呵，多么需要窑洞。
窑洞啊，也养育了革命。

南泥湾，金盆湾，
革命的镢头撼地动。
自力更生，丰衣足食，
汗水谱写了南泥湾精神。

今天我们访窑洞，
窑洞盛满阶级情——
新长征的大路上呵，
镢头闪闪在心中！

□ 石英

宝塔山，登高一望

宝塔山登高一望：好大的雪！
覆盖了西安、北平、南京、重庆
但当暖阳在杨家岭东山升起
雪融后清晰地分出红绿灰黄

穿草鞋的人转了大半个中国
终于在中国贫瘠的一方土地落脚
选择是由于天时、地利、人和
人据地而起，地因人生辉

窑洞窗前移动着的一支毛笔
促成中国现实与未来的精彩对话
炊事班屋顶上的炊烟袅袅
与新华广播电台的天线并立十三年

延河水蒸熟的陕北小米
把革命养足了；然后东渡黄河
去收获一九四八、一九四九年
船工解开白头巾，张扬成鼓荡的风帆

□

李
季

难忘的春天

一

河水昼夜不息地奔流，
消失在遥远的海洋；
过去了的日子就像春天的绿叶，
一个一个都被遗忘。

我们只是忘不了那一年呵，
忘不了一九四七年的春天。
战火像致命的瘟疫包围着我们，
它要毁灭村庄，烧焦长着绿苗的山。

就像满山遍野扑来的毒虫，
它甚至不放过一个吃奶婴儿的生命。
想用我们的死亡延缓它的死亡，
快死的狼眼珠子都变得血一样红。

不必隐讳那时的艰难真情，
我们几乎是空着手投入了战争。
眼看着十年幸福生活一火烧尽，
就是一块石头，难道它不心痛！

那一夜，一颗火星把山村映红，
消息从这一张嘴里传到那一个耳朵中。
老头儿悄声警告儿子对谁也不能乱说，
而他自己却使全村人兴奋得一夜没有入梦。

像是久旱的干苗遇到了雨露，
严寒笼罩的沙漠上起了春风：
——咱们的党中央还在陕北，
他呀，昨天夜里来到了咱们村中！

他是谁？这还用问吗，
只有疯子、傻瓜才不知道他。
在我们村里，就是一个三岁小孩也知道，
他——他就是他呀！

立春后的禾苗，
一股劲地上长。

这些天，就连瞎子的眼里，
也发射着喜悦的光芒。

在这艰难的日子里，
他来到我们村里。
我们和他在一起，
这还不就是胜利！

二

世上有多少崇高的情感，
慈母的爱要比一切都更深沉。
可是，我们却感受过另一种爱，
它比母爱更要胜过十分。

恰像庄稼苗儿离不开土地，
我们和他脉搏连着脉搏，心连着心。
他不倦地关怀我们远胜过关怀自己，
为了我们今天也为了我们的后辈儿孙。

他了解我们的欢乐、痛苦，
就像熟悉自己的五个手指头。
所有的语言称呼他都不确切，

我们只能从心里边叫他是我们亲爱的领袖。

麦子熟了他派人帮我们收割，
他那匹青马给穷苦的兰兰家推过磨。
临离开我们村子的那天夜里，
他一遍又一遍嘱咐我们埋了粮食、埋了锅。

我们村里的担架队员在蟠龙牺牲了，
他像失去了自己的亲人同我们一起开会追悼。
他告诉我们不要害怕敌人，
他说敌人是一块豆腐咱们是一把刀。

不忍心说起他离开村子的那一天，
全村人噙着眼泪送到村边大路上。
他走后大人娃娃哪天不为他操心，
这几年，见了延安、北京来的人就问他健康。

自从经过了那个春天，
我们这穷山沟就变成了福川；
不是旧脑筋还在迷信风水命运，
现在谁不知道王家湾、小河、天赐湾。

忘不了他的模样和他说的每句话，
掐指头算着他走了十年啦。
就像是他昨天还在这里一样，
十年的时光还没有一天长。

那时候，他领导着我们打败了敌人，
现在我们又在他的号召下向自然作战。
凭着这高山小河我们敢于向他宣誓：
我们都是和他在一个锅灶上吃过饭的人，
我们一定能够建设一个社会主义的"三边"！

窑洞，与土地贴得最近

参加过万里长征，论资格也该是将军或司令；
而你，却安于在简陋的窑洞
把木炭烧得熊熊——
给铁锤镰刀淬火，
为旗帜锻造星辰……
窑洞，与土地贴得最近。
大地的血脉徐徐贯通；
如今一些物欲横流的角落，
诗句和荧屏疏远了你的身影；
但延安宝塔已为你塑像，
黄土地这本厚厚的教科书
镌刻着张思德这个火焰般的英名！
七月的炭火映红共和国大厦，
从窑洞中放飞的世纪，深情
眷恋着最初的火种，
这些用生命点燃的木炭
任何时候都炙烤得我们
热—血—沸—腾！

雄伟的礼赞

—— 瞻仰辽沈战役纪念馆

喘息了，一座历史的火山，
崛起了，一座时代的峰峦。
从"序言厅"到"全景馆"——
路漫漫，情漫漫……
穿过弹痕累累的史诗，
走向震惊中外的决战。

镶着花纹的地板，
远比交通壕平坦；
这里的每一寸宁静，
都铺着弹洞叠印的艰难；
画面再现地裂的燃烧，
展厅浓缩天崩的壮观。
勋章，以大理石的不朽

沉甸甸、光闪闪，

悬挂在金碧辉煌的展馆，

悬挂在中华民族

隆起的胸坎……

一个战役在这里引爆，

一个王朝在这里炸翻。

烈士不倒的身躯，

化作巍巍的北山；

先驱洁白的忠骨

撑起花岗岩雄伟的礼赞！

铜像，以冲锋的雄姿

向先驱告慰，向来者呼唤！

暴风鼓起战士的征衣，

大地回荡着进攻的呐喊！

万炮谱就的旋律，

久久地把历史震撼……

打铁的，铁打的

有关东固山渼陂籍中将梁兴初
两个别号的由来——

写下他的名字，我就听见从远处传来
密集的枪声，凄厉的厮杀声
如一股尿越迫越近
越迫越近，用什么也堵不回去
街坊们惊惶四起，纷纷关门闭户
唯有他依然不熄灭炉火
依然赤裸着胳膊
锤起锤落，在叮叮当当打铁

当一颗慌不择路的子弹撞进门来
咣当一声，落在他脚下
他拾起这一小块铁，这一小块
发烫的铁，会飞的铁
突然知道他手中的这把锤子

他铁砧上的下一块铁
该怎么打，该打成什么模样了

我不明白的是，这个身高一米八几的
打铁的，这个被手枪、步枪
长眼睛的狙击枪，被射击时如同咆哮的
马克西姆机关枪，当然还有
在上甘岭，被美国人动不动就一秃噜
一秃噜的汤姆冲锋枪
从各个方向，从各个时间的深处
移动着，反复瞄准的目标
当年他打铁，当年他在尿频尿急般的
枪声中，从容淡定，门户洞开
难道就是在等待一颗子弹的
突然造访和召唤？
而且他还长着两颗巨大的门牙
在未来的道路上，你说他是早就知道
有许许多多的苦难
许许多多的仇恨，和无边无际的
疼痛，需要他去狠狠地咀嚼？

是啊！战争是一枚多么坚硬的核桃，

如果你要把它嗑开

如果你要咔嚓一声，再咔嚓

一声，把它们一枚一枚地

咬个粉碎，从中取出人脑般的干果

那你是要长出黄金般的

稀缺之牙？钢铁般的锋利

之牙？还是岩石般的

亘古之牙？虽然我不知道他那两颗

大门牙，到底是用什么做成的

但我知道他那可不是两颗

平庸之牙，凡俗之牙

但我知道不管是铁打的，还是铜铸的

他一路遇上的核桃

都被他咔嚓、咔嚓咬碎了

七十年后，我来到他的故乡渼陂

来到他当年打过铁的街道

打过铁的铺子，寻访他的英名

但此刻已人去楼空

他用过的名字，也由打铁的
改为铁打的。一片土地都为他感到光荣
是的，是的，他参加过开国大典
是个战功赫赫的开国
战将。墙上写满的文字介绍说
在历史的天空下
他冲锋，他呐喊，他九死一生
所有的子弹遇上他
都哆嗦，战栗，突然改变了方向

我相信，从打铁的到铁打的
是一部书的善始善终，是一条奔腾不息
滔滔不绝的大河，从涓涓
溪流，历经九九八十一湾，九九
八十一难，终于走到了大海
这可不容易啊！因此这三个字的
排列组合，如同鬼斧神工
点石成金。如果你也想撬动它们
也想改变相互之间的
位置，除非能撬动三座大山

我这样理解人民

如果我漠视大地，拒绝做一粒卑微的
沙尘；如果我用自己的喉咙，发出
乌鸦的嘶叫；如果我飞扬跋扈，孤芳自赏
像飘雪一样健忘，那么我恳请你把我
删除！就像你在田野里删除一茎稗草
就像我在电脑中删除一个病句
多么细小纤弱的颗粒，多么庞大的
群体啊！当我看见大浪汹涌
把高土搬为平地；当我看见烈焰呼啸
把最坚硬的钢铁，熔为沸水
当我被悬在高处……这时我只能祈求做一棵草
祈求让风雨的暴力，把我打进森林

谁能倒提着头颅飞升地面？你说你
是一块金子，那你无疑是从他们中间
淘出来的；你说你是一座江山
那你也必定是用他们的躯体

堆筑而成；而假如你想在他们头顶
建立王座，他们力举千钧的双手
即刻间便能让你土崩瓦解，皇冠落地

是的。我就是这样理解人民的：他们
是一个名词，但更应该是一个动词
他们是一片海，深藏撼天动地的伟力
然后我要说：做他们的儿子吧！一生只偎依在
他们胸前。只有这样你才能明白
什么叫树大根深，什么叫坐怀不乱！

胡世宗

大　树

　　记当年塔山英雄团一营前沿阵地临时
指挥所附近的一棵大树。

那一仗打得真够残酷，
反扑的敌人如狼似虎，
我军只有一个班拼死坚守，
依仗着阵地旁这棵大树。

说来还真有点神奇的色彩，
枪弹飞来，大树总是挺身而出，
任凭打断它的血脉，洞穿它的肺腑，
它像无畏的盾牌把战士卫护……

今天，我站在这笔直的树干面前，
它满身的弹洞引我深深回顾，

用鲜血、用生命掩护战士，
人民群众好比这棵大树……

那大别山满头飞雪的老祖母，
一家一户集齐仅有的盐巴、红薯，
儿子因为上山被白狗子枪杀，
又派孙子上山送给自己的队伍；

那晋察冀稚气未脱的少年，
自告奋勇地给鬼子"带路"，
他极明白八路军叔叔的去处，
却舍身把鬼子引进埋雷的山谷；

那沂蒙山里年轻的媳妇，
面对痛苦的抉择毫不含糊，
匪徒面前，她一把搂住新四军伤员，
含泪的眼，看着敌人绑走她心爱的丈夫；

那祖祖辈辈长江上漂荡的船夫，
毅然给解放大军升帆摇橹，
为掩护站立船头的指挥员啊，
他挺身让流弹射进自己的胸脯……

啊！千疮百孔的大树！巍然挺立的大树！
人民群众永远是擎天大柱！
为了今天，他们曾怎样含辛茹苦，
英雄树啊，你教我回看了难忘的一幕！

温暖的棉袍

当年黑山人民为战士御寒，曾送来各种家做
衣物，其中有缝着一排纽襻儿的黑布棉袍……

穿上这件棉袍，
简直像个"乡巴佬"，
或者像小镇上的商贩……
怎么也联想不到"战士"的称号。

那个年代啊，战烟飘飘，
军民的心拧成一条，

人民愿双手捧献一切——
只要自己军队说声需要。

子弟兵伏在前线的堑壕，
刺骨的寒风如针似刀，
老乡送来了黑布棉袍，
深深的情谊像旺旺的火苗……

如今我们穿戴的军衣、军帽，
不再与群众打直接的交道，
军装，由国家统一发给，
你只须报一下几号、几号……

可是啊，我们该牢牢记住，
这同样是工农的汗水和辛劳。
正是他们武装了我们的一切，
从里到外，从头到脚！

每当领到崭新的棉军装，
我就想起那件黑布棉袍，
周身感到无比的温暖，
如同投入母亲的怀抱！

露宿的解放者

存照记载：1948年11月2日，我军攻克
沈阳后，不扰民宅，在街头露宿……

几十年，穿着草鞋进发，
几十年，打着绑腿冲杀，
踏平了多少雄关叠嶂，
跨越了多少险水危崖！

一路，炮火卷起春风；
一路，硝烟催开鲜花。
当人民战士最后夺取了城市，
即使是钢铁的腿脚也该疲乏。

人民哪，终于摆脱了重压，
对解放者的感激无法表达；
亲人哪，请进来歇一歇吧——
家家户户腾出了床，烧好了茶……

呵！星空，是缀满珍珠的天棚，
马路，是平坦而宽敞的床榻。
不必打扰了，大叔！大妈！
子弟兵撂下背包就是家！

敌人面前，是雄狮猛虎；
百姓眼中，是可亲的孩娃。
和人民一起品尝酸甜苦辣，
战功，永不是追求享受的砝码！

"踢倒山"

东北广大妇女当年为人民解放军赶制军鞋,取名"踢倒山"……

这名字,
取得真好!
"踢倒山",
——把山踢倒!

子弟兵南征北战,
一个脚印一张捷报,
张张捷报千万里飘,
怎忍心叫亲人打赤脚?!

东庄的大婶子、大妈,
西村的大妹子、大嫂,

年轻的，坐门槛儿，
年老的，坐炕梢儿……

有吵，有闹，
有说，有笑，
吵闹说笑中暗加劲儿，
锥子、钢针仿佛杀敌的刀！

厚厚的千层底，
密密的针脚，
真是心灵手又巧，
做的军鞋最"抗造"！

战士穿上这"踢倒山"，
从辽西直战到海南岛。
呵，有人民真诚的支持，
什么样的山不能踢倒?！

□
胡世宗

每一滴水都流向大海

请看辽沈大决战的武器弹药，
从二十响匣子到野战火炮，
加上屠宰房杀牛的短刀，
加上农民刨地的大镐……

当年群众拥军支前，
从无檐毡帽到长毛皮袄，
还有绣了字的鞋垫儿，
还有拌了糠的草料……

每一滴水都流向大海，
汇成不可阻挡的历史巨涛，
每一分热都发出光亮，
合成解放的太阳凌空而照！

为了焚毁蒋家王朝，
几万万把干柴在一起燃烧；
为了赢得光明的中国，
军队和老百姓扑向一个目标……

呵，人尽其才，物尽其用，
不论能力大小，贡献多少。
"四化"的明天多么美妙，
让我们携起手来共同创造！

□
石
英

挺进大别山（外二首）

决策
看似心血来潮
实是反复斟酌
从陕北到鲁西
从黄河西岸到黄河北岸
相隔千里　机要电报
特急而且加密——
一夜渡黄　挺进大别山区
撕碎蒋酋"重点进攻"的
美梦

羊山集——
一过黄河就碰上了硬骨头
陈再道一拍膝盖：我啃啦！
一个平原上的孟良崮
不亚于赵子龙的七进七出
在夺路南进的子弟兵面前

自负的"铁军"毕竟是"羊"
羊山在夕阳下坍倒了
声言"长碎"的中将并没有碎
还是做了战俘学校的新生

一路穿插　步步泥泞
颖河　涡河　淮河……
徒步串起了十多条河流
枪弹穿梭着姓氏不同的浪花
与鲜血换来的重武器忍痛告别
轻装将追兵甩在昨夜
凌晨又与"小诸葛"的亲军遭遇
刘司令员只下了一道命令：
两军相遇勇者胜！

于是——武汉、九江、南京
一霎时全都揪紧了神经
蒋家的心脏撞到真正的铁拳
委员长和夫人就在庐山别墅
他们知道：刘伯承和邓小平
就在长江北岸以望远镜望庐
不是欣赏"银河落九天"的飞瀑

而在展望即将显现的中国前景

无疑：当蒋宋乘坐的滑竿下山之后

再也不会有重新登山之时

塔山阻击战故地

这山包好静

静得噪蝉也嗓音哽咽

一坡玉米地托起纪念碑

碧海中一片不落的帆

地图上几乎找不到的地方

六十多年前却突然身价百倍

亿万双眼睛都被牵注这里

最难眠的要数蒋介石和毛泽东

两天两夜眼睛眨也不眨

在五万分之一的地图前

用焦虑与自信燃烧生命之烛

那边倾尽美援的全部钢铁

想把这个小山包掀翻

这边倒下上千名翻身农民

飘飞起上千张红色号外
号外披露——
钢铁掀翻了小山包
小山包却以飞溅的沙石
又掀翻了巨齿獠牙的三座大山

这就是一九四八年的历史
塔山对于来势汹汹的不速之客
断然拒发过境签证

这山包好静
成熟的玉米棒上朵朵红缨
就像干涸了的血迹
纪念碑是一片凝然的帆
已驶向生命的永恒

粟 裕

我知道这位将军的名字
还是在刚懂世事的时候
七战七捷在苏中
一块方圆几百里的地方
将军展开手法凌厉的切割
以我方极少的兵力　一而再
再而三地将成万的敌军收入
囊中　从来不打收条

对方那些将领们
什么王铁汉　李天霞　张灵甫
听名字就气势汹汹不可一世
还有武装到牙齿的美械装备
粟司令总是沉着应对　虽然
他并不认为笔挺的军服中
一概装的都是酒囊饭袋

但坚信依靠人民加上技高一筹
美式榴弹炮也会听命的掉转枪口

他从不醉心于对将帅的美称——
运筹于帷幄之中，决胜于千里之外
因为他没有那般讲究与势利
孟良崮，这个令许多人头痛的名字
当时他的指挥部就在一个石洞里
一二十里外就是短兵厮杀的火线
唯一的希望就是电话线别被打断
脑颅里残留的弹片不要在节骨眼上
发作！

就这样
一个小个子的军事巨人
一个没上过军校的指挥天才
战役越残酷　他的胃口越大
决胜淮海　他一口敢吃下几十万
却又很精细，看地图如棋局
打得利落又要避免失误减少伤亡
军事家和艺术家的完美终生
一种大写的天作之合

将军渡

一九四七年秋天，解放军反攻的时候，刘伯承将军带领大军从山东寿张县渡口渡黄河。是夜，大军上船，忽然风平浪静。从此，这一带人民称寿张渡口为"将军渡"。

山东大路千万条，
遍地红旗飘飘。
烟尘卷着马刀，
飞云掠过大炮，
转眼已过山河万座桥。

一轮红日西落，
已是茫茫夜色。
将军刘伯承，
飞马来到大渡口，
马在风中嘶叫，

风在浪涛上吼。
将军挥手，大军上船渡急流。

渡船千万艘，
将军站立在船头。
船头好似将军台，
浪涛滚滚涌上来。

暴风吹得刀枪呜呜响，
吹得马鬃飞扬。

渡船在旋转，
渡船在摇荡。

战士们在船上，
将军立身旁。
远望河对岸，
烽火燃烧大别山，
虎狼盘踞在山间。

啊，黄河，黄河，
快收起风波，
让我大军渡黄河。

浪涛在大军脚下伏倒，
暴风躲入云霄。
千万艘渡船过水面，
好像飞鸟穿云间，
人马跃进大别山。

□ 郭小川

将军三部曲（节选）

 月 下

一、散会以后

暮秋的夜呀，

月好明！

窗如霜染，

窗外传来喧闹声。

脚步震地响，

笑语回夜空。

穿过窗上小孔，

只见人影闪动。

一股活跃气息，

充溢军中。

大战前夕，

又透出一点轻松。

卧在床上，
难入梦，
思绪纷纭，
理不清。
根据地内外，
就要卷起骤雨狂风。
静静的乡村，
即将响彻战斗喧声。
现在会散了，
各路首长回了军营。
大战役的部署，
料已完成。

月悬天上，
也在沉思默想。
深夜呀，
一片安详！
穿过窗上小孔，
再向外望：
呵，将军住室外，
月满墙。
墙中间，

小窗儿灯光黄。
一个大人影，
在窗上来回摇晃。

夜沉沉，
星儿疲困，
秋风倦，
群山打盹。
将军呵，
何事又忧心？
大敌当前，
靠你统帅全军。
恶战将临，
你会百般劳顿。
睡几小时吧，
这决不算过分！

四天前，
情报忽传敌"扫荡"。
四天来，
将军日夜忙。
白日里，

会议频开，
电话响。
黑夜间，
默立地图前，
好似一尊雕像。
茶不饮，
饭不香，
四天四夜，
将军何曾入梦乡！

将军何曾入梦乡！
我又是焦急，
又不好声张。
有心去催问，
扰乱大事难承当。
不去催问吧，
怕他身体受损伤。
明月呀，
你高挂蓝天上，
为什么，为什么
不声不响？
忽然间，

将军一语透出窗：
"秘书，睡了吗？
嗯，来一趟！"

我整好衣装，
走进将军住室。
将军还在灯前，
走来走去。
紧皱双眉，
苦苦凝思。
年轻的译电员，
在小桌前默默站立。
将军忽然告诉他：
"发出吧，十万火急！"
译电员拿起电文，
悄悄走出屋去。

过了半晌，
将军又对我凝视：
"这个战役计划，
是否合乎实际？
对敌情我情，

分析得有没有问题？"

我愣住了。我说：

"我没有参加这个会议。"

将军也觉得好笑：

"我在问我自己。"

他敏捷地披上夹衣，

轻轻将灯吹熄：

"我请你

跟我一块赏月去！"

二、河边

走到庭院，

将军把双臂伸展，

面对明月，

舒适地打个哈欠。

四围寂静，

风不寒。

警卫班同志，

鼾声往外传。

将军说：

"不必叫警卫员！

他太累了，

咱们偷偷溜到小河边。"

村外有条小河，

离此不远，

翻过围墙，

穿过两座庭院，

就能出村，

到达河边。

当部队驻扎在这里，

（那是一个月之前）

我曾在小河里，

洗澡洗衣衫，

我说：

"还是走大路吧，

逾墙而过，

有点不太体面。"

将军摆摆手，

叫我噤声。

我们经过哨岗，

穿过胡同。

悄悄儿跳，

缓缓儿行。

不一会儿，

就听见流水淙淙。

这时，
月在中天，
笑脸相迎；
树枝抖擞，
似会宾朋。

将军身影，
在月光下飘。
脚步儿，
静悄悄。
兴头儿，
万丈高。
穿过树林，
一阵小跑。
箭一般，
到了河边。

停在河边，
将军岿然不动。
静静地看，
静静地听：
水波，

月影，

草舞，

虫鸣，

蛙叫，

涛声。

将军说：

"你觉得吗？

河水也有心灵。"

将军长出一口气，

在岸边走动。

旋转着头，

观看四围风景：

巨石，

树丛，

落叶，

流萤，

小路，

清风。

将军说：

"你瞧呀，

一切都有生命。"

将军"呵"了一声，

大有感触，

看那河水下游，

展开庄严画幅：

谷堆，

窝铺，

场院，

高树，

人家，

大路。

将军说：

"你想过没有？

生活该有多么丰富！"

将军有些倦了，

弓身坐在河边。

仰起头，

把高空饱看：

明月，

青天，

繁星，

大山，

银河，

云烟。

将军说：

"想想吧，

世界多么久远！"

好一会儿，

将军不再出言。

仿佛有心事，

压在胸间。

可是他面无愁容，

眉儿舒展。

在月光下，

眼睛一闪一闪。

我正要发问，

他又含笑望长天：

"风光多美，

月亮多好看，

夜多静，

空气多新鲜！"

我答不上话，

心儿激动。
这时，
秋风扑面，
河水喧声。
将军屏住呼吸，
抬头凝望，
低头吟咏。
忽然向我说：
"真是良辰美景！
写一首吧，
这还唤不起诗情？"

我窘住了，
苦思不解。
当我在学生时代，
确也曾乘月夜，
对清风，
把感伤之情发泄。
自从投笔从军，
我力求与战斗生活相调协，
几乎一年了，
我不曾书写诗句。

我说：

"我已经是战士了，

绝不会再吟风弄月。"

将军的锋利目光，

向我直逼：

"我不懂，

什么道理？"

我说：

"月光多么忧郁！"

将军说：

"你有什么根据？"

我说：

"古代很多诗人，

都把月光，

写得惨惨凄凄。"

将军笑笑，

头略略摆动，

七分抚爱，

三分嘲弄：

"同志，

时代已大不同。

你的情绪太陈腐了，
真是一介书生。
最好的战士，
才有最高的意境。
月亮是我们的，
月亮与战士的心
相辉映……"

三、草地上

不知是我的无知，
使将军扫兴，
还是他身子疲倦，
难以支撑？
他躺在河滩上，
面对晴空。
默默望着，
不再作声。
我说：
"回去吧，
小心受风。
你该休息休息了，
天已快明！"

他站起来，
笑意蒙眬。
举起步，
走向归程。
离开几丈远，
又停一停。
回头看河水，
河水留在夜雾中。
举首望苍天，
苍天有倦容。
月儿送别，
客人不回应。
秋风拂拂，
吹不去眷恋之情。
将军的雅兴，
使我惊奇。
就是铁人吧，
也会力尽筋疲。
石头都睡啦，
只有你不知休息。
大战迫在眉睫，
这样未免不合时宜。

我说：

"我真不懂，

今夜有这么好兴致！

这是战争呵，

不像和平时期！"

将军笑了，

拍拍我的肩头：

"战争胜利了，

恐怕一点闲空也没有。

在现在，

我也极少有这样的时候。

你大概累了，

咱们快点走！"

他加快脚步，

拉住我的手。

我们到树林旁，

跳过小河沟，

在一块草地上，

他忽又停留。

直直地望着我，

有话儿要说出口。

将军说：

"你刚才讲，

你不了解我这股豪兴。

老实说，

我自己也不大懂。

我是放牛的出身，

自小就走夜路，

浴寒风；

这明月，

这山村，

对于我有特殊感情。

二十年来，

闹革命，

多半在夜间行动。

夜行军里，

夜战之中，

我也常欣赏夜间风景。"

将军的语调，

那么柔和！

如同微风絮语，

河水扬波。

我几乎忘了：

他那粗犷神态，

刚强性格。

也想不起：

他那虎将雄姿，

杀敌怒火。

只感到：

一颗巨大的心在跳，

一股诗情在闪烁。

这时节，

清风徐徐，

吹我头上发，

撩他身上衣。

落叶片片，

搅动了月色，

砸破了沉寂。

我们相对而立，

久久没有话语。

我想着想着，

不由得说了几句：

"多么矛盾呵，

人可以有两重气质：
又粗野，
又仔细。"

将军惊动了，
眼光闪闪：
"嗯，是的，
不，不能这样看。
当我们看见：
灿烂风光，
和平田园，
谁不感到：
生活美好，
前途无限！
正是这样，
我们才拼性命，
为和平而战。
伟大的爱，
变成了英雄虎胆。"

将军的话，
多么深沉，

好像那无际天空，

无边星云。

我仿佛看见：

他那睿智的头脑，

透明的心；

我又一次接触到，

他那崇高的思想，

纯净的灵魂。

我深深信服了，

这个真正的战士，

这个平凡而伟大的人。

这时节，

月儿垂向西。

将军影儿长，

我的影儿细。

远处雄鸡啼，

我们在草地上，

走来又走去。

我想着想着，

又有点怀疑：

"情况这样紧，

还有这种闲情逸致！
你这样深夜出游，
会不会误了大事？"

将军沉思片刻，
睁大明晃晃的眼睛：
"这是闲情逸致吗？
恐怕不一定。
是呵，
这次任务绝不轻松。
你说得对，
情况紧急，
困难重重；
可是
我怎能手忙脚乱，
忧心忡忡！"

将军走了两步，
凝望着夜空：
"我羡慕那些精壮农民，
几百斤担子，
挑起来那么轻！

我爱那海上轮船，

载万吨货物，

开起来快如风。

作为司令员兼政治委员，

我怕失去清醒。"

将军话没说完，

忽听见脚步声声，

在树林那面，

一个黑影在飞动。……

四、将军和战士

呵，这个人影，

像箭一般飞动。

忽然在一棵树后，

大喝一声：

"什么人？

口令。"

将军命令我：

"慢点回应！"

他拉着我手，

闪进树影中。

这时对方逼近我们，

发出清脆的叫喊：

"不许动！"

看见他的草绿色军服，

将军才稳重地回答：

"英雄！"

将军悄悄说道：

"真不含糊！

又勇敢，

又迅速！"

我们也镇定如常，

大大方方走我们的路。

战士却仔细打量，

感到突兀。

厉声问道：

"有什么任务？"

将军说：

"我们散散步。"

战士更吃惊了：

"多佩服！

半夜三更，

不怕老虎？"

将军风骚，

战士也风骚。

这个答问，

真叫我好笑。

将军说：

"老虎睡了！"

战士说：

"不，老虎还在乱跑。"

将军说：

"我们开完会，

精神有点疲劳。

你看看，

月亮多好！"

战士生气了：

"说得真妙！

既然疲劳啦，

为什么不睡觉？"

将军笑了，

半晌说不出话。

我只好抢上去，

大声回答：

“好，
我们就回去睡啦！”
战士嘲笑道：
“太平天下，
少睡两夜，
算个啥！”

他口气又缓和下来：
“问题本来不大，
你们只要说出实情，
可以不必处罚。”

将军扯扯我衣角，
悄声把口开：
“这个策略，
真不坏，
他想在这儿
让我们坦白。”
又郑重地对战士道：
“我们说得实实在在，
老革命啦，
决不开小差！”

战士更恼怒了：

"不要耍赖！

你们两个，

把手举起来！"

事情真糟，

再也不能迟延。

我说：

"他是司令员兼政治委员！

你不认得吗？

好好看看。"

战士似信非信，

疾步上前，

对着将军，

打量一番。

他说：

"我原来是民兵，

到部队没几天。"

我说：

"不要怀疑，

我们刚开完会，

出来不到半小时。"

将军纠正我说：
"不，要诚实！
总有一个钟头了，
也没有和老虎遭遇。"

战士也不让人：
"没有问题，
你是司令员嘛，
老虎见了也不敢吃。"
将军爽朗地笑了，
笑而不语。
战士说：
"司令员同志，
请回去吧，
我送你到司令部去！"

月迈山崖，
远处茫茫如海。
天色渐暗，
星星无精打采。
我们三人，
列成一排。

顺着大路，

走回村来。

将军呵，

还是豪兴满怀。

看看战士，

十分怜爱。

看看月色，

依旧热情澎湃。

走进村口，

过了哨棚。

将军走得更慢，

脚步轻轻。

有时屏住气，

生怕把战士惹醒。

有时小声咳嗽两下，

唯恐让群众担惊。

逼近司令部，

又转身仰望天空。

举起双臂，

挺直了胸。

这一夜呀，

将军大概尽了豪兴！

到了司令部门前，
战士把沉默打断。
他怯怯地说：
"司令员，我可不可以
给你提点意见？"
将军打趣地说：
"我早就等你审判。
批评吧！
一定要严。"
将军望着战士，
拍着他的右肩。

战士说：
"你是领导同志，
当然知道：
现在形势紧急。
你任务重大，
应当保重身体。
为什么不抓紧时间，
好好休息？"
我插嘴说：
"对，咱们意见一致。"

将军说：

"对，原谅我这一次。

下次再犯，

应该坐禁闭。"

战士立正，

转过身背。

正要走开，

又转回：

"你半夜出村，

这也不对。

在村边走动，

知道你是谁！

万一不谨慎，

就闹个误会。

我走啦，

请你好好睡一睡！

队伍再好，

也得有漂亮的指挥。"

战士说罢，

敬礼而退。

将军望着战士身影，
默默在风前站立。
我唤将军，
将军不理。
我说：
"这个小小插曲，
会不会扫了兴致？"
将军摇头，
似乎生了气：
"年轻人哪，
你多么迂！
应该懂得，
这也是真正的诗！
大地充满生机，
军中长了斗志。
多美的月光，
多好的战士！"

五、一封电报

月光呀，
白银一样在窗上嵌。
夜风呀，

吹得窗纸儿颤。
我走回房，
倒在床上，
还是不能成眠。
河水流，
河水响，
河水流响在我眼前。
将军的话，
战士的话，
声声震动我心田。

想起将军，
又为将军担心。
月将落，
夜将尽，
将军该已睡稳？
鸡叫连声，
鸟儿出动，
将军可已好梦沉沉？
军中事，
何等艰辛！
根根白发，

已上将军鬓。

穿过窗上小孔，
又向外望。
唉唉！
将军窗口，
还有灯光。
呀呀！
他的大影子，
还在窗上摇晃。
将军呵，
这就未免过分狂放！
半夜散步，
该已满足出游欲望。
战士的批评，
转眼又遗忘！

我着急，
我难过，
再也不能容忍。
穿上衣，
一阵跑，

撞开将军的门。
将军正在灯前，
一面踱步，
一面低吟。
见了我，
他挥起手，
居然来个先发制人：
"还不睡觉？
你真有精神！"

我说：
"多有意思！
想想吧，
你自己呢……"
将军笑了，
他早已会意。
他说：
"我怎能忘了大事。
你等一等，
只有最后几句。"
灯光下，
有一叠纸。

排列行行，

好像一首诗。

开头是："一零一、一零二首长："

旁边写着："十万火急！"

将军伏在桌上，

把最后几句写好。

然后递给我，

庄重地说道：

"你看看吧，

这是一封电报。

改得很乱，

给我抄一抄。

把它发出去，

我就睡觉。"

我坐在椅上，

细细儿瞧。

小小笔头，

在纸上跳。

"战役计划，

方才上报。

三天讨论，
高见不少。

"日夜苦思，
唯恐有失，
再三审核，
已不怀疑。

"敌虽强大，
敢于蔑视，
具体部署，
岂可轻敌！

"顺告首长，
我尚清醒。
党所付托，
敢不珍重？

"军队无双，
只看指挥。
勇气有余，
更需智慧。

"全军上下，
斗志昂扬。
天上人间，
充满月光。"

抄写既毕，
信心百倍。
将军豪情，
沁我心脾。
战士胸怀，
何等高贵！
将军电文，
别有风味。
我呼将军，
将军不答对。
回头看将军：
呀呀，将军已入睡！
呵，
睡得多么美！

匀称的呼吸，
有如音乐，

舒展的面孔，

并不显得老。

睡得这样甜，

我怎能把他惊扰！

轻轻拉开被，

盖上他的身腰。

悄悄到桌前，

把灯儿吹掉。

忽然间，

月光扑上窗，

轻纱把将军罩。

莫耽搁，

快到机要室，

发出这封电报。

我走出门，

向天边凝望。

月儿西沉，

光辉仍把世界照亮。

朗朗的山，

朗朗的村庄，

人间穿上盛装。

风儿飒飒，

吹薄了夜的幕帐。

夜有尽头，

夜不长，

大阳即将起床。

将军睡了，

一切都很安详。

敌人你来吧！

我们已准备停当，

狂风呵，

暴雨呵，

让我们较量较量！

枪呵，

马呵，

张开坚强的翅膀！

这片大地上，

升起的将是万丈曙光。

钟山风雨起苍黄，百万雄师过大江。虎踞龙盘今胜昔，天翻地覆慨而慷。宜将剩勇追穷寇，不可沽名学霸王。天若有情天亦老，人间正道是沧桑。

七律·人民解放军占领南京

钟山风雨起苍黄，百万雄师过大江。

虎踞龙盘今胜昔，天翻地覆慨而慷。

宜将剩勇追穷寇，不可沽名学霸王。

天若有情天亦老，人间正道是沧桑。

（一九四九年四月）

扬旗赋

洗马长江，
大军喝了誓师酒。
为人民请命，
为天下分忧，
甘心用血写春秋！

夜半三更，
一片红旗天上走，
万点白帆开绣球。
潮迎人面起，
喝彩看飞舟，
刺刀如水向东流。

电光一闪惊雷吼，
忽见扬中奔火牛！
捷报冲登新、老洲！
来不及拍手，

不允许停留！
照明弹发舞红绸，
"水漫金山"要到头！

要到头，
要到头，
解放南京报大仇！
雨花台上祭烈士，
荒草丛边救莫愁，
激励雄师上鼓楼！

□ 易仁寰

背负着一个民族的日出

——写给为共和国诞生而献身的战士

烽火中走来一支年轻的队伍，
步枪高过头顶，弹袋挂在腰间；
肥大的军装裹着雄心，
要让小小的地球重新回炉。

硝烟中走来一支人民的队伍，
穿的是补丁衣，睡的是稻草铺；
帮着乡亲扫地挑水，
打得蒋军哀哉呜呼！

黑暗，在你冲锋时倒下，
黎明，在你倒下时复苏；
战士的血管奔流出共和国
　　诞生的音符！

当旧世界的断壁
在黎明前轰然塌下，
共和国大厦之柱
便耸起你坚忍的脊骨；
时光不会锈蚀你的铁质，
铮铮作响，托起一个民族的重负！

走进陵园，走进历史，
想对你唱，想对你哭；
半个世纪前你们血沃热土，
而今天的风景你们却未能驻足；
五十年变迁，种子与信念
　　都已经成熟；
走得太急了，你们还没来得及
　　接受一杯开水、一声祝福！

□ 易仁寰

为了二十八响发射

好一个炮兵之神——
你用伸长的铁拳
把"剿总"的乌龟壳捣毁。
把范汉杰的"钢铁防线"深翻三尺，
上千门美式大炮
顷刻间成了哑巴；
你以人民炮兵司令的名义，
取消了十万蒋军的发言权！
朱瑞——比大炮更响亮的威名，
就这样卷起钢铁的旋风，
指挥那震天撼地的交响，
挥手间，从炮筒
　　　射出一个民族的吼声！
共和国准备把几颗金星
　　放在你的肩上，
感谢你把千万吨火光注入灿灿的红星；
天安门观礼台早给你留出一席

为了二十八响发射

你集合了千百个炮群……

你终未能出席开国大典，

你指挥过的炮群，代表你

发射了四亿五千万个欢腾，

而且，从此我们的礼炮

总向着鲜花和微笑延伸……

诗人毛泽东

聚八万里豪情
积五千年心声
在历史的马背上
风雨行吟——
挥手间，勾掉三座大山
如删除几个病句
铺开白茫茫华夏之梦
填一首红装素裹《沁园春》
……

蘸着赤水，蘸着延河
你的诗情巨浪排空
握住六盘，握住五岭
你的诗笔恢宏凝重
精心构思，你用
井冈山的石头补天
还用浓重的湖南口音
在世纪的舞台，吟诵

一个警句——

那震天撼地的诗韵

叩响公元一千九百四十九年

十月的晨钟……

江河云：土地要接近天空

于是山脉高耸

而你说：高峰要钟情大地

于是群山鞠躬

你把人生的制高点升华为诗

根植于民心和大地的深层

于是"横空出世

莽昆仑……"

请看这幅照片

——《露宿街头》

同志呵，请看这幅照片，
它记载下珍贵的历史画面——
在灯红酒绿的南京路上
在纸醉金迷的高楼下边
风尘仆仆的战士头枕钢枪
露宿在上海街头的水泥路面……

透过这深邃的镜头
我们的思绪追溯到很远很远……
耳边又响起进攻的隆隆炮声，
眼前又升起战斗的滚滚硝烟。

那是一九四九年的春天，

部队进驻"冒险家的乐园"，

红旗插上外滩的摩天楼顶，

  刚刚解放的上海街头锣鼓喧天……

这些开国的功臣

那样质朴，那样腼腆——

肩上没有金星，只有补丁，

胸前没有勋章，只有信念。

他们没有在捧场声中沉醉，

而是戎装未卸，把胜利当作起点；

他们没有在功劳簿上营建安乐窝，

而是秋毫无犯，把人民记在心间；

他们没有在艰苦卓绝的进攻中疲倦，

而是把宿营地当作冲锋出发地的前沿，

糖弹穿不透

  沾满征尘的军衣，

铜臭锈不了

  寒光闪闪的刀尖！

十里洋场，露宿着胜利的雄师，

洋场十里，发表着无声的宣言！

今天，照片上的现实
已发生历史的变迁，
也许有的人已成为历史，
也许有的人身为要员；
席梦思无须枕着钢枪，
但愿枕着这深沉的思念——
　　伴你入眠，
　　　　让你失眠……

呵，这岂止是一幅普通的照片？
它是扭转乾坤的战斗画卷；
　　　　这岂止是一段历史的缩影，
　　　　它展现出无限广阔的时间和
　　　　空间——
　　　　"南京路"上的攻坚从来没有停息，
历史要我们填写出新的答卷——
问昨天的英雄：
敢不敢在今天
用胸膛堵住喷射糖弹的枪眼？
问当代的公仆：
能不能用廉政绘就
《露宿街头》的历史新篇……

□ 康桥

汉白玉雕塑

黑土之上
白色的闪电

谁　以这样的雄伟之姿
在祖国的中心
高高站立

血的头颅仰望太阳

三年以来
三十年以来
一千八百四十年以来
……

不朽的战士
争取民族独立争取自由幸福

他们满腔的烈火

他们大地之上滚动的头颅

血光深处

我要喊出一个又一个死难的烈士

喊出为了祖国光辉灿烂的今天

用自己的血肉之躯

堵上敌人枪眼的黄继光

喊出舍身炸碉堡的董存瑞

喊出邱少云

喊出一个个我们不知道名字的先烈

虎门禁烟

金田起义

武昌起义

五四运动

五卅运动

南昌起义

抗日游击战

胜利渡长江

人民解放战争

人民革命

……

历史的浮雕

透过风云　透过血火

五十六个民族兄弟

远远地看到它的光辉

把英雄的骨头用黄土埋好

稻谷淹没的土地

悸动着血的灵魂

让死难的灵魂

看见我们幸福的今天

听祖国的一首首颂歌

岁月厚积的土地
我相信：一片草叶一朵鲜花
都是灵魂的再造
一棵松树和它脚下的岩石
大海和天空运转的星星
······
而头颅
黑土之上白色的闪电
血染的五星红旗与太阳一同升起

大自然的旋律
和谐而漫长
让种子向着生命释放
肥沃的土地
生机勃勃的力量
我们的祖国繁荣昌盛

当历史的时钟悠悠回响
让我们齐声歌唱我们伟大的祖国
祖国　在我喊出你神圣的名字之前
让我回顾你饱经风霜的苦难
之后含泪而歌

血泊托起的纪念

五十六个兄弟

踏着血歌

一代又一代

头颅向着太阳

向着黑土之上白色的闪电

祖国　英雄的祖国

让我一遍又一遍歌唱

更重要的我要肃穆

要静立与倾听

一如我既往的赞美……

□ 公木

中国人民解放军军歌

向前向前向前!
我们的队伍向太阳,
脚踏着祖国的大地,
背负着民族的希望,
我们是一支不可战胜的力量。
我们是工农的子弟,
我们是人民的武装,
从无畏惧,绝不屈服,英勇战斗,
直到把反动派消灭干净,
毛泽东的旗帜高高飘扬。
听!风在呼啸军号响,
听!革命歌声多嘹亮!
同志们整齐步伐奔向解放的战场,
同志们整齐步伐奔赴祖国的边疆,
向前!向前!我们的队伍向太阳,
向最后的胜利,向全国的解放!

□ 周良沛

沿着怒江

大江奔来，滔滔不尽，
兵马浩荡，扬卷征尘，
我们直奔边境，
沿着怒江前进！

江天浩渺，一江春水，
催壮了两岸禾苗，灌绿了竹林，
我饮的水在大江里舀，
怒江，你和我多亲！

夜行，月如洗，水如月明，
勒马，恍惚马还飞蹄急行，
云飞月奔，急流涌进，
卷流满天星月东奔⋯⋯

浊浪滔天，惊涛击岸，
卷激得马队勒不住缰绳。

扬鞭，大江恍惚倒流，
飞马，激浪如卷征尘！

涛声犹如战鼓，
为催战、壮行擂鸣；
心音正是豪壮的进军号，
卷激得巨浪滚滚。

浪击浪，明夜哨前用它发电照明，
怒江浪，日夜流过战士的心。
百折不回的大江浩浩东流，
犹如我们大进军……

周良沛

云雾中行进

仿佛溪水在山箐急湍地流淌，
抛下一串铃声沿途回响。
山路的坎坷，雨天的泥泞，
颠响了马铃，颠哑了铃铛。

山连山，雾茫茫，
前行，只像溪水在山箐流淌。
云里行，雾里穿，
我们在边境护送马帮。

天上，地上，雾升雾降，
如同海潮卷来浊浪。
蒙蒙的细屑，清凉清凉，
云海如棉田、雪峰、梨花怒放。

雾，阳光，色彩银亮，
绘下多少诗情的画图。

清凉的水气，香醇的浸润，
干渴时给我杯杯美酒。

点点星星，朵朵白花似的水雾，
山谷、林丛，给它弥实了一切隙空。
壮丽的山河、宽广的天地、战士的心胸，
融合为浑实的圆球……

崇山峻岭，封云，
浩浩大江，锁雾，
前面的道路还很长很长，
又给山雾剪断在这幽谷。

哦，雾啊，雾啊，
哪是我们的终途？
浩浩渺渺，是土地无垠？
迷迷蒙蒙，是隐蔽谜似的险阻？

长长的道路，望得很远很远，
无垠的疆土，走宽了我的心胸。
每步每寸都丈量对祖国的深情，
艰辛的征途，是战士的路。

我们撞着云雾走，
山巅上，回头看看抛下的雾谷，
原来太阳照得它像绿锦，
云雾只像鳞片在山间飘浮……

云雾向后移动，
我们迈步向前，
山下的人见我浮在云上，
我见前列飞上了天。

赶鞭催急了蹄声，
山路坎坷泥泞，
山里人连夜持着火把，
迎接自己的子弟兵。

□ 周良沛

给一个武工组长

他死了，死在佧瓦山，
死在一个寂静无声的早上。
如今他躺在佧瓦山顶，
仿佛仍然在山上瞭望。

他死了吗？真死了吗？
可是人们像盼着迟归的儿子，
从一个黄昏到另一个早上，
半夜也等着他叩门的声响！

他死了吗？真死了吗？
有人说曾亲眼见到他，
像一阵光似的闪一下又躲起来了。
像当他和孩子捉迷藏一样！

他死了吗？真死了吗？
在风暴来到边寨的晚上，

有人听见他的脚步声，
仍然是他巡逻走过村庄。

他死了吗？真死了吗？
武工队员在等他常走在寨口上，
仿佛他开了会这时会回来，
还候着他带来的好消息一样！

他死了吗？真死了吗？
你没见拉祜人的宴席上，
在席上摆着一双没人用的筷子，
大家知道那里该坐武工组长！

他死了吗？真死了吗？
你没见佧瓦人有要事商量，
总习惯地在客房里，
叫唤我们武工组长。

他死了吗？真死了吗？
仿佛他踏上新的征途，
当夜风吹得武工队的草房簌簌响，
队员们都默祝他一路平安！

他死了吗？真死了吗？
你看多少人在他坟上凝望，
仿佛这样能将他望醒，
又怕将他惊醒一样。

他死了吗？真死了吗？
不，人们说他不会死！
都说他就是今天的武工组长，
仍然住在我们寨上！

他春天仍然帮大家播种，
也是武工组的青年的小组长；
甚至那副腼腆的样子，
都和那个死去的相像……

□ 白桦

金沙江的怀念（外一首）

一朵金色的云，
落在银色的雪山顶，
素馨兰在凤尾竹下眨小眼，
英格花在虎尾松上笑吟吟，
——是雪山开始融化的春天啊！
金沙江两岸的人民怀念着一位可亲的将军。

十八年前的今天，
将军率领十万红军，
战士水壶里还装着湘江的水，
将军手里还握着武陵山的竹根；
抢渡金沙江，
踏烂了川军。

将军的马饮过金沙江的水，
将军的刀尝过敌人的血腥，

将军的手抚摸过摩西孩子的毛头，
将军的胡子亲过藏族娃娃的脸颊，
将军的笑声在雪山上回荡，
将军的手臂指挥着红色战士前进。

从将军嘴里我们第一次听到毛泽东，
——就是这个光荣的名字号召着红军！
将军说毛泽东是各民族伟大的领袖，
是他说过："中国各民族一律平等！"
人世间还会有平等吗？
将军的诚恳使我们坚信！

鸡叫头遍，
将军把最后一杯酥油茶喝干，
将军跨马扬鞭去了，
金沙江失去了一座最威严的雪山……
金沙江照旧地流，
敌人的刀又搁在我们的肩头——

鲜血染红了白雪，
尸体塞满了冰窟……

摩西孩子慢慢大了，
懂得了仇；
藏族娃娃渐渐高了，
知道了恨！

五年前的今天，
金沙江两岸的青年结成了队伍。
青年们在金沙江上宣誓，
面对着红军抢渡的崖头：
我们是红军的儿子！
我们走的是红军的路！

青年们像当年的红军一样，
只会向前不会退后，
用敌人的枪射击敌人的心，
用敌人的刀劈向敌人的头，
这是红军给我们的力量，
这是红军给我们指出的血路。

四年前的今天，
将军的红军又回到了雪山，
亲人们在敌人的血泊中重逢，

亲人们在金沙江上又见面，
亲人们在一起犁开冰冻的土地，
亲人们在一起重建了倒塌的家园。

将军啊！
你该再来看看，
今天的金沙江，
今天的雪山，
今天的摩西孩子，
今天的藏族儿郎。

你会站在江边摸着胡子感叹：
"变了！不像当年。"
当年的孩子做了人民的县长，
当年的娃娃当了百姓的专员，
当年战马跃过的雪山险道正飞跑着汽车，
当年红军饮马的溪水正在为我们发电。

将军啊！
你该再来听听，
今天的流水声，

今天的雪化声，

今天的牧场上摩西姑娘不停地唱歌，

今天的木板房里是藏族少年一片读书声。

来金沙江做客吧，

我们的将军！

我们绝不把你真的当客，

你应该是金沙江的主人，

我们将不是用碗来请你吃酒，

我们要用牛皮口袋和你对饮！

一朵金色的云，

落在银色的雪山顶，

素馨兰在凤尾竹下眨小眼，

英格花在虎尾松上笑吟吟，

——是雪山开始融化的春天啊！

金沙江两岸的人民怀念着一位可亲的将军……

一棵仙人掌

在金沙江铁青的岩壁上，
有一棵巨大的仙人掌在劲风中屹立，
它已经生长了整整十八年，
这并不是偶然的奇迹——

一个红军战士在弹雨中倒下了，
那时就是仙人掌诞生的前夕，
浩荡的铁流，用坚定的步伐
举行了战友的葬礼。

贺龙将军在战友身上撒下第一把土，
一棵仙人掌的种子也埋在春天的泥土里，
从它出土的那一天
它的刺就是那样锐利。

人们都说它是战士的化身，
它象征着忠诚的无产者的灵魂，
它陪伴着贺龙将军的战友，
和烈士同在人们心目中永生。

它经历了十八个风雪的严冬，
它经历了六千多个峻岭上的黎明，
它遇见过许多只敌意的手，
它也遇见过无数双兄弟般的眼睛。

在一些静悄悄的夜里，
它听见过无数淘金夫沉重的呻吟，
它愤怒地生长着，
伸出它周身的钢针。

今天在这里，
请允许红军的亲弟弟

——一个解放军士兵，

向我的亲哥哥虔诚地致敬。

我虽然没见过您的面貌，

也献上一束云南的碧桃和西康的山茶；

我知道您在生命的最后一秒钟，

还在为祖国和阶级的命运厮杀。

您走了中国革命最艰难的路，

您曾向党的最高目的地出发，

您击毙的不只是几十个夹道上的敌人，

您打开了阻挡铁流的大闸。

我最亲的亲人，

您一定会觉得您的身边空前安静；

今天所有经过您身旁的人，

都跳动着一颗崇敬的心。

安息吧！

站在您和祖国前面的是我们，

——您的子弟，

您的承继人！

五月一日的夜晚

天安门前，焰火像一千只孔雀开屏，
空中是朵朵云烟，地上是人海灯山，
数不尽的衣衫发辫，
被歌声吹得团团旋转……

整个世界站在阳台上观看，
中国在笑！中国在舞！中国在狂欢！
羡慕吧，生活多么好，多么令人爱恋，
为了享受这一夜，我们战斗了一生！

致黄浦江

在小学的地理课本上，
我就认识了你，黄浦江！
那时候，海盗们的舰队横冲直闯，
黑色的炮口瞄准了中国的门窗。

数不清的"总督"和"帮办"，
把秦砖汉瓦黄金白银一齐搬进船舱，
烂醉如泥的外国水兵，
用猥亵的目光打量着你洁白的胸膛……

当我知道了这一切，黄浦江！
我哭了，我把眼泪交给你储藏；
我去当了一名为自由而战的兵士，
于是，今天有权写下这骄傲的诗行。

运杨柳的骆驼

大路上走过来一队骆驼，
骆驼骆驼背上驮的什么？
青绿青绿的是杨柳条儿吗？
千枝万枝要把春天插进沙漠。

明年骆驼再从这条大路经过，
一路之上把柳絮杨花抖落，
没有风沙，也没有苦涩的气味，
人们会相信：跟着它走准能把春天追着。

西盟的早晨

我推开窗子，
一朵云飞进来——
带着深谷底层的寒气，
带着难以捉摸的旭日的光彩。

在哨兵的枪刺上
凝结着昨夜的白霜，
军号以激昂的高音，
指挥着群山每天最初的合唱……

早安，边疆！
早安，西盟！
带枪的人都站立在岗位上
迎接美好生活中
的又一个早晨……

兵士醒着

三更半夜时分，
祖国睡得正香，
可是兵士醒着，
他在守卫边防。

"什么在天空照耀？"
"瑞丽江上的星光。"
"什么在兵士肩头？"
"人民发下的刀枪。"

瑞丽江上的星光，
它比别处明亮，
年轻的边防军，
他比谁都强壮。

蓝色的瑞丽江，
是不是你的家乡？

"我是喝黄河水长大的，
我的家在北方。"

从瑞丽江的湍流中，
能听出黄河的急响，
祖国的每寸土地，
他都爱在心上。

"我愿当一辈子的兵，
我愿扛一辈子的枪。
祖国你放心吧，
有我把守边疆！"

兵士立在山巅，
好像一尊铜像；
他的目光坚定，
他的斗志昂扬！

麻扶摇

中国人民志愿军战歌

雄赳赳，

气昂昂，

跨过鸭绿江。

保和平，

卫祖国，

就是保家乡，

中国好儿女，

齐心团结紧，

抗美援朝，

打败美帝野心狼！

□
李
瑛

邱少云

战士们潜伏在山坡上，
全身插遍伪装的野草，
风吹野草轻轻地摆动，
战士们在这儿等待攻击的信号。

这儿离敌人只有六十公尺，
上面山顶便是敌人的地堡，
可以看见敌人在走动，
连他们讲话的声音也能听到。

"隐蔽好，绝不要暴露目标！"
团长曾再三这样的叮嘱；
战士们也曾这样的回答：
"为了祖国，坚决要把这一仗打好！"

突然一颗燃烧弹落下来，
点燃了邱少云身边的野草，
烈火在他的身上飞卷、跳跃，
他的身体照红了山腰。

"站起来，把火苗扑灭？"
"冲过去，和敌人拼命？"
邱少云摇着头、咬紧牙关：
"决不能！这样会被敌人发觉！"

火把他的皮肉烧焦，
把他的全身燎起了血泡，
他压紧地面，把手插进土中，再说一句：
"决不能动，为了不暴露目标！"

火光照在几十张愤怒的脸上，
几十颗心在烈火下一同燃烧，

谁都能看清，但谁也不能去救，
一只只等待信号的眼都盼得枯焦。

邱少云最后叮嘱他的战友，
他的话好像对全世界宣告：
"什么东西能够战胜我们？
为了人类，胜利就要来到！"

他好像还和活着一样，
生活在伙伴们中间；
他好像还和活着一样，
风仍摇着他身边的野草。

这一个时刻终于来临，
战士们突然跳出山坡的沟壕，
他们用大衣把他的身体盖好，
炮火里到处爆炸起复仇的口号。

敌人打不倒我们，
火也决不能把他烧掉，今天
他好像站在那儿，阳光已把他镀成了黄金，
他说的话全地球上的人都已听到……

□ 元
辉

英雄的画像

　　黄继光是一个贫苦农民的儿子，生前没照过一张相；牺牲后，许多画家、雕塑家想重现烈士的形象而无所依据。有一次一个画家专程去烈士家里访问，黄妈妈把烈士的姊弟都叫出来，告诉他：谁的耳朵像烈士的，谁的眼睛像烈士的……于是画家就按照这些相似的特征作画。

你留给了我们血的衣衫和信件，
留给了我们长江一样深长的怀念，
留下了团费和入党申请书，
却没有留下一张照片。

你童年的岁月太黯淡了！
竟无缘走进照相馆；
而侵略者的火焰迫在眼前，
幸福的生活又过早地中断。

今天，多少人想有一张英雄的相片，
多少人想看看英雄的容颜，

呵，谁曾想一张失传的面庞，
会引起如此巨大的遗憾！

有的人一生癖爱留影，
但何曾留给人几分思念？
而人们却用最壮丽的色彩，
把一张陌生的面庞画在心间。

英雄呵！你没有为自己
留下一张生前的照片；
但却把祖国的形象，
留在了举世瞩目的上甘岭前。

画家同志，请你按祖国的形象
来塑造她的伟大儿子的英姿吧！
他，对敌人只有仇恨和蔑视，
对朋友和同志披肝沥胆！

道城岘的黎明

——献给我敬爱的将军

一

探照灯光穿进密云，
炮弹飞过头顶，
阵地上硝烟弥漫，
到处响着枪声。

炮弹在背后爆炸，
烈火燃烧着山林，
就在阵地高处，
看得见一个人影。

人影在山巅移动，
活像一只雄鹰，
寒风吹开了大氅，
就像要冲向云层。

"看！那是谁呢？"
战士们互相探问：
"他咋不进堑壕？"
"干吗站在山顶？……"

"嘘——"
指导员一眨眼睛：
"不要乱讲乱问，
那是咱们军长，
他在观察敌情。"

二

烈火烧上山顶，
满天飞起火星，
从望远镜里面，
闪动着将军的眼睛。

这双慈祥的眼睛，
变得分外严峻，
在这战火纷飞的黑夜，
就像天空的两颗星星。

将军的年纪并不算大，
头上却长出斑斑白发，
那该是当年过雪山的路上，
留下的几瓣没有融化的雪花?

在草地，他被炸伤右腿，
第一次痛苦地掉下眼泪，
当祖国最需要他的时候，
他怎么能变成一个残废?

他一直扛着那支缴获的枪，
在炮火中度过了半辈子时光，
部队南征北战，解放了祖国，
连他也记不清自己负过多少次伤!

今天，他披着风雪，
又来到朝鲜战场，
哪个地方战斗激烈，
他就出现在哪个地方。

三

望着这燃烧的土地，
将军收敛了笑容，
想起死伤的同志，
他又一阵阵心酸。

炮弹落在身边，
他仿佛没有听见，
烈火包围了阵地，
他却奔向前沿。

战士们蹲在掩体，
一个个扳着枪机，
按捺着心头的怒火，
只等待一声冲击！

将军把地图打开，
狠狠地吸一口烟，
他紧紧握着红笔，
眉头锁成一条线。

突然他红笔一挥，
画出一条红线，
红线穿过沙坪桥，
矛头指向道城岘！

这条粗大的红线，
就像一股闪电，
它划破漆黑的夜空，
劈开了千万重山。

所有的电话同时响，
信号弹映红半边天，
冲锋号角一声起，
几十里战线推向南！

群山间炮弹轰隆响，
杀声震荡着群山，
尖刀连像无数把刀，
一齐插进敌人心间。

四

将军走出堑壕，
几步跨上山巅，
火光中他看见一面红旗，
在道城岘迎风招展。

擦一擦脸上的灰尘，
将军放下了望远镜，
整个阵地上，
都听见他爽朗的笑声：

"黑夜快过去啦，
东方就要黎明，
准备向道城岘前进吧，
去迎接最美丽的早晨！"

□
张
永
枚

汉江水滔滔

汉江水滔滔,
水里月影皎皎,
岸上马达隆隆,
喇叭急噪,
马在嘶啸,
人在喊叫!
数不完的弹药车,
挤在一起等着过便桥。

汉江水滔滔,
敌机在空中哭号!
急风从头上扫过,
炸弹把江水翻倒!

机枪弹像火球飞射,
一辆汽车被打着,

车身在燃烧，
车上弹药快要炸了！

李凤庭跳上汽车，
助手随后跟着；
咔！司机把助手关在门外：
"好伙伴，再见了！"
汽车的马达咆哮，
司机浑身是火苗，
他驾着这匹"火马"
投向汉江的怀抱！

汉江像滚水沸腾，
蓝色水柱比天高，
轰隆声来自水底，
岩石上惊涛奔跑！
车队从桥上安全开过，
司机都摘下军帽，
低头望一望江水：
月影皎皎，江水滔滔……

"三八线"的雨

当我们离开军事分界线时，天正降大雨。

"三八线"的雨，
并非出奇；
看来没啥区别，
却有另番意义。

浓云抽银丝，
骤雨泼大地；
云征雨走，
雨牵水急。

根根水柱，
亲密相依，
把人们搂得紧紧，
不留一点缝隙。

这雨的天，
这水的地；
人们是在地上，
还是在水里？

"三八线"的雨，
南北人民的心意；
人为的隔绝，
它猛猛冲洗。

这雨紧忙
把天地缝在一起；
这雨赶紧
把南北缝在一起。

天是一个天，
地也是一个地；
此刻呵，
南北天地浑然一体。

纪念章

当西部战线推过临津江，
我们吃完最后一块干粮，
阿妈尼在坍塌的屋檐下，
扒出一罐黄豆送到我们伙房。

当我在金城川畔中了流弹，
阿妈尼撕破长裙为我裹伤，
我一直珍藏着这片裙布，
那上面交织着多少慈母心肠。

今天我们依依惜别，
你又在我胸前别上纪念章，
阿妈尼啊！
我怎能抑制热泪流淌？

这玫瑰花一样的绶带，
是我们鲜血凝成的结晶；
这银光闪闪的纪念章上，
镌刻着你两国儿子的形象。

□

石

英

将领的名字

一系列将领的名字
邓华、宋时轮、梁兴初、王平
陈赓、杨得志、王近山、李志民
洪学智、韩先楚、秦基伟、郑维山
恕短诗无法一一列出　他们的
名字背后都有一连串光辉的战绩
已知的或未知的传奇故事

按理说　他们
本可在国内军政重要岗位任职
坐在沙发上，有龙井和中华烟相伴
晚餐后与夫人和孩子听收音机
气象报道，星期天看红叶首选香山
然而他们现在江那边，虽然
并不十分遥远，却是另一重天地
一边是阳光和轻柔的炊烟，另一边
炸弹的烟尘将空气和阳光吞咽

也没有办公室没有沙发，只有
坑道石桌上铺展的五万分之一
军用地图　马灯在空袭声中摇曳

当年的战绩已成过去，暂时
谁也没有闲心去思索回忆录
襄阳、济南、新保安乃至四平都甩在身后
面对前面顽敌，是如何不使它溜掉
地下长城是否坚固，清川江大桥是否修复
至于眉毛疏落，头发后撤，都顺其自然

这一生可能都离不开地图
离不开电话机，离不开望远镜
甚至也无法与死神绝对保持距离
这一切都是神圣使命与个人命运
达成的协议
只有遵照执行，与胜利握手
身后是鸭绿江，面前是"三八线"
而他们：只讲义无反顾，不言背水一战·

□
石
英

硝烟裁成的封面

那时穿行于火网中的作家
我还记得一长串名字——
杨朔、白羽、魏巍
菡子、华山、西虹
以硝烟裁成作品的封面
将炸弹爆炸声作为插图

这绝非他们的偏好
而就是当时的日常生活
我，作为一个晚辈和小弟
他们的作品生发着我的青春
真正的读书应从这里开始

如今他们大都已经作古
其作品在图书馆里或已"离休"

然而，书可以不再版
应有的灵魂却不可以尘封太久
在我，也许不必每年清明都到墓地祭扫
却不妨重温一下当年的读书印象
让昨天与今天在笔尖上合龙

英雄赞歌

烽烟滚滚唱英雄，四面青山侧耳听
晴天响雷敲金鼓，大海扬波做和声
人民战士驱虎豹，舍生忘死保和平
为什么战旗美如画，英雄的鲜血染红了它
为什么大地春常在，英雄的生命开鲜花

英雄猛跳出战壕，一道电光裂长空
地陷进去独身挡，天塌下来双手擎
两脚熊熊踏烈火，浑身闪闪披彩虹
为什么战旗美如画，英雄的鲜血染红了它
为什么大地春常在，英雄的生命开鲜花

一声呼叫炮声隆，倒海翻江天地崩

双手紧握爆破筒，怒目喷火热血涌

敌人腐烂变泥土，勇士辉煌化金星

为什么战旗美如画，英雄的鲜血染红了它

为什么大地春常在，英雄的生命开鲜花

□ 未
央

祖国，我回来了

车过鸭绿江，
好像飞一样。
祖国，我回来了，
祖国，我的亲娘！
我看见你正在
向你远离膝下的儿子招手。

车过鸭绿江，
好像飞一样；
但还是不够快呀！
我的车呀！
你为什么这么慢？
一点也不懂得
儿女的心肠！

车过鸭绿江，
江东江西不一样，

不是两岸的

土地不一样肥沃秀丽，

不是两岸的

人民不一样勤劳善良。

我是说：

江东岸——

鲜血浴着弹片；

江西岸——

密密层层秫秸堆，

家家户户谷满仓。

我是说：

江东岸的人民

白天住着黑夜一样的地下室；

江西岸的市街，

夜晚像白天一样亮堂！

祖国呀，

一提江东岸，

我的心又回到了朝鲜前方。

车过鸭绿江，

同车的人对我讲：

"好好儿看看祖国吧，同志！
看一看这些新修的工厂。"
一九五三年
是我们五年计划的头一个春天——
春天是竹笋拔尖的季节，
我们工厂的烟囱
要像春天的竹笋一样！

老人们都说：
孩儿不离娘。
祖国呀，
在前线
我真想念你！
但我记住一支苏维埃的歌：
"假如母亲问我去哪里，
去做什么事情，
我说，我要为祖国而战斗，
保卫你呀，亲爱的母亲！……"

在坑道里，
我哼着它，
就像回到了你的身旁；

在作战中，
我哼着它，
就勇敢无双！

车过鸭绿江，
好像飞一样。
祖国，我回来了，
祖国，我的亲娘！
但当我的欢喜的眼泪
滴在你怀里的时候，
我的心儿
却又飞到了朝鲜前方！

□
李
冰

你和我们生活在一起

——祭刘胡兰

一

吕梁山上一片蓝，
仿佛那战斗的烟雾还没有消散。
这平川像一幅绣花毯，
茁壮的庄稼已把那弹坑壕沟盖严。

这盛开的花丛里睡着个最美丽的姑娘，
这四棵柳树下躺着个最可爱的英雄。
风儿轻轻地吹，好像怕打落那棉桃和谷穗。
鸟儿轻轻地叫，好像怕惊醒这姑娘的睡梦。

亲爱的姑娘啊，
这些你没有戴过的鲜花像旗子似的遮盖着你，
这茂密的庄稼像新砌的绿墙为你阻挡风雨，
这趁风摇摆的高粱谷穗仿佛向你报告丰收，
这广阔幸福的国土是你的床铺让你安睡。

亲爱的姑娘啊，

你安睡了六年，今年该是二十一岁，

如果你活着，也许正在农业大学学习，

或者是这平川上第一个集体农庄的女主席。

你把这些让给了别人，把最难的任务交给了自己。

如今你的坟丘像路碑一样屹立在这里，

指引千万女孩向那幸福走去。

二

站在你的墓前我不敢把眼泪当作祭礼，

让我好好想想你是怎样活着？又怎样死去？

祖国受难的年代里你出生，做过几个甜蜜的睡梦？

你一共活了十五年，过了多少幸福的日月？

奶奶口里忧愁的小调和那战斗的炮声，

就是你枕头边的催眠曲，

妈妈的汗水和眼泪煮熟的黑面，

就是你生日的筵席。

摘棉花，纺棉线，织一床粗布被，

拾麦穗，筛麦粒，换一件新布衣。

你不愿藏在奶奶衣襟下吞眼泪，
想找找世界上有没有第二个妈妈抚养你。
你伏在共产党员叔叔们身上听故事，
就像扑在妈妈怀里吃奶似的。

指挥员叫你去数数村边鬼子的数目，
你像听爸爸吩咐去砍几把柴草似的走去。

你梦想有一支钢笔，念几本书籍，
你梦想当一个女兵把那战斗的枪械拿起；
举起那纺线割草的小手宣誓入党，
还在少先队员的年龄就把英雄的职务担起。

那一年冰雪封锁了这美丽的平川，
你整好行装正要奔向战斗的西山，
匪军像旋风似的扑来把你捆绑，
不许你向前走，只许你向后转。

那时候你只记得祖国和人民最贵重，
那时候你只会说"给我一座金山也不换"。
戴着白头巾，穿着黑棉衣，赤脚踏着棉鞋，
你站在老人和婴儿前边挡住敌人的刀尖。

谁说绑住手脚就不能前进?
谁说不穿盔甲就不能冲锋?
你向前走去，向那铡刀走去，
就像英雄的叔叔们冲向敌人的碉堡!

敌人看着你的尸体也发抖，
你使他们更加惧怕每个共产党员。
你使地主看见每个妇女儿童都心惊胆战，
好像是看见了刘胡兰!

十五岁，你那年轻的孩子的身体
阻挡了敌人的刀剑!
十五年，喂养你的是高粱野菜，汾河的苦水，
你交给祖国的是宝贵的鲜血!

你走了，你的名字跟着红旗，跟着军队，
跟着亲爱的毛主席向那胜利走去!
你走了，你的名字飞过高山峻岭，黄河长江，
跟百万大军一起把蒋阎匪帮赶下海去!

三

这墓前不用修路，

祭奠你的人们的脚步已踩成大路。

谁能忘了你的年岁？

黄土又怎能把你的名字掩埋？

多少捷报书信写着你的名字给你送来。

拿枪的战士向你报告缴获和俘虏的数目，

他们宣誓：要像你一样保卫祖国和母亲！

工厂的英雄给你送来模范的奖品，

他们说：要拿来拖拉机、纺织机当作新礼品！

农民姐姐妹妹们向你报告丰收，

她们说：要早些把集体农庄建成！

多少"刘胡兰班"的学生向你汇报考试成绩：

"五分"、"九十分"，

他们宣布：我们都是刘胡兰式的人！

多少母亲和教师签名向你保证：

要把下一代儿女教养成刘胡兰样的英雄！

亲爱的姑娘啊，

你和我们在一起守卫着祖国的边疆，

你和我们在一起修盖幸福的工厂和农庄。
你和少先队员在一起解答课堂上的难题，
你和母亲教师在一起抚养社会主义的接班儿女！

亲爱的姑娘啊，
乡亲们年年要给你做生日——"九月九"召开
　"胡兰会"，
不久这田野上拖拉机的吼叫就是纪念你的歌曲，
你的名字永远和这壮丽的山河英雄的后代生活
　在一起。

□
杨星火

山冈上的字迹

我走在边疆的山路上，
头上传来沙沙的声响，
我抬头向山上一望，
三个士兵站在石岩上。

是在石岩上修路么？
为什么刺刀在手中闪光！
是在石岩上磨刀么？
磨刀怎会挑上这个地方！

我攀着树藤爬上岩去，
战士们眼中闪着激怒的光芒，

"同志啊，为什么含愤磨刀？
连山鹰听见也耸起了翅膀！"

"你看这岩上刻的什么字哟，
哪一个中国士兵能够忍让？"
我低头一看岩石，
两行黑字像毒蛇爬在岩上。

"一九〇四年，
英国军队征服了这座山冈！"
我抽出了身上的刺刀，
石岩发出更大的声响。

当太阳从雪山上升起，
石岩已刮得洁白光亮，
战士取出一支红笔，
慎重地放在我手上。

随着战士响亮的誓言，
新写的红字迎着朝阳：
"从毛泽东时代起，
这是座不可征服的山冈！"

杨星火

金色的拉萨河谷（组诗）

——记拉萨通车的一日

拉萨的河流是这样安静，

为什么听不见马达的响声？

东方已闪耀着星星，

为什么看不见汽车的踪影？

战士骑着快马，
奔进了焦急的人群，
"嘿，来了，
汽车来了，
我已听见轰轰的马达声。"
"年轻的战士哟，
这不是马达声，
是河风吹过山谷，
山谷发出回声。"

拉萨姑娘从远处奔来，
河风飘舞着她的衣裙：
"啊嗬啊，来了，
汽车来了，
看哪，远处正扬起风尘！"
"性急的姑娘啊，
这不是汽车扬起风尘，
是归家的牧童，
追赶着他的牛群。"

飞啊！飞到河边去

战士们登上了山冈，

孩子们爬到树上，

人群像黑压压的树林，

在大风中一齐倒向东方。

忽然，车队隆隆震动河谷，

拉萨河边闪着金色的灯光，

人群像一条欢乐的河水，

奔向那金色的拉萨河旁。

道路啊，

你今天为什么这样长？

雄鹰啊，

快借给我翅膀，

我要飞啊，飞到河边去，

去看看从北京开来的车辆；

我要飞啊，飞到河边去，

去亲亲驾驶员被大风吹红的脸膛。

金色的拉萨河谷

车灯照亮了拉萨的夜空，
金色的拉萨河谷人声喧嚷。
驾驶员刚刚推开车门，
立刻被人们高举在头上。
老爷爷好像回到了黄金的年华，
"呵呵呵呵"笑得像孩童一般，
激动的阿妈，
眼泪里也闪着欢乐的亮光。

金色的拉萨河谷人声喧嚷，
战士们的话像奔流的河水一样：
"是不是甘孜城装上了电灯？"
"昌都是不是盖了很多楼房？"
"听说有座城市在森林中出现，
那是不是我们烧过营火的地方？"
驾驶员正不知先回答谁，
一杯热茶又送到手上：
"同志，这是拉萨河水烧的茶，
你尝一尝，

我们日夜守卫的拉萨河水，

是不是又甜又香？"

驾驶员正要回答，

那边跑来一群拉萨的姑娘，

她们拉着他的军装：

"走吧，亲人，

在那金色的林卡中央，

人们正等着你去跳锅庄"……

□
杨
星
火

路

拉萨姑娘出嫁到远方，
那道路啊又远又长，
翻过了三座雪山，
蹚过了三条大江，
走了三十三天哟，
才走进了新郎的帐房。

日子过了很长很长，
姑娘变得白发苍苍，
虽然她生了三个儿子，
还养了三个姑娘，
只要她想起遥远的家乡，
泪珠儿就滚满了眼眶。

日子又过了很长很长，
太阳照到她家的帐房，
她正揉着老花的眼睛，

丈夫叫她快回家乡，
她好像被扶到牦牛背上，
走起路来跟飞一样……

高原的风在耳边呼呼响，
一眨眼就不见了帐房，
上午飞过了三座雪山，
下午跨过了三条大江，
太阳还没有落山咧，
她已回到了自己的家乡！

如果是在做梦，
天上为啥还有太阳！
是牦牛变成了千里马？
还是我长上了翅膀？
出嫁时走了三十三天，
为啥这回只用一天时光？

不是牦牛变成了千里马，
也不是你长上了翅膀，
是解放军帮咱修起了公路，
人坐在汽车上跟飞一样，

北京和拉萨相隔千山万水，
如今亲近得像在一个村庄。

快乐使她眼睛发亮，
心儿回到了年轻时光，
拉着亲人唱歌跳舞，
歌声响彻高山大江：
"有了这条幸福的大路，
我一年能回来三百趟！"

□ 高平

致西藏雪山

一

想到你们
我就热泪欲滴
说到你们
我就语无伦次
写到你们
是走入朝圣的终点
身心因敬仰而战栗
望见你们
是注目父母的雕像
禁不住要匍匐在地

你们是如此巨大
只有西藏的蓝天容得下
你们是如此沉重
只有西藏的荒原托得起
你们是如此雄伟

鹰飞到极限

只像是黑色的斑点

你们是如此峻峭

拔高了地球

构筑成世界的屋脊

我踏进你们终年的积雪

喘息你们稀薄的空气

陶醉于你们的怀抱

才是十九岁的年纪

我把黄河、永定河、汾河、渭河、

嘉陵江、长江、青衣江的水滴

一起从军装上抖下来

融入你们晶莹的冰粒

我的青春与你们的古老

融合得意外地默契

我把青春献给了你们

你们给了我永久的青春

短短的八年

八千年难遇

一把锁叫缘分

再加一把锁叫感激

我和你们连在一起

终生不弃不离

二

我从来没有见过

像你们这样的洁白

无色是最美的色

它压倒了一切色彩

你们千古不移

万古不衰

一尘不染

一念不差

一言不发

一眼不睁

挺立在世俗之外

你们是哲学题

大艳不丽

你们是神秘咒

大惑不解

你们是无字之歌
大音不响
你们是无香之檀
大花不开

炽热无比的内心
冰冷无比的外表
蕴含的是什么思想
谁曾、谁敢、谁能细猜

你们比远古更古
是无名之海拱出的胚胎
不屑于翻看薄薄的历史
对人类有什么记载
你们被视为神山
正因为具有佛性
超越了一切的欢乐悲哀

我被迫告别西藏
已经五十七载
为了医治思念
我又回去三次

近距离重睹你们的风采
西藏变年轻了
我变老了
只有你们的头颅和衣裙
依旧神圣而洁白

只要你们在
我不会寂寞
如果忘记了你们
有可能类似痴呆
因为
你们的外形是山
你们的智慧是海

三

顶天立地的你们
是天和地的化身
因为代表着天地
你们不仁

不仁就是不偏不倚
不仁才能一视同仁

最无情者最有情

绝无私心

对于攀登者

不助

对于失败者

不悯

对于诅咒者

不怒

对于颂扬者

不亲

上至雪崩

下至溪流

不针对任何人

祈求保佑的

请求宽恕的

一厢情愿地等待恩准

讲求情面的

追求富贵的

投射的是亵渎的眼神

只有我

一个你们抱大的诗人
理解你们的沉默
伟大的胸襟

你们离太阳最近
由于赞赏天空的透明
用反射增强了阳光
你们离污秽最远
为了告诫人间的冷暖
自身保持着恒温

你们在西藏矗立着
在我的面前矗立着
在我的心上矗立着
无声的光
照亮了我的灵魂
洁白的雪
教我懂得了纯真
你们永远是
我的至圣
我的至尊

□ 高平

写在花圈上

这花圈是全村的藏族姑娘扎起的，
这花朵采自无数座刚刚化雪的山岩。
因为你们曾经不惜生命，
为她们赶走了严寒，
如今她们把家乡的春天，
汇集在你们的墓前。

高原牧笛

高原的笛声悠扬，
是牧人倾诉衷肠；
高原的笛声响亮，
是牧人心底歌唱——

在那以往的年代，
笛声冷如寒霜，
吹着古老的调子，
总是那么忧伤；

进军经过这里，
笛声渐渐高昂，
寒霜化成春水，
暖流淌向远方；

公路修过这里，
笛声与喇叭交响，

飞过无边的草原，
惊醒熟睡的群羊；

群羊好像白云，
笛声在白云里飞扬。
每次战士走过，
听着这不同的音响……

"金桥"，通车了！

这一天，金沙江
　　　　澜沧江
　　　　　雅鲁藏布江
在一起纵情歌唱。

这一天，二郎山
　　　　折多山
　　　　　色齐拉山
在一起闪闪发光。

因为，这座"金桥"
从首都架到了拉萨，
跨过千山万水，
带来了东方的彩霞。

四年，战斗的四年，
一千多个白昼，

一千多个夜晚，
都盼望着这一天。

为了这一天，
一千多个日子的严寒，
都集中在一个时辰，
我们也经得住考验！

为了这一天，
二千多公里路的艰险，
都集中在一个工地，
我们也要与它决战！

有这样顽强的人民，
支持着我们的臂膀，
就是天塌下来，
也有撑起来的力量。

哪一个藏胞的牛毛帐篷，
没响起过支前的歌声？
哪一座冰封雪冻的山冈，
没响起过牦牛运输队的铃铛？

哪一寸路基，
不是军民亲手开？
哪一粒石子，
不是大伙细心安排？

我们有这样的大家庭，
我们有一颗团结的心，
在这世界的屋脊上，
才有这条公路的诞生。

这第一辆彩车，
载着六万万颗激动的心，
载着毛主席的题字，
开到了祖国的边城。

我们的珠穆朗玛女神，
听到了这个喜讯，
将更高地昂起银光闪射的冠冕，
骄傲地望着远大的前程！

我们喜马拉雅山上的哨兵，
听到了这个喜讯，

将紧握着比白雪还亮的刺刀，
更有信心地拨开那战争的乌云！

这庄严的时刻呵，
使我们无比欢腾，
北京是幸福的发源地，
我们和祖国一道
　　　正—在—前—进！

还乡行

没回家乡先问一千声好，
走近家乡再道一千声早，
生我养我的老苏区呵，
你的儿子回来了！

喝一口家乡水止心跳，
唱一曲家乡歌抿嘴笑，
望一望家乡人亲又亲，
说一说家乡话变了调。

南方转战到北方，
从北到南又还乡，
爹娘不识孩儿面，
孩儿依旧识爹娘。

一进家门四下望，
望见我扛过的红缨枪，

童子团拿它放过哨，
赤卫队拿它站过岗。

红缨枪藏了十多年，
像一团红火在人民心里燃，
白天黑夜放枕边，
我当了红军爹娘把红军盼。

盼回了儿子像盼来了星星，
泪眼望儿不作声，
摸一摸枪杆上刻下的那道印，
又拿它来比量儿的身。

人在长高火焰在升高，
谁知比当年高多少？
亲爹亲娘别量了，
我长得同你们想的一般高！

朱德故里

多么好的田野！
多么美的山川！
一条路千回百转，
朱德故里在前。

乡人见我着军衣，
如同亲人重会面：
好呵，子弟兵！
你沿着他的脚印，
飞渡过多少激流险关？

我们的总司令，
一定最爱大巴山，
巴山接秦岭，
秦岭接延安，
胜利消息传故乡，
故乡天天变——

你看琳琅寨，
是他读书处，
少年们的歌声，
随着队旗飘舞。

再看菜地里，
几棵老桑树，
是他亲手栽，
新春叶正绿。

望着眼前风物，
谁不追忆当年？
红军扬旗北上，
火种留在南边。
人民的梦，
随他南征北战；
将军的心，
从未离开马鞍！

望红台

巴山乌云遮盖，
茅屋失去光彩；
夜夜穿风冒雪，
登上望红台。

只听杜鹃啼叫，
不见杜鹃花开。
红军的人马哟，
你哪年回乡？
你几时转来？

重重高山，
挡住目光，
全把它一手推开；
条条溪河，
隔断道路，
取弯月搭起桥来。

川北能瞄到陕北，
红土总连在一块；
纵然远离千里，
红旗在眼前飘摆。

盼着满天的大红星，
把小白星撞落尘埃，
我们就蘸着露水，
将刀矛磨得更快……

大巴山月

月亮，月亮，
挂在大巴山上；
山上，山上，
多少眼睛张望！

月色白如雪，
月色明如霜，
人在清辉里，
似闻月桂香，
香绕苏区三千里，
曾随战歌远飞荡。

照到营帐，
战士都枕戈待旦；
照着路口，
闪动着旗影刀光；
照到竹林，

青年忙做红缨枪；
照到巴河，
姐妹争洗红军装。

月亮缺了又圆，
无数次暗了又亮，
还是一样的银夜，
仍是同样的月光。

再照老营，
赶野兽的木梆交响；
再照路口，
勘测的小旗飘扬；
再照竹林，
谁做竹笛试新声；
再照巴河，
两岸情歌风传唱。

山顶屹立的人，
眼里总有个月亮；
月亮也开笑眼，
把群山久久凝望。

□
梁上泉

小白杨

一棵小白杨，
长在哨所旁。
根儿深，
干儿壮，
守望着北疆。
微风吹，
吹得绿叶沙沙响啰喂，

太阳照得绿叶闪银光，

小白杨，

小白杨，

它长我也长，

同我一起守边防。

当初离家乡，

告别杨树庄，

妈妈送树苗，

对我轻轻讲，

带着它，

亲人嘱托记心上啰喂，

栽下它，

就当故乡在身旁，

小白杨，

小白杨，

也穿绿军装，

同我一起守边防。

□
陆棨

离了红军哪有歌

川北山歌遍山坡，
爱唱要数红军歌，
唱遍苏区二千里，
三岁娃儿也能和。

三三年，头一声，
唱来红军徐司令，
尖尖山下分田土，
红旗插上二斗坪。

"一根田坎盼出头，
千人吃穿再不愁。"
唱起山歌参红军，
好似巴河春水流！

红军北上歌留下，
妈妈半夜教细娃：

"犀牛望月郎望姐，
我望红军望爹爹！"

望到星多月不明，
歌声不断气不平，
弯弯路上打游击，
梭标背进密密林！

"太阳出来照白崖，
北去红军打回来。"
昨天打翻旧乾坤，
今天要建新世界！

复员归来老红军，
闲时抱起小孙孙，
红军山歌亲口教，
传给革命接班人……

川北山歌遍山坡，
爱唱要数红军歌，
革命传统传万代，
离了红军哪有歌！

□
陆
棨

广元桥头

北望秦岭，
南走剑门，
川陕咽喉一重镇，
城边嘉陵江水，
从古流到今，
映照过多少烟尘？

休提那
一夫当关，
万夫难行，
请看红四方面军，
长征北上，
横穿过境，
踏破雪山千万重，
换来了
古栈道上，
今日隆隆火车声！

剑门一夜过秦岭，
嘉陵江上，
铁桥长横，
南来北往东西行，
尽都是建设大军！

一天一番新风景，
地覆天翻，
谁做证明？
千佛崖上佛千座，
栩栩如生，
笑看那：
多少巍峨古要塞，
拥出桥头指挥亭，
亭上红灯闪闪：
江山万里，
无阻通行！

□
陆
棨

巴中城边

顶风顶雨过巴中，
榴花似火红，
正是抢种时节，
千万双巧手，
染绿了南北西东。

遍访苏维埃庭院，
人去楼又空——
新人不忘老传统，
农忙时节，
早已到田中。

红军战歌随风送，
旧战壕里，渠水淙淙，
锄影相碰笑声响，
当年老战友，
阵地又重逢。

兴冲冲，
挽着身边儿童，
细数昔日征战地，
手指处，
万绿丛中点点红！

当年早播血汗种，
三十年
雨雨风风，
已绽开红旗千面，
飞上巴山万座峰！

□ 陆棨

通江道上

未拢通江唱通江，
莫笑我，
太匆忙。
红色城池万里香，
山山水水，
早在心中藏。

最爱通江花开早，
一朵红云
高挂城楼上——
"赤化全川"大标语
头一张
跟着红军到通江。

照着千人把权掌，
苏维埃门前，
万杆红缨枪，
参加红军去打仗，

三十年
掀起一天红浪！

红浪里，唱通江，
不见标语眼也亮，
抬头看，
巴山蜀水，
红旗万面，
都是标语闪光芒！

旗是红军热血染，
第一个进川战士，
如今在何方？
崇敬化为诗千行，
望着红旗，
怎不唱通江！

高声唱，
披着一身太阳光，
唱通江，
唱井冈，
唱南昌——
太阳升起的地方！

□ 徐怀中

骑兵巡逻队

轻风吹散了薄雾，
天边闪射出阳光，
我们横枪跨马，
出发去巡逻边疆。

马队绕着寨墙，
悄悄走过村庄，
炊烟飘上了家家的屋顶，
公鸡在门口拍打着翅膀。
有一个戴红领巾的少年，
斜挎书包走向学堂。
你早啊！小弟弟，
用心念书吧！
我们保护着你的村庄！

马蹄踏着露水，
昂头跃上山岗，

黄莺在松枝上欢叫，
嫩草里散发着花香。
有一个系围腰的姑娘，
吹起竹叶赶着牛羊。
你好啊！姑娘，
把竹叶吹得更响吧！
我们警卫着这座山岗！

战马沿着江边
嘶叫着奔向远方，
两岸排列着杨柳，
麦苗掀动着波浪。
有一个健壮的老人，
在船头撒下渔网。
你辛苦了！老大爷！
慢慢收网吧，
我们保卫着这条江！

轻风吹散了薄雾，
天边闪射出阳光，
我们横枪跨马，
出发去巡逻边疆！……

□
张永枚

高原战士（四首）

茫茫雪原上，
暗箭射中了排长，
他望着胸前的热血，
对着战友这样讲：

我翻过千座雪山，
走万里，来西藏，
党的教导从未忘：
建设西藏，保卫国防！

听见农奴的镣铐声，
胜过毒箭穿胸膛，
望着这无边的大雪原，
恨不能，快办农场和工厂！

可惜我再难为西藏出力，
可喜我还有个儿子在故乡，
死亡吓不倒好战士，
爸爸去了儿跟上！

要叫他沿着为父的路，
把这副光荣的担子挑上，
他要问哪里安家最好？
你就说：父亲安息的地方！

叫他来，不为了这一箭之仇，
残余的叛匪就要灭亡，
是为了西藏这块大宝石，
多需要勇敢聪明的工匠……

排长说完拔出了毒箭，
安详地把眼睛闭上。
这时在遥远的雪山那边，
似乎有进军的脚步声响！

修路的战士，
炸断了一只臂膀。
爱人掩着脸，
好像痛在她心上。

战士说：别心伤！
你看那大路，
穿雪谷，越大江，
风云万里，
伸向远方。
那就是我的臂膀，
比从前更有用、更坚强！

明星满天

在那世界屋脊上，
战士子夜在站岗。
内地的亲人们，
请你抬头望：
那满天的明星啊，
都是他们的军徽在闪光！

雪白的哈达

柔软洁白的哈达，
代我感谢毛主席，
不是没有别的礼物，
只有你才能表达我的敬意。

在我们祖先时候，
雪山有个卓玛仙女，
她的慧眼望着东方，
东方是雪山的母体。

卓玛扯下一缕白云，
向着京城飞去，
白云化成了哈达，
献给那儿的兄弟。

哈达表示最高的崇敬，
成了西藏的习俗，
哈达的传说千千万，
我最爱"东飞的仙女"。

叛匪要我们背叛母亲，
去给外人当奴隶，
河海怎能隔断，
他们打错了主意。

有了凶险的豺狼，
只会增加警惕，
敌人要我们变成孤儿，
我们更要紧靠在母亲怀里！

如今敌人已经瓦解，
幸福赐给了千年的奴隶，

开辟了吉祥的大道，
这是党和你的功绩。

可惜我不是卓玛，
不能飞到你身边去，
虽然我不是卓玛，
我的歌能飞过千万里：

柔软洁白的哈达，
代我感谢毛主席；
我们所有的藏民，
永远和祖国妈妈在一起！

延河照样流

离别延河久，
延河照样流，
流入黄河流入海，
千年万年永不休。

永不休啊爱延河，
从前延河尽是歌。
多少战马在此饮，
多少战士从此过，
多少英雄杀敌回，
钝了的战刀延水磨。
延河流入黄河里，
如今歌声遍全国。

谁说延河浑？
延河水，洗风尘；
毛主席住过延河边，
延河的水可清心。
吃过十年延河水，
走尽天下不忘本。

淌过千遍延河水，
一辈子埋头为革命。

谁说延河小？
延河大无边。
大无边，海相连，
狂风暴雨驶来船，
黑夜不怕风和浪，
万丈灯塔照得远。
请看革命航线上，
毛主席亲自来指点。

谁说延河没春天
延安是个大花园。
你看老年人的心，
你看年轻人的脸，
想想那时边区外，
茫茫黑夜是深渊。
太阳是从延河升，
全国春风才吹遍。

离别延河久，
延河照样流，
革命洪流流向前，
不到头来永不休。

□
李
瑛

海防晨号（四首）

出 港

云霞扯起无数面旗号，
海上铺满了翎羽和珠串，
黎明为迎接我们舰队出港，
把水天筑成一片辉煌的宫殿。

一座座岛屿像披戴武装的巨人，
树林的叶簇像他们闪光的箭，
看他们在光辉的海面，
一排排列队站立，好不威严！

从没有这样隆重的仪典，
如此惊心动魄、壮丽非凡；
阳光从海面射进云里，
天地间绷起无数道金色的弦。

这时，我们的舰队向大海进发，
山鹰欢送，海鸟相迎，
云在掣动，浪在飞卷，
我们的红旗回答他们，
以水兵的豪壮的语言。

舟山群岛

呵，你三百多礁、滩、岛、屿，
我的东海的山，东海的船队，
我数着你，呼唤着你，
用最好的歌将你赞美。

像草坪上散落的花瓣，
清幽的藤萝，喷香的玫瑰；
我在你群岛间快乐地戏耍——
像一个爱海的孩子，
你的瑰丽奇幻，使我陶醉。

呵，你三百多礁、滩、岛、屿，
我的东海的山，东海的船队，
我数着你，呼唤着你，

用生命和青春将你守卫。

像母亲胸前闪光的珠串，
鲜红的玛瑙，墨绿的翡翠；
我在你群岛间警惕地巡逻——
像一个细心的主人，
清点他的每枚钱币、每颗珠贝。

我们的哨所

三面是海，一面是山，
我们的哨所雄踞在山巅，
白天，太阳从门口踱过，
夜晚，花似的繁星落满窗前。

我们的哨所太陡太陡，
浪涛像在我们的胸膛飞卷；
我们的哨所太高太高，
仿佛它就要飞上青天。

虽然这哨所又小又险，
我们却感到宽阔又平安，

我们双脚踏稳地面，
把山作墙垣，海作庭院。

从山上垂下一条小路，
和祖国的条条大道接连，
为回答祖国的叮嘱，
我们挥手，用一缕炊烟。

一面是山，三面是海，
山海紧偎着我们观察班。
祖国对我们满怀期望，
我们献给她一颗赤胆！

哨所鸡啼

是云？是雾？是烟？
裹着苍茫的港湾；
是烟？是云？是雾？
压着港湾的高山。

山上山下，一团混沌，
何时才能飞出霞光一片？

忽然间，哪里？在哪里？
一个生命在快乐地呐喊。

压住了千波万壑，
吐出了满腔喜欢；
嘀，是我们哨所的雄鸡，
声声啼破宁静的港湾！

看它昂立在群山之上，
拍一拍翅膀，引颈高唱；
牵一线阳光在边境降临，
霎时便染红了万里江山。

莫非是学习了战士的性格，
所以才如此豪迈、威严；
只因为它是战士的伙伴，
所以才唱出了士兵的情感！

空军诗页（二首）

山鹰在高高的天空，
迎风抖动着翅膀；
飞行员脚踏梯架，
纵身跨进了座舱。

浓眉下目光一闪，
闪电一样的明亮；
好像整个天空，
愈加显得晴朗。

啊，多么矫捷的动作！
多么熟悉的形象！
噢，想起来了，想起来了，
在那茫茫的草原上——

一个俊俏的少年，
背一支小马枪；
他纵身跨马的姿态，
也是这般模样……

会是他？嘿，就是他！
瞧他那一脸风霜；
往日的草原骑士，
变成了空中飞将！

纵马背，跨进座舱，
这一步可不同寻常；
是谁给他这么大的勇气？
是谁给他这么大的力量？

熟悉的战友腾空起飞，
只留下一串马达声响；
哦，迎风抖翅的山鹰，
你来对我讲、对我讲……

跳

银翼掠过镜子似的湖泊，
掠过丛丛树林、小小的村庄，
跳伞的地点迅速迎来，
小伙子心里一阵阵紧张。

这还是第一次跳伞啊，
祖国要试试他的胆量：
在这高高的天空，
敢不敢乘风下降？

小伙子俯视旋转的大地，
心儿嘣嘣跳，头有点涨；
忽然想起了英雄杜凤瑞，
想起入团时的决心和愿望……

于是他觉得大地亲近了，
不但美丽，而且慈祥，

山陵，是大地母亲的手臂，
田野，是大地母亲的胸膛。

跳伞的命令刚刚下达，
小伙子脚一弹，跳出机舱；
在祖国清新的大气中，
他生命的银花灿然开放！

树林拍着绿色的手掌歌唱，
歌唱又一名新伞兵的成长；
小伙子立在大地上，
仰望天空，啊，格外清朗！

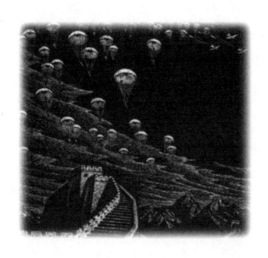

我爱祖国的蓝天

我爱祖国的蓝天

晴空万里阳光灿烂

白云为我铺大道

东风送我飞向前

金色的朝霞在我身边飞舞

脚下是一片锦绣河山

啊⋯⋯

水兵爱大海

骑兵爱草原

要问飞行员爱什么

我爱祖国的蓝天

我爱祖国的蓝天

云海茫茫一望无边

春雷为我敲战鼓

红日照我把敌歼

金色的朝霞在我身边飞舞

脚下是一片锦绣河山

啊……

水兵爱大海

骑兵爱草原

要问飞行员爱什么

我爱祖国的蓝天

祖国的蓝天

胡宝善

我爱这蓝色的海洋

我爱这蓝色的海洋
祖国的海疆壮丽宽广
我爱海岸耸立的山峰
俯瞰着海面像哨兵一样

海军战士红心向党
严阵以待紧握钢枪
我守卫在海防线上
保卫着祖国无上荣光

我爱这蓝色的海洋
祖国的海疆有丰富的宝藏
我爱晴朗辽阔的海空
英雄的战鹰在展翅飞翔

穿云雾破海浪
海军战士胸有朝阳

我守卫在海防线上
保卫着祖国无上荣光

我爱这蓝色的海洋
祖国的海燕在暴风雨里成长
我爱大海的惊涛骇浪
把我们锻炼得无比坚强

战舰奔驰劈涛斩浪
党中央指引航向
我守卫在海防线上
保卫着祖国无上荣光

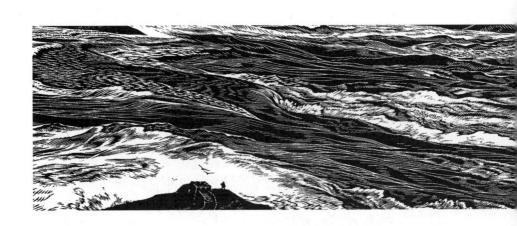

写给同志也写给自己

—— 祝党的第八次代表大会

在金瓦红墙的都城，
在金葵花摇曳的秋天，
同志们聚会在这里，
正在和新的历史交谈。

我的满身风尘的党呵，
你是多么壮丽的兵团！
我们久经战阵的士兵，
在倾听你新的预言。

闯过几十年风雨烟火，
你的预言已经实现，
你带着满身的战伤，
把祖国多年的血泪揩干。

全世界都欢呼我们，
冲破了黑暗的东方战线，
请看世界历史的天平，
倒在了我们一边。

人民到处赞扬我们，
把党比作麒麟比作太阳，
要记下人民的真情呵，
需要有成万的诗行。

我们怎样去报答人民，
我在暗暗地思量：
前面路上还有没有暗礁，
还有没有险恶的风浪？

我不担心大海的暗礁，
我相信舵手们的眼光，
在晓雾漫漫的大海，
我们能浩荡地远航！

我也不担心险恶的风浪，
我的同志是英勇无双，

当黑云卷着恶浪涌来，
我的同志会加倍坚强。

那么是什么该我们警惕，
我们是这样强大无敌？
任何敌人都不能战胜我们，
只有骄傲可以毁坏自己！

毛主席一次次嘱咐我们，
嘱咐我们要谨慎谦虚，
这是让我们的党年年不老，
这是让我的同志花开四季。

同志呵，让我们常常劝勉：
多亲近泥土，亲近风雨，
让身上总带着汽油的香味，
让身上总带着稻花的气息！

不要忘吃草根和黑豆的年代，
不要忘我们的粗布军衣，
我们的大家庭虽有金山银山，
丢一颗螺丝钉还是那么可惜。

不要忘山村水乡的那些母亲，
不要忘一同睡过破炕席的兄弟，
也不要忘缝缝补补的姐妹情义，
他们的烦恼和困难要多多深思……

这是我们的本色也是来历，
把它像石碑一样刻在心里！
人民，这就是共产党员的上帝，
所有的上帝都比不上他那样神奇。

我们怎样来还要怎样向前走去，
这就是我今天的几行心意。
同志呵，看前面又是好花满山，
我才写给同志呵也写给自己……

□ 李季

"石油师"出征记（组诗）

长

那一天，我刚刚来到油矿，
下了汽车就去把厂长拜访。
想不到在厂长办公室里，
却遇见了我们过去的团长。

他正对着一叠报表拉计算尺，
那样子真像在摆弄心爱的手枪。
见了面，他几乎把我抱了起来：
"老李呵，你是不是也改了行？"

有一次，我们坐车到油井工地上去，
他上车的动作，引起了我的回想——
这多么像他过去上马的姿势呵，
看样子他还没有把战斗生活遗忘。

新的职业并没有改变他的性格，
他还是像过去一样爽快，明朗。
在澡堂更衣室里有个工人问他：
"厂长，你在哪里受了这么多的伤？"

"刀痕是长征时留下来的，
抗日战争的纪念在肩膀上，
解放战争中丢了一个手指头，
这一脑袋白头发是转业以后的奖赏。"

上下班他从来不坐公共汽车，
这原因就像一个难猜的谜语一样。
那天下班时，我故意向他发问，
他笑着说："这是秘密，可不能讲……

"整天坐办公室没有一点活动机会，
搞工业也需要身体强壮；
况且，敌人还没有完全消灭，
说不定哪一天又要穿起军装。"

将 军

一

那时候白天比黑夜还黑，
那时候天上笼罩着乌云。
人们的眼睛都望着东方，
从东方来了一位骑马的将军。

将军站立在戈壁滩上，
紧紧地咬着他的嘴唇。
为了拯救宝贵的油矿，
铁骑兵箭也似的向前飞奔。

那时候连山峰也伸展了腰身，
石油像春泉似的直往上喷。
兄弟们砸断了最后一副手铐，
钻工们从地穴里出来迎接亲人。

将军不再紧闭他的嘴唇，
他以祖国的名义来把人们慰问。
他说油矿是祖国的宝贝，
祖国将永远感谢开发油矿的人。

二

那一天野兽扑向祖国的大门，
那一天怒火烧烤着每个人的心。
将军离别了亲爱的祖国，
他带着海一样的爱情和仇恨。

在那围歼野兽的夜晚，
在那庆祝胜利的早晨，
在坑道里和在军事地图前，
将军总是惦记着那些戴铝盔的人。

将军怀念着亲爱的油矿，
石油工人们又哪能忘记将军。
那一天志愿军代表来到了矿上，
工人们给将军带去一件慰问品。

一只满装着汽油的玻璃瓶子，
瓶子里也装着石油工人的心：
"志愿军需要多少石油我们就送去多少，
祖国的油矿，永远取用不尽！"

油沙山

有多少荒僻的乡村、山冈，
因为烈士们洒下了宝贵的鲜血，
或者，曾经把光荣的儿子抚养，
它们都成了天下闻名的地方。

也有些从它们开始存在的时候，
就一直是没有名字的地方。
今天，它们有了自己的名字，
这名字在人们心上闪着金光。

我们的油沙山，
就是这样的地方。
连鸟兽都不栖落的山冈呵，
又有谁曾经攀登在你的山顶上。

就像一个姣美待嫁的少女，
就像一颗珍珠遗落在路旁。
一个世纪又一个世纪，
你只默默无闻地站立在大地上。

那一天，来了一队骑骆驼的人，
他们把你从头到脚地仔细端详。
你那油气袭人的石头使他们狂欢，
他们把一面旗帜插在你的山顶上。

帐篷里电报机在嗒嗒地响，
他们把你报告给一个遥远的地方。
说你的全身都像在油里泡过，
一个火星会使你全身发光。

"这个山叫什么名字呢？"
他们没有商量就有了共同的主张，
——当然就叫它油沙山，
别的名字都没有这个恰当。

油沙山——多么诱人的名字呵，
我的心无时不在为你激荡。
我爱你那庄严瑰丽的景色，
更爱你勇敢的石油尖兵，白色的帐篷。

山石被风化成奇妙的亭台楼阁，
尕斯湖在你的山脚下闪着银波。

湖对岸是那顶天立地的昆仑山，
你们就像是一个弟弟，一个哥哥。

我从心里热爱着的山冈呵，
明天的事，你可曾想过？
那时候，你将被建设成一座城市，
涌泉似的石油，从你的脚下流过。

那时候，迷人的尕斯湖上，
将会出现一只只美丽的游艇，
那时候，从你身边经过的汽车，
会比草原上牧放的骆驼还要多。

柴达木一青年

在我们光辉灿烂的生活里，
有着多少个黄金铸成的青年。
他们像鱼一样在大海里游泳，
像鹰一样飞向雪线以上的高山。

就像刚刚离开弹筒的火箭炮弹，
他们单纯而又勇敢地飞驰向前。

他们的热情能使钢铁化成汁液，
他们的意志会把严寒变为春天。

在北海的游艇上你曾经见过他，
他的歌声也曾飘荡在大雁塔前。
在那狂欢之夜的天安门广场上，
多少个姑娘曾把他的舞姿赞叹。

我认识他是在青海的柴达木盆地，
这时他已是个石油地质勘探队员。
他的面孔已经晒得黑了，手也变得粗糙，
他已经在盆地里工作了整整半年。

在盆地里工作的人们都知道他，
像在大学时一样，他还是青年团的支部委员。
他用地质工作者特有的热情来欢迎我们，
就像那些自发地探索大自然奥秘的人们一般。

虽然，他为了欢迎从玉门来的亲人，
特地在破旧的工作服上加了一件罩衫；
可是，他的这一件深蓝色的"礼服"，
却也是这个补丁和那个补丁紧相接连。

像一个全副武装的解放军战士，
他整天地携带着气压表和小罗盘。
草绿色的背囊和他的那把小榔头，
在睡觉时也没有离开过他身边。

在去昆仑山下探测水源的路上，
我俩在吉普车上把心事交谈：
海洋似的盆地里见不到一个人，
多少天连个鸟兽也难以看见。

每一天都要经过春夏秋冬四个季节，
午夜里穿上皮衣，中午只穿一件衬衫。
刚刚离开北京，一下子就来到盆地里，
终日爬山的野外生活的确使他过不惯。

是那巍峨的昆仑山消除了他的疲劳，
是那黄金般的油沙把他的热情点燃。
祖国的柴达木简直是一座聚宝盆呵，
在这里工作自有光荣和幸福与你做伴。

每当他坐在点燃着蜡烛的小桌前填写报表，
那些浸透着石油香味的数字都会使他狂欢；
他好像看见了戈壁上一行行的脚印，

都已经安装起了又粗又大的输油管。

艰苦的劳动最能把人的意志锻炼，
支持着他的是为祖国寻找新油田的信念。
他开始习惯了用沙子洗碗、洗脚的生活，
也学会了几天不喝水，一根烟吸它三天。

所有的话，他都说得那样真实，
只有一件事他却把我隐瞒。
他说在盆地里从来没有害过病，
医生同志说这是他的谎言。

在详查油沙山地质构造的那一天，
他一股劲地坚持工作到太阳落山。
在海浪似的沙漠上他迷失了道路，
像匹野马似的在戈壁上睡了一夜晚。

漆黑的夜幕，冰冷的沙漠，
包围着他的是零下的严寒。
为了防止寒冷冻坏宝贵的仪器，
他从身上脱下棉衣把仪器包掩。

"这一夜，仪器当然没有受到损坏，

我们却为他的重感冒忙碌了好几天。
这里的年轻人都是这个样子，
好像仪器比他们的身体更要值钱。"

明天一早，我们就要离开盆地，
夜晚我们睡在一个帐篷里边。
已经三点钟了，他还没有入睡，
他总是在行军床上左右辗转。

这颗年轻的心在为什么激动？
我不由地又和他继续攀谈：
"几天之后，我们就要回到北京，
写封信吧，我一定会送到她的手边。"

"我就是在为这件事情熬煎，
这么多的话，怎么能够写得完？
请你回到北京时给她捎几句话，
顺便也把我们的生活给她谈谈。

"将来一定会有那么一天，
她在同一天里为着两个喜讯狂欢：
我坐着从盆地里开出的快车回到北京，
我们给祖国在柴达木找到了新的油田！"

南泥湾

花篮的花儿香，
听我来唱一唱，
唱呀一唱——
来到了南泥湾，
南泥湾好地方，
好地呀方。
好地方来好风光，
好地方来好风光，
到处是庄稼，
遍地是牛羊……

当年的南泥湾，
处处是荒山，
没呀人烟……
如今的南泥湾，

与往年不一般，
不一呀般。
如今的南泥湾，
与往年不一般，
再不是旧模样，
是陕北的好江南……

陕北的好江南，
鲜花开满山，
开呀满山——
学习那南泥湾，
处处是江南。
又战斗来又生产，
三五九旅是模范，
咱们走向前，
鲜花送模范。

回延安

一

心口呀莫要这么厉害地跳,
灰尘呀莫把我眼睛挡住了……

手抓黄土我不放,
紧紧儿贴在心窝上。

……几回回梦里回延安,
双手搂定宝塔山。

千声万声呼唤你,
——母亲延安就在这里!

杜甫川唱来柳林铺笑,
红旗飘飘把手招。

白羊肚手巾红腰带,
亲人们迎过延河来。

满心话顿时说不出来，
一头扑在亲人怀……

二

……二十里铺送过柳林铺迎，
分别十年又回家中。

树梢树枝树根根，
亲山亲水有亲人。

羊羔羔吃奶眼望着妈，
小米饭养活我长大。

东山的糜子西山的谷，
肩膀上的红旗手中的书。

手把手儿教会了我，
母亲打发我们过黄河。

革命的道路千万里，
天南海北想着你……

三

米酒油馍木炭火，
团团围定炕上坐。

满窑里围得不透风，
脑畔上还响着脚步声。

老爷爷进门气喘得紧：
"我梦见鸡毛信来——可真见亲人……"

亲人见了亲人面，
欢喜的眼泪眼眶里转。

保卫延安你们费了心，
白头发添了几根根。

团支书又领进社主任，
当年的放羊娃如今长成人。

白生生的窗纸红窗花，
娃娃们争抢来把手拉。

一口口的米酒千万句话，
长江大河起浪花。

十年来革命大发展，
说不尽这三千六百天……

四

千万条腿来千万只眼，
也不够我走来也不够我看！

头顶着蓝天大明镜，
延安城照在我心中；

一条条街道宽又平，
一座座楼房披彩虹；

一盏盏电灯亮又明，
一排排绿树迎春风……

对照过去我认不出了你，
母亲延安换新衣。

五

杨家岭的红旗啊高高地飘，
革命万里起高潮！

宝塔山下留脚印，
毛主席登上了天安门！

枣园的灯光照人心，
延河滚滚喊"前进"！

赤卫队……青年团……红领巾，
走着咱英雄几辈辈人……

社会主义路上大踏步走，
光荣的延河还要在前头！

身长翅膀吧脚生云，
再回延安看母亲！

乡音·乡情·战友情（六首）

致战友

我来到二龙山上，
二龙山上白雾茫茫，
我钻进了云层，
满山是鲜花开放。

在一棵松树下边，
站着英雄的石像，
这里埋葬着我的战友，
鲜花正为他开放。

那是四二年的春天，
日本强盗到处"扫荡"，
战火燃烧着山川，
战火烧毁了村庄。

在一个风雨的上午，
我们来到这座山上，
日本强盗正在山中行凶，
向山村的百姓开枪。

我们看见这情形，
像刺刀刺在心房；
他带领我们扑下山去，
像猛虎扑向群狼。

我们救出了山村的百姓，
把日本强盗杀光，
就在肉搏的时候啊，
一颗子弹穿过他的胸膛！

为了纪念这位英雄，
人民把他抬到山上，
把他葬在鲜花丛中，
用青石刻出英雄的形象。

今天我们来到了这里，
在进军的路上把他看望，

我默默地站在墓前，
四周传来了歌唱。

夜宿东昌

村镇连村镇，
先走哪一座？
新槐伴旧槐，
先看哪一棵？
村村有亲人呵，
先访哪一个？

走单县，
终兴集上有老母，
炕头上留着热被窝，
炕洞里留着一团火，
油灯下面话儿多，
度过多少风雪夜！

访城武，
万福河上渔家女，
曾拉住我手喊哥哥，
让追捕的鬼子莫奈何，

渡过一场风险浪，
她名字不曾说。

看巨野呵，
枣树林里有民兵，
炮火里面背过我，
野火烧豆喂我吃，
双手捧水喂我喝，
我死里又复活！

这里的姐妹为我洗过衣，
寒冬腊月手冻裂！
这里的嫂嫂为我做过鞋，
多少手指针刺破！
这里的树枝都有情呵，
化作伪装帮我去肉搏！

一别十七年，十七年呵，
燕子归来寻旧窝，
恨不得长出万双翅，
挨家挨户唱新歌，
家家有亲人呵，
户户心炽热！

早晨，我在青纱帐里行走

那透亮透亮的露珠呵，
打湿了我的衣袖，
那喝醉了露水的蝈蝈呵，
向我唱个不休，
那浓香浓香的高粱花呵，
犹如最陈的醇酒……

早晨，我在青纱帐里行走。

那肥肥大大的叶子呵，
仿佛是一双双亲人的手，
抚摩着我的胸脯，
拍打着我的肩头，
是百般的强烈呵，
又是千般的温柔……

早晨，我在青纱帐里行走。
多么美的青纱帐呵，
这正是打游击的好时候，

露珠里还闪着战士的目光，
叶子下还藏着战士的枪口，
这埋过地雷的土地呵，
还藏着战士的怒吼！

早晨，我在青纱帐里行走。
多么深的青纱帐呵，
我像鱼儿在大海浮游，
青纱帐比以前更宽更深，
比以前更绿，更稠，
在这无边的青纱帐里，
战士曾把今日的生活耕锄！

早晨，我在青纱帐里行走。

静静的大运河

静静的静静的大运河，
看不见你一丝的波纹……
那看不见的波浪呵，
冲击着你儿子的心。
你虽没有悬崖和峡谷，
也没有瀑布的飞迸，
日本强盗的刺刀呵，
曾布成密密的森林，
美蒋匪徒的炮火呵，
曾掀起漫天的乌云。

静静的静静的大运河，
看不见你一丝的波纹……
那扬帆而去的船队呵，
那鸣笛而来的汽轮。
战士们砍伐了刺刀的森林，
战士们扫清了炮火的烟云，
在那些日子，可曾想过？
今天这美好的早晨：

水车在叮当的唱歌，
蓝天飞翔着鸽群。

静静的静静的大运河，
看不见你一丝的波纹……
那舞镰割谷的哥哥呵，
那弯腰拾棉的姊妹们，
那摇鞭赶车的伯伯呵，
那含笑送饭的母亲，
在这美好的早晨，可曾忘记？
那战火纷飞的黄昏：
父亲战死在沙场，
儿子又去厮拼！

静静的静静的大运河，
看不见你一丝的波纹……
大运河上的兄弟们呵，
我共过患难的乡亲，
可不能让我们的眼睛，
染上半点灰尘；
那占有欲的魔鬼，
可化装成如"花"的美人，

幻想用刺刀尖下的黄昏，
换走这美好的早晨。

静静的静静的大运河，
看不见你一丝的波纹……
大运河呵，大运河，
我共过战斗的亲人，
让我们把过往的话题，
重新思忖：
我们战斗，我们厮拼，
究竟要创造怎样的乾坤？
究竟要把怎样的生活，
留给后代的子孙！

静静的静静的大运河，
看不见你一丝的波纹，
那看不见的波浪呵，
冲击着你儿子的心……

黄河浪

邀一天水鸥，
乘一只木舟，
一片白帆风拉纤，
船在浪上游。
大黄河呵大黄河，
我要把你看个够，
看你堤里的庄稼，
谷子垂头高粱醉了酒；
看你堤外的杨柳林，
枝叶迎风乐悠悠；
看你千里黄沙岸，
水闸电站手拉手；
看你的激流呵，
大浪小浪无尽休……

船在浪上走呵，
思绪荡心头，
大黄河呵大黄河，
我共过欢愁的战友，

过去没有仔细把你看，
是因为把一切交付了战斗；
过去没有仔细把你看，
是因为爱你爱得太深厚；
过去没有仔细把你看，
誓把愿望留在胜利后。

胜利后呵，
重来游，
新景旧景看个够，
新旧思绪理出头，
揣一怀激浪，
又到远方走，
不避雪千尺，
不躲风雨骤，
走遍世界不忘本，
心随黄河向东流……

月光曲

夜深了，残云逃躲，
好事的秋风，
采摘着枯黄的树叶。
刚圆又缺的月亮，
静悄悄，暗渡银河。

像一张多皱的老人的脸，
苍白得没有一点血色，
苦苦思索
天上无情的云雨？
地上有情的风雪？

也许，它在寻找，
那匹高大的骆驼——
我那骆驼似的哥哥。
他从风沙里走来，
伴着坦克，在长安大街上狂歌。

我们欢笑着相会了，
谁能料到，我们竟哭着离别，
苦愁的月亮，
一半他带走了，
一半留给了我。

我把半个月亮挂在窗外树梢，
权作一盏灯，
写检查，认过错，
一条赶骆驼的鞭子，
赶着我向左，向左。

他是向右边走去了——
走向了荒凉的沙漠。
那么，左边的景象，
却雾一般模糊——
我有口难说。

他那一半月亮，
也许是过于寂寞，
挂在了驼峰上，
伴着驼铃，

唱着一支寂寞的歌。

只是那不会唱歌的骆驼，
走完了一天的跋涉，
望着月亮，
苦思默想着，
为什么？为什么？

跟着爹，他驼背上参了军，
天真、无邪、活泼。
进北京时他才刚满二十岁。
爱书本胜过爱吃喝，
还幻想娶一个月里嫦娥。

难道书本是退化剂，
退去了他思想的颜色？
难道幻想和爱情，
是叛逆的罪恶？
唉，思索不明白的思索。

思索像树，
在沙漠里开出了花朵，

——半头白发，

——几条皱纹，

还有，不会被风干的热血。

月缺终于又圆了，

还是在长安大街，

哥抱我，

我抱哥，

哥和我共抱着祖国。

不说二十度秋风，

摘落了多少枯叶；

不讲月下骆驼，

吞咽了风沙几多——

执着地追寻着沙下的小河。

不说思索的树，

多少次花开花谢，

终于结出了硕果——

历史睡醒了，

否定了悲剧性的判决。

只讲八路军战士，
怎么样对待昭雪，
又该怎么样，
抢救回来，
流失的岁月？

过去的冤苦，并不是，
银行里的存折，
计算能得多少利息，
买回多大的职权，
什么样的洋房和汽车。
甄别，是，
复原战士的资格——
革命路上的风沙太多，
需要战士似的骆驼，
去驮！

因此，月下的相会，
紧接着月下相别，
他去了，
领着月亮，
拉着骆驼。

久缺的月亮刚圆，

刚圆的月亮又缺，

在月缺月圆间，

留下的不只是思念，

还有，还有什么？

还有什么？还有什么？

让我们和月亮一同思索——

革命者的热血，

在冰窟里埋一百年，

也不会冷却！

周
纲

铁道兵之歌（组诗）

武夷山，敞开你的胸膛
——献给战斗在武夷山上的人们

今日向何方？

直指武夷山下。

山下山下，

风展红旗如画。

——引自毛泽东（《如梦令·元旦》一九三〇年一月）

一

严冬的冰雪刚刚融化，

春风吹开了满山的野花，

太阳揭开了群峰的纱幔。

武夷山披上了灿烂的金霞。

高山上，战士们的歌声响亮；

山腰里，

闪出采茶的姑娘；
万绿丛中，
呼啦啦红旗飘荡。

水比往日清。
山比往日秀，
天比往日蓝，
花比往日香，
迎接修路的大军——
武夷山，武夷山
伸开了她美丽的臂膀。

二

笔陡的山路上，
下来了一位老妈妈，
辛劳的岁月，
留下她一头苍苍白发。

当年，
她曾为红军战士补鞋烧饭；
今天，
她又为修路的部队端水送茶。

啊！老妈妈，老妈妈，
你亲眼看见这二十多年的变化，
今天，你为什么、为什么，
只理着你银丝般的白发，
含着欢乐的眼泪不说话？

你是不是说——
当年红军拼过刺刀的地方，
今天变成了开山修路的战场？
你是不是想——
当年红军在梦中追求的事业，
今天正被我们年轻的一代承当？

三

山风刮，大雨淋，
洗不掉红军的脚印；
千人歌，万人应，
唱不完红军的功勋。
老妈妈，你听一听，
　　　　你听一听；
这一阵阵的风枪，
像不像当年红军的机枪震撼山林？

这空气压缩机激昂的音调，
像不像当年红军冲锋的号音？
当开山的爆破把群山摇震，
你听一听，你听一听，
像不像当年勇敢的红军，
用地雷炸翻围剿的敌人……

四

山风在咆哮，
古树在倾倒，
硝烟滚滚，
直冲云霄。
开山的战斗，
打响了！

千万颗心，
集中在一点，
每一阵炮声，
都紧扣着人们的心弦！
每一步道路，
都争取着时间，
是祖国的命令，

也是战士的心愿。
工期握在我们手里，
不能延长，只能缩短！
是铜墙——
　　也能戳破！
是铁山——
　　也要打穿！
我们要提前！
　　提前！
提前打通武夷山！
……

像雨后拔节的春笋，
我们的战斗捷报频传！
新纪录压倒新纪录，
提前的工期又被提前！

五

爆破掀起巨浪，炮声震动山冈，
听！这是最后一排炮响，
像胜利的战鼓齐鸣！
像激情的赞歌高唱！

啊！武夷山，武夷山，
快伸开你的臂膀，
把第一列火车迎进你的怀抱；
快敞开你的胸膛，
让胜利的汽笛在你心中拉响！

让山区勤劳的农民，
把拖拉机迎进自己的村庄；
让上了年纪的老妈妈，
看看今天的景象；
让采茶姑娘们编一支新歌呀，
把新的生活歌唱……

啊！武夷山，武夷山，
快敞开你的胸膛！
快敞开你的胸膛！
快敞开你的胸膛吧，
把第一列火车迎进怀里，
再把它送到胜利的前方！

草 鞋

穿了三年的破衬衫，
撕成条条碎片，
麻绳绷得像弓弦，
从床头拉到胸前。

在这深更半夜，
是谁在把草鞋编？
——轻轻歌声不断，
满头白发斑斑。

"……洪湖水，浪滔天，
革命力量大无边。
老子牺牲儿顶上，
哥哥死了弟上前。"

师长穿上新打的草鞋，
在屋子里走了几转：
"就少一对红绒球呀，
拴在耳子上边。"

师长急忙打开包袱，
红绒球早已不见。
这时他才想起，
三天前已送给了博物馆。

师长拉开窗帘，
万盏繁星在天。
三十年前往事，
历历如在眼前：

麻柳树弯又弯，
阿妹送哥洪湖边，
一双草鞋情万缕，
两朵绒球颤颤颤……

鞋上沾满家乡土，
踏上康藏大雪山。
过草地牛皮耳子当了饭，
留一对红绒球带在身边……

师长靠在窗前，
抽出一股白线，

做成一对绒球，
蘸着墨水慢慢染……

绒球越染越红，
好像一团火焰；
映红了满窗朝霞，
映红了天。

师长重新穿上草鞋，
一身当年红军打扮。
踏着自己长征的脚印，
去把一条新的铁路勘探……

借 宿

暮投昆仑山下，
山下有人家。
一问"地窝子"，
门在脚底下。

玻璃窗又是天花板，
红柳树支起床架，
桌上好陈设——
一盆矿石一盆花。

嚼着土奶根子做的馒头，
一壶酒暖热了一席话。
问一声主人家乡在哪，
何时来到雪山下？

二月渔歌，不忘故乡小曲，
三春飞雪，常忆柳絮杨花，
爱昆仑，它是磁铁我是针，
一眨眼度过了十个冬夏。

一把榔头，叩开千山万岭，
半间土屋，随我四处安家，
莫道边地人易老，
看两鬓才有几根白发！

北京的歌声，朝夕常相伴，
窗边的绣球，送我四季鲜花，
过往的车队朝行暮宿，
捎来亲人的问候，祖国的变化。

深夜，借峡谷的风，
我与昆仑轻声夜话，
何时，将雪山心中这团火呵，
化作蓝天万朵云霞！

到那时，看昆仑英姿勃勃，
迈开它巨人的步伐！
谁不赞美，我富饶的祖国，
谁不羡慕，建设者锦绣年华……

水开了，主人忙沏茶，

房门外雪挂窗纱，

望墙上一把马刀横挂，

叙说主人的生涯……

硝烟下，战马嘶鸣，

弹雨中，浴血冲杀，

战士不减当年本色，

红缨如昔，熠熠闪光华！

呵！是话？是酒？是茶？

烧得我心中热辣辣，

杯残夜尽话未尽，

不闻喇叭响，忘记该出发……

杨连第，他望着我
——新战士的话

走进俱乐部，

杨连第，他望着我，

那炯炯有神的目光，

像已把我的心事看破。

站在他的面前，
仿佛面对着自己的哥哥；
不！他的目光比哥哥更严肃，
但他的神态却似母亲般温和。

记得一个初夏的傍晚，
辅导员把英雄的故事述说，
从此，那对炯炯有神的目光，
时刻在一个少年心上闪烁……

我正一正头上的军帽，
低声对自己说：
光荣的士兵呀，
你会懂得怎样为理想生活！

想要做桥上的梁、路上的轨，
我才仅仅是一块毛铁呀，
还需要一千六百度的高温，
还需要革命斗争的火！

一座山塌下去

一座山塌下去，
钢轨在空中悬起，
像一架长梯，
横在峭壁。

南来北往的列车，
急得直拉汽笛，
像在大声呼唤：
我要过去！我要过去！

过去？谈何容易，
塌下去的是一座山，
不是几块石头，
不是几筐泥！

过去？天上倾盆暴雨，
地上洪水横溢，
红灯，睁一只怪眼，
傲然在路边站立——

这里不是西单牌楼，
更不是南京路口，
红灯和绿灯，
不会瞬息交替！

但是，铁道兵战士说：
过去，一定要过去！
谁想阻挡战斗的列车，
我们不允许！

前线——内地，
是一条畅通无阻的河，
战斗的大动脉，
要永远奔流不息。

掘土机铁臂高举，
推土机呀，好大膂力，
好啊，一鼓作气，
把一座大山拔起！

风雨一声吁叹，
红灯奄下眼皮，

路边，亮了绿色的灯，
山上，扬起绿色的旗……

南来北往的列车，
乐得唱起歌曲，
像在高声欢叫：
铁道兵战士，谢谢你！

证服永久冻层

塔头草，土地的装甲，
七月骄阳晒不化——
草下的寒冰，
冰封的土层。

一层层，硬得像铁，
黑得像沥青，
一镐震得虎口裂，
钢钎插下溅火星。

挥锤汗淋淋，
想起当年朝鲜情景，
零下四十度，
抢修破冻层！

硝烟腾空起，
难遗忘战火纷飞，
大同江上冰花落，
清川江边填弹坑……

十余年流光似水，
兴安岭几度交兵，
原始森林，出栋梁千万，
革命部队，有辈辈新人！

一个小时呵，
锤把断了三根；
一个小时呵，
钢钎秃了三分。

是阳光？是汗？
还是颗颗火热的心，
感动了兴安岭，
融化了脚下的寒冰！

是炸药？是雷管？
还是战士胸中的核能，
炸开了铁硬的黑土，
漫天飞迸！

是红松？是钢梁？
还是革命者最硬的肩膀，

扛起长桥一座，
将时代的列车载承！

呵，兴安岭，兴安岭，
这答案，自去找寻，
三十六年建军史，
字字写得分明！

我站在北疆国门下

失宠于横飞的弹片，
我活着，
没有死。
风把我送来，
雨让我沉思……

男儿壮志，
以身许国，
马革裹尸。
战士的品格是奉献，
军人的魂魄是无私。
硝烟里，

显风姿。

难阻岁月流逝，
悄然换了戎衣。
持枪在哨位不持枪也在哨位，
梦里常有刀光剑影塞马长嘶。
征途何须唤，
只待狼烟直！

是祖国骄子，
无半分疑迟。
国门下是战士仰慕的永生之地，
陪伴我自有那灿烂的长河落日。
生有生的意义，
死有死的价值。

跨前一步——邻国疆土。
巍然挺立——我是枪刺。
久而化为柱，
何期发青枝。
山桃花谢之时，
果实是我的诗。

□ 李武兵

进　山

飞驰而别的：南方的山岭。
扑面而来的：北方的丛林。
脚下：千年腐烂的落叶，
第一次印出人迹的花纹……

我们来了——背着行装、帐篷，
急匆匆的脚步，在密林里穿行。
野藤抖动绿叶，拉扯我们的衣角，
小鸟跳上枝头，惊喜地扇动翅翎。

兴安岭呀，一见面就如此热情——
大树列队，挤断了进山的小径……
请不要举行这样隆重的仪式吧，
我们还要跟着太阳，去赶路程！

这沾着云岭凉露的鞋底呀，
今日要敲开林海的大门！

我们扛着一条崭新的铁路，
就要卸在这座原始森林……

哎！枝丫哟，别扯衣袖！
哎！飞虫哟，别撞眼睛！
鞋带——再扎！扎紧！
路障——快砍！砍尽！

迈开步子呀，跟上！跟上！
先遣队的红旗在前头舞动。
红旗呀，像飘忽的火苗点燃我们的热血，
班长一扬手："唱支歌吧，抖起精神！"

唱呵："铁道兵战士志在四方……"
祖国的山水，最爱听这豪迈的歌声！
要不，千峰万岭怎么也激动不止，
和我们一起敞开粗犷的喉咙！

于是，谁还管它汗水淋淋呀，
歌声把我们带进了幸福的憧憬：
铁路和繁荣，追着战士的脚步，
在兴安岭里一起欢乐地降临……

李武兵

繁荣的信号

是的，我不是大树呀，
我是一棵平凡的小草。
大地，亲搂着我的根须，
给我生命，给我营养，
给我先烈一样的情操……
饮着山雨，我歌唱，我生长，
浴着山风，我快乐地舞蹈。
植根沃土，我举着生活的小帆，
信念的樯桅决不在风雨里折倒！
我用青春酿造的绿色，
抹亮了月台上通车的信号……
我骄傲——我的颜色
是列车前进的向导！

哦，是的。我不是大树，
我是一棵绿意初露的小草。
虽然，我的梦不能驾着银鹰，

豪迈地飞上流霞的碧霄，

我的笑，不能跟着战舰，

欢乐地追赶湛蓝的海涛，

但，火车的汽笛声

鸣唱着我的自豪！

有时，我也会碰到冷遇，

那鄙夷的目光，投给我轻蔑的一笑，

然而，那眼神的针砭——

没有刺破大地给我的细胞。

我健康而富有韧性的神经，

抵得住热讽和冷嘲……

啊，祖国！我懂事了。

我不是一棵参天大树，

但我是一棵青春焕发的小草。

我会用自己坚强的信念，绿的热烈，

拥抱路基，拥抱通往前程的大道。

我骄傲——我的颜色

是走向繁荣的信号！

草鞋之歌（组诗）

——写在好八连的诗

连史室

连史室呵，你为什么这样明亮？
为什么使战士这样神往？
难道井冈山的朝霞，延河畔的灯火……
在这儿凝聚，在这儿闪光？！

走进连史室谁都会想起漫长的征途，
谁都会想起征途上的炮火和风浪；
我们的祖国，我们的人民呵，
就是在炮火和风浪里炼得无比坚强。

连史室里的草鞋、脸盆、衣裳……
都像革命的宝石一样在闪光！
它嘱咐我们不要忘记昨天和明天，
使我们的胸怀更宽，眼睛更亮！

啊！战士的青春，战士的心灵，
在连史室里沐浴着革命传统的光芒！
迈开更大的脚步奔向明天，
党的艰苦奋斗作风代代不忘！

连史室呵，你为什么这样庄严？
为什么这样使人怀恋、敬仰？
啊，是红军的战歌，前进的军号……
在这儿回响，在这儿震荡！

草鞋之歌

南京路上的高楼大厦，
俯视着珍珠的山，宝石的河，
歌声，笑语，车笛的鸣叫……
融成了一首城市的赞歌。

在这样的城市，这样的路上，
连长带着我们穿着草鞋巡逻；
柏油路虽没印上草鞋的花纹，
却珍藏起一个个红色的脚窝。

望着我们脚上的草鞋，
谁不想起艰苦的岁月？
战场上，就是穿着这样的草鞋，
把幸福的生活英勇开拓！

啊！多少暴雨，多少风雪，
把祖国前进的道路封锁；
征途上，就是穿着这样的草鞋，
把封锁一次次冲破！

今天，我们仍穿着这样的草鞋，
在繁华的南京路上巡逻；
请听我们脚步的音符
谱出一支革命的颂歌！

 灿烂的灯火

是谁下达了一声命令？
满天的繁星立刻在这儿集合；
我们壮丽的南京路呵，
转眼变成灯的山峦灯的河。

跟着班长沿路夜巡，
眼前的景色收进心底的画册；
它使我想起长征路上的火把，
想起延河岸边窑洞的灯火……

于是，祖国的嘱咐声，
像春雷从我心上滚过——
战士的眼睛要永远雪亮，
莫让霓虹灯把战斗信号淹没！

我们是从战火中走来的，
战斗孕育了我们坚强的性格；
正是这革命的炮火啊，
迎来今天灿烂的灯火。

啊，看到这灿烂的灯火，
就看到了我们灿烂的生活；
作为一个保卫它的战士，
懂得该怎样更好地把枪紧握！

雁　阵

像一队队决死的勇士

呼喊着冲击向前；

留一行行铿锵的诗句，

回响在深邃的蓝天。

揽几缕彩霞烘托，

它诗的情思，

安几簇银星为它的诗句标点。

飓风吹不断它的吟颂，

暴雨打不乱它的阵线，

奔波的诗人用嘹亮的

嗓音高唱，

在茫茫征途中

孕育那不朽的诗篇。

啊，好个捍卫真理的战士，

迎着朔风，带着严寒，

一队队消失在碧海空濛的天边！

它在夜色迷离中漫步，

披一件如纱似雾的衣裳。
旷野是它的花圃，
草丛作它的眠床，
飘呀飘，
星星点点闪烁。

似梅花
微带几缕幽香。
它的生命虽然短暂，
却为迷路的行人，
留下串串
或明或暗的光亮！

雷锋之歌

一

假如现在呵

我还不曾

不曾在人世上出生，

　假如让我呵

　再一次开始

　开始我生命的航程——

在这广大的世界上呵

哪里是我

最迷恋的地方？

　哪条道路呵

　能引我走上

　最壮丽的人生？

面对整个世界，

我在注视。

　从过去，到未来，

　我在倾听……

八万里

风云变幻的天空呵

今日是

几处阴？几处晴？

　　亿万人

　　脚步纷纷的道路上

　　此刻呵

　　谁向西？谁向东？

哪里的土地上

青山不老，

红旗不倒，

大树常青？

　　哪里的母亲

　　能给我

　　纯洁的血液、

　　坚强的四肢、

　　明亮的眼睛？

让我一千次选择：

是你，

还是你呵

——中国！

让我一万次寻找：
是你，
只有你呵
——革命！
生，一千回，
生在
中国母亲的
怀抱里，
　　活，一万年，
　　活在
　　伟大毛泽东的
　　事业中！

呵，一切
都已经
证明过了……
　　一切一切呵
　　还在
　　证明——
这里有
永远
不会退化的

红色种子；
　　这里有
　　永远
　　不会中断的
　　灿烂前程！
看步步脚印……
望关山重重……
有多少英雄呵
都在我们
行列中！
　　领我走，
　　教我行……
　　跟上一步呵，
　　一次新生！

在今天，
我用滚烫的双手
抚摸着
我们的
红旗——
　　又一次把
　　母亲的

衣襟

牵动……

让我高呼吧!

看呵,

在我们的大地上,

在党的

摇篮中——

此刻,

又站起来

一个多么高大的

我们的

弟兄!……

二

让我呼唤你呵

呼唤你响亮的名字,

你——

雷锋!

我看着

你青春的面容,

好像我再生的心脏

在胸中跳动……

我写下这两个字：

"雷锋"——

我是在写呵

我们阶级的

整个新一代的

姓名；

　　　我写下这两个字：

　　　"雷锋"——

　　　我是在写呵

　　　我的履历表中

　　　家庭栏里：

　　　我的弟兄。

你的年纪，

二十二岁——

是我年轻的弟弟呵，

　　　你的生命

　　　如此光辉——

　　　却是我

　　　无比高大的

　　　长兄！

……我奔向你面前！

带着

母亲给我的教训，

和我对你

手足的深情……

  仿佛一刹那间

  越过了

  千山万岭……

呵！我像是

突然登上泰山，

  站立在

  日观峰顶……

我看见

海浪滔滔的

母亲怀中——

  新一代的太阳

  挥舞着云霞的红旗，

  上升呵

  上升！……

那红领巾的春苗呵

面对你

顿时长高；

  那白发的积雪呵

  在默想中

  顷刻消融……

今夜有

灯前送别；

  明日有

  路途相逢……

"雷锋……"
——两个字
说尽了
亲人们的
千般叮咛；
　　"雷锋……"
　　——一句话，
　　手握手，
　　陌生人
　　心心相通！……

　　　　　三
你——雷锋！
我亲爱的
同志啊，
我亲爱的
弟兄……
　　你的名字
　　竟这样的
　　神奇，
　　胜过那神话中的
　　无数英雄……

你，

我们党的

一个普通党员，

　　你，

　　我们解放军中

　　一个普通士兵。

你的名字

怎么会

飞遍了

祖国的千山万水，

　　激荡起

　　亿万人心——

　　那海洋深处的

　　浪花层层……

……从湘江畔，

昨日，

那沉沉的黑夜……

……到长城外，

今天，

这欢笑的黎明——

　　雷锋啊，

你是怎样

度过

你短暂的一生？

从日记本第一页上

黄继光的画像……

到领袖题词：

"向雷锋同志学习

——毛泽东"……

啊，雷锋！

你是怎样地

怎样地

长成？！……

啊！我看着你，

我想着你……

我心灵的门窗

向四方洞开……

……我想着你，

我看着你……

我胸中的层楼呵

有八面来风！——

······看昆仑山下：
红旗飘飘，
大江东去······
　　望几重天外：
　　云雾弥漫，
　　风雨纵横······
十万言——
一道
冲破云雾的
飞天长虹！······
　　两个字——
　　中国的
　　一代新人的
　　光辉姓名！······
啊，念着你呵
——雷锋！
　　啊，想着你呵
　　——革命！
一九六三年的
春天，
　　使我们
　　如此地

激动！——

历史在回答：

人，

应该

怎样生？

路

应该

怎样行？

四

······仿佛已经

十分遥远

十分遥远了，

  ——那已过去了的

过去了的

  许多情景······

那些没有光亮的

晚上······

那些没有笑意的

面容······

  那些没有明月的

  中秋······

那些没有人影的
茅棚……
在哪里啊，
爸爸要饭的
饭碗？……
　　在哪里啊，
　　妈妈上吊的
　　麻绳？……
在哪里啊，
云周西村的
铡刀？……
　　在哪里啊，
　　渣滓洞的
　　深坑？……
眼前是：
繁花似海，
高楼如山，
绿荫如屏……
　　耳边是：
　　歌声阵阵，
　　书声琅琅，
　　笑语声声……

睁开回头的望眼——

啊……

春风打从何处起？

朝阳打从何处升？……

    消退了昨日的梦境——

    啊……

    镣铐曾在何处响？

    鲜血曾在何处凝？……

长征路上

那血染的草鞋

已经化进

苍松的年轮……

    淮海战场

    那冲锋的呼号

    已经飞入

    工地的夯声……

老战士激动地回忆啊，

"我们在听、在听……

但那到底

已是过去的事情……"

    ——少年人眼前的

    大路小路啊，

仿佛本来

就是这样

又宽、又平……

啊，要不要再问园丁：

我们的花园里

会不会还有

杂草再生？

　　梅花的枝条上，

　　会不会有人

　　暗中嫁接

　　有毒的葛藤？……

我们的大厦

盖起了多少层？

是不是就此

大功告成？

　　啊，面前的道路、

　　头上的天空，

　　会不会还有

　　乌云翻腾？……

……滚滚沸腾的生活啊，

闪闪发亮的路灯……

面对今天：
血管中的脉搏
该怎样跳动？
　　什么是
　　真正的
　　幸福啊？
　　什么是
　　青春的
　　生命？
……望夜空，
有倒转斗柄的
北斗……
看西天
有纷纷坠落的
流星……
　　什么是
　　有始有终的
　　英雄的晚年啊？
　　什么是
　　无愧无悔的
　　新人的一生？……

唔！有人在告诉我们：

——过去了的一切

不必再提起了吧！

　　只要闭上眼睛呀，

　　就能看见：

　　现在已经

　　天下太平……

什么"阶级"呀，

什么"斗争"，

　　——这些声音，

　　莫要打搅，

　　他酒兴正酣，

　　睡意正浓……

——今天的生活

已经不同了呀，

需要另外

开辟途径……

　　——最香的

　　是自己的酒啊，

　　最美的

　　是个人的梦境……

但是，且住！

可敬的先生……

　　收起你们的

　　这套催眠术吧！

　　革命——

　　永远

　　不会躺倒！

　　历史的列车——

　　不会倒行！

请看！

在我们的红旗下：

　　又是谁？

　　站起来

　　大声发言——

忘记过去吗？

不能！

不能！

不能！

　　因为我是

　　永远不会忘本的

　　"饥寒交迫的奴隶"——

　　中国的

革命的

　　士兵！

叫我们

那样活着吗？

不行！

不行！

不行！

　　因为我是

　　站在

　　不倒的红旗下，

　　前进在

　　从井冈山出发的

　　行列中！

问我的名字吗？

我的名字……

啊，我们的

名字：

　　　雷——锋！……

啊，雷锋

就是这样地

代表我们

出现了！……

——像朝阳初升

一样地合理，

像婴儿落地

一样地合情！……

雷锋，

对于我们

是这样珍贵，

雷锋兄弟啊，

为我们赢得

亲爱的母亲

欣慰的笑容……

让我们说：

"我爱雷锋……"

这就是说：

"我爱

真正的人生！"

让我们说：

"我爱雷锋……"

这就是说：

"我要

永远革命！"

来啊！让我们

紧紧地挽住

雷锋的

这三条刀伤的手臂吧！

　　让我们

　　把雷锋日记的

　　字字句句

　　在心中念诵……

我们要把

壮丽人生的道路

展出万里！

　　我们要把

　　革命的火焰

　　"烧得通红……"

啊，雷锋！

我紧挽着

紧挽着

你的手臂啊，

　　我把它

　　紧贴在

　　我的前胸……

让我说：
我们是
一母所生——
　　我们血液的源头，
　　在"四一二"的
　　血海里；
　　在皖南事变的
　　伤痕中……
　　早已
　　几度相逢……
党的双手，
早就在
早就在
把我们的
生命
铸造，
　　党叫我们
　　按照历史的行程，
　　待命出征！——
雷锋！
你这一代
新的战斗队啊，

要出现在

新中国——

"早晨八九点钟……"

五

就是这样,

雷锋,

你出发了……

　　——在黎明前的

　　一阵黑暗中……

你带着

满身

燃烧的血泪,

　　好像在梦中一样,

　　扑向

　　党啊——

　　温暖的

　　温暖的

　　母亲怀中……

……就是这样,

雷锋,

你站起来!

接受

"共产主义新战士"

——党给你的

命名。

……就是这样，

雷锋，

你走来了……

你不是

只为洗雪

一家的仇恨；

　　不是为了

　　　"治好伤疤

　　　忘了疼"……

你来了啊，

不是为

学少爷们那样——

　　从此

　　醉卧高楼，

　　做花天酒地的

　　荒唐梦。

你来了啊，

更不是为

向仇人们鞠躬致敬——
　　　说是为大家的"安宁"，
　　　必须
　　　践踏爹妈的尸骨，
　　　把难友们的鲜血
　　　倒进
　　　老爷们的杯中……

雷锋！
你满腔的愤怒啊，
你刻骨的疼痛……
　　　你对党感激的
　　　含泪带笑的目光……
　　　你对新生活
　　　如饥如渴的憧憬……
全部投入
我们阶级的
步伐——
　　　化成了
　　　战斗的
　　　轰天雷鸣！

啊，雷锋！
你第一次学会的
这三个字，
　　　你一生中
　　　永远念着的
　　　这个姓名——
啊，亲爱的
再生雷锋的
母亲——
　　　我们的
　　　党啊，
　　　我们的领袖
　　　毛泽东！
母亲懂得你
懂得你啊
——雷锋，
　　　你也懂得他
　　　懂得他啊
　　　——伟大的
　　　毛泽东！
你青春的生命
在毛泽东思想的

冲天红光中，

升华……

升华……

    你前进的脚步

    在《毛泽东选集》的

    字字行行——

    那真理的

    阶梯上，

    攀登……

    攀登……

雷锋，

我看见

在你的驾驶室里，

那一尘不染的

车镜……

    我看见

    在你车窗前

    那直上云天的

    高峰……

啊，你阶级战士的

姿态，

是何等的
勇敢，坚定！
　　你共产党员的
　　红心啊，
　　是何等的
　　纯净、透明！……

雷锋，
你是多么欢乐啊！
在我们灿烂的阳光里，
怎么能不
到处飞起
你朗朗的笑声?!
　　你稚气的脸上，
　　哪能找到
　　一星半点
　　忧愁的阴影……
但是，雷锋，
在心灵的深处，
你有多么强烈的
爱啊，
　　又有多么深刻的

憎！
爱和憎，
不可分割，
像阴电、阳电一样
相反相成——
　　在你生命的线路上，
　　闪出
　　永不熄灭的火花，
　　发出
　　亿万千卡热能！……

……从家乡望城
彭乡长
那慈爱的面孔，
　　到团山湖农场
　　庄稼地头
　　那飘动的微风……
……从鞍钢工地
推土机的
卷动的履带，
　　到烈属张大娘
　　搂抱着你的

热泪打湿的

袖筒……

啊，祖国亲人的

每一下脉搏，

阶级体肤的

每一个毛孔——

都寄托了

你火一样的热爱，

都倾注了

你海一样的深情……

啊，从黄继光

胸口对面

那射向我们的

罪恶炮弹，

到地主谭四滚子

从地下发出的

切齿之声……

……从营房门口

那假装

磨剪子的

坏蛋，

到躲在角落里

缝补旧梦的

某些先生……

啊，祖国道路上的

每一个暗影，

你哨位上的

每一面的响动——

都使你燃起

阶级仇恨的

不灭的火种；

都紧盯着

你阶级战士

警觉的眼睛！……

雷锋啊，

你虽然不是

在炮火连天的战场上

战斗冲锋，

在平凡的

工作岗位上，

你却是真正的

勇士呵——

你永远在
　　高举红旗，
　　向前进攻！
在我们革命的
万能机床上，
雷锋——
　　你是一个
　　平凡的，但却
　　伟大的——
　　永不生锈的
　　螺丝钉！

哪里需要？
看雷锋的
飞快的
脚步！
　　哪里缺少？
　　看雷锋的
　　忙碌的
　　身影！……
……啊，马上去
给大娘浇地——

现在

　　麦苗正要返青……

……啊，立刻把

自己省下的存款

寄给公社——

　　支援

　　受灾的农民弟兄……

……唔，快准备

给孩子们

讲革命故事——

　　明天是

　　队日活动……

……唔，必须把

赶路的大嫂

护送到家——

　　现在是

　　夜深，雨大，

　　路远，泥泞……

啊，雷锋！

你白天的

每一个思念，

你夜晚的
每一个梦境，
　　都是：
　　人民……
　　人民……
　　人民……
你的每一声脚步，
你的每一次呼吸，
　　都是：
　　革命……
　　革命……
　　革命……

雷锋，你是
真正的
真正的
幸福啊！
　　你是何等的
　　何等的
　　聪明！
你用我们旗帜一样
鲜红的颜色，

写下了

你短暂的

却是不朽的

历史，

　　你在阶级的伟大事业里，

　　在为人民服务的无限之中，

　　找到了啊——

　　最壮丽的

　　人生！

你的生命

是多么

富有啊！

　　在我们党的怀抱里，

　　你已成长得

　　力大无穷！

……可老战友们

总还习惯叫你

"小雷"呵——

　　你只有

　　一百五十四厘米

　　身高，

　　二十二岁的

年龄⋯⋯

但是，在你军衣的

五个纽扣后面

却有：

　　七大洲的风雨、

　　亿万人的斗争

　　——在胸中包容！⋯⋯

你全身的血液，

你每一根神经，

　　都沸腾着

　　对祖国的热爱。

而你同时

在每一天，

每一分钟，

念念不忘：

　　世界上还有

　　千千万万

　　受难的弟兄！⋯⋯

"上刀山，

下火海！⋯⋯"

——雷锋啊，

在准备着！

风吹来！

雨打来！

——雷锋啊，

道路分明！……

啊！这就是

这就是

一个叫作

"雷锋"的

中国革命战士的

英雄姿态！

这就是

我们的大地

我们的母亲

以雷锋的名义

给历史的

回应——

人啊，

应该

这样生！

路啊，

应该

这样行！……

六

啊！现在……

雷锋——

请你一千次、一万次

走遍

祖国的大地吧！

　　请你一千声、一万声

　　把你战斗的

　　呼号，

　　传遍那

　　万里风云的天空！……

在这

无产者大军

重新集结的

时刻，

　　在这

　　新的斗争信号

　　升起的

　　黎明……

在我们祖国的

每一个
战场上，
　　在迎接我们的
　　每一个
　　斗争中——
雷锋啊，
在前进！……
带着
我们的骄傲，
　　带着
　　我们的光荣……
雷锋
你在我们
军中，
　　雷锋
　　你在我们
心中！
雷锋啊，
活着！
　　雷锋啊，
　　永生！……

啊！响起来，

响起来，

响起来吧！

  ——我们阶级大军的

  震天号声！

敲起来，

敲起来，

敲起来啊！

  ——我们革命人生的路上

  这嘹亮的晨钟！……

看，站起来

你一个雷锋，

  我们跟上去：

  十个雷锋，

  百个雷锋，

  千个雷锋！……

升起来

你一座高峰，

  我们跟上去：

  十座高峰，

  百座高峰！——

  千条山脉啊，

万道长城！……

让我们的
敌人
惊叫起来吧，
　　——关于中国的
　　这最近的情报，
　　他们会说：
　　　"不懂，不懂……
这是什么样的
'装置'啊，
　　竟然发出
　　如此巨大能量的
　　热核反应?！……"

啊，让我们的
朋友们
感到高兴吧！
　　让他们
　　骄傲地说：
"这是
毛泽东的战士！

红色中国的

士兵！

这是

真正的人啊，

是中国的

也是我们的

弟兄！……"

啊，让歌手们

歌唱吧，

登上我们

新的长城：

"……北来的大雁啊，

你们不必

对空哀鸣，

说那边

寒霜突降，

草木凋零……

且看这里：

遍地青松，

个个雷锋！——

……快摆开

你们新的雁阵啊，

把这大写的
‘人’字——
　　写向那
　　万里长空！……”
啊，让诗人们
歌唱吧
　　站在这
　　望海楼上
　　新的一层：
“……那暴风雨中的
海燕啊，
我们
想念你！……
　　你快
　　拨开云雾啊，
　　展翅飞腾！
看天空：
闪电
怎能遮掩？
　　看大地：
　　怎能不
　　烈火熊熊？！”

让我们回答
你的歌声——
　　　　"我们昨日
　　　　鹏程万里；
　　　　今日又来
　　　　英雄雷锋！……"

啊！雷锋，雷锋，雷锋呵……
此刻
我念着你，
我唱着你呵……
　　　　——我有
　　　　多少愤怒、
　　　　多少骄傲、
　　　　多少力量啊，
　　　　在胸中翻腾！
我不能
远远地
望着你的背影
把你赞颂，
　　　　——我必须
　　　　赶上前来！

和你
一起啊
　　奔向这
　　伟大的斗争！

啊，雷锋，
我的弟兄！
不要说
我比你多有
几年军龄啊——

虽然它使我

终生难忘，

一提起呀

就热血奔流

热泪常涌……

在你的面前——

我的

好班长啊，

让我说：

我还是

一个新兵……

啊，雷锋，

带我去，

带我去吧！

——让我跟上你，

跑步入列！

听候每一次的

队前点名……

让我像你

一样响亮地

回答："到！"

——永远站在啊

　　我们阶级的

　　行列中！……

啊，带我去，

带我去吧！

雷锋！

　　——在今天，

　　这风吼雷鸣的时辰，

　　让我跟你一样

　　把我们的"毛选"

　　紧握在手中……

请你辅导我

千百次地

学习！

　　——让伟大的真理啊

　　照耀我

　　永远新生！……

啊，雷锋！

带我到

哨位上去！

————告诉我

怎样更快地

发现敌情……

啊，雷锋，

带我到

驾驶室里去！

————教我

把方向盘

更好地把定……

……告诉我，

告诉我啊————

怎样做好

永不生锈的

螺丝钉！……

……教我唱，

教我唱吧————

真正唱会啊：

"我是一个兵！……"

在党的事业里：

"我是一个兵！"

在祖国的土地上：

"我是一个兵！"

在今天、明天

所有的

斗争里：

    "我是——

       一个兵！……"

啊，雷锋……

我不是

一个人啊，

    我是在唱

    我们亿万人民

    内心的激动！

看啊，

奔你来！

学你来！

    ——我们的大地上

    正脚步匆匆！……

十个、

百个、

千万个……

    雷锋……

    雷锋……

雷锋……
啊，雷锋
就是我们！
　　我们
　　就是雷锋！……

让我们的敌人
千次、万次地
吃惊吧！……
　　让我们的朋友，
　　永远、永远地
　　高兴！……
让地球的
脑海啊，
去思索……
　　让历史的
　　航线啊
　　更加
　　分明……

啊，现在……
你们——

巴黎公社的
前辈英雄啊，
你们请听：
　　你们不朽的事业
　　我们要
　　永远担承！
我们在
井冈山前，
向你们
保证：
　　——我们要
　　子子孙孙
　　永不变啊，
　　辈辈新人
　　是雷锋！……

啊，还有你们——
我国古代的
哲人们，
你们之中
是谁呀？
　　——"见歧路，

泣之而返。"

　　——竟会痛哭失声……

俱往矣！

俱往矣！……

　　今天啊，

　　是何等的不同！

看天安门上——

东方红，

太阳升……

　　　——我们有

　　伟大的

　　领袖啊，

　　我们有

　　伟大的

　　群众！……

啊！

看我们

大步前进吧！

　　看我们

　　日夜兼程！……

怕什么
狂风巨浪？！……
　　怕什么
　　困难重重！……
哪怕它呵
北风欺我
把我黄河
一夜冰封？
　　——我们有
　　革命壮志：

浩浩长江

万年奔腾！……

哪怕它啊

山崩海啸，

天塌地倾？

　　——我们有

　　擎天柱：

　　我们的党！

　　我们有

　　毛泽东思想

　　炼成的

　　补天石：

　　百万——雷锋！……

啊啊！……

响起来——

响起来——

响起来吧——

　　我们无产者大军的

　　震天的号声！……

敲起来——

敲起来——

敲起来吧——

　　我们革命人生的路上

　　这嘹亮的晨钟!……

伟大的斗争,

在召唤呵——

　　全世界的弟兄,

　　一起出征!……

前进啊——

　　我们的

　　红旗!……

前进啊——

　　我们的

　　革命!……

前进!——

前进啊!

　　——我们的弟兄!!

　　——我们的雷锋!!!……

让我们

向历史

宣告吧——

在我们

这伟大战斗的

决心书上，

　　已写下了

　　我们

　　伟大的姓名：

我们——

雷锋；

　　雷锋——

　　保证：

敌人必败！

　　我们必胜！

我们必胜啊！

我——们——

必——胜——！！！

美术、摄影作品索引